FRANK GOYKE

FERSENGELD

Die Hübschlerin und der Tod des Kaufmanns

berlin.krimi.verlag

Bibliografische Information der Deutschen Bibliothek

Die Deutsche Bibliothek verzeichnet diese Publikation in
der Deutschen Nationalbibliografie; detaillierte biografische Daten
sind im Internet über http://dnb.ddb.de.abrufbar

KulturBrauerei Haus S
Schönhauser Allee 37, D-10435 Berlin
post@bebraverlag.de
Lektorat: Gabriele Reinhold, Berlin
Umschlag: Hauke Sturm, Berlin, unter Verwendung
eines Ausschnitts des Gemäldes »Bauerntanz«
von Pieter Breughel d. Ä., um 1568, bpk Berlin
Gestaltung: Magde Blues, Berlin
Schrift: Stempel Garamond 9,6/13,7
Druck und Bindung: GGP Media GmbH, Pößneck

ISBN 3-89809-029-9

www.berlin-krimi-verlag.de

Personen

Christian Eichkatz (21), Bäckergeselle aus Havelberg
Zacharias Semmelmann (36), Bäckermeister des Domstifts Havelberg
Melchior Semmelmann (16), erstgeborener Sohn des Havelberger Bäckermeisters mit jugendlich-reformatorischen Ambitionen
Sophie Semmelmann (15), älteste Tochter des Meisters
Ritter Veit von Ribbeck (42), ein einsamer märkischer Landedelmann, der nichts so sehr liebt wie Wein, Weib und Gesang
Heinrich Wohlgemuth (39), Getreidehändler aus Rathenow
Alheid Wohlgemuth (16), dessen noch unverheiratete Tochter
Apel Bauchspieß (40), ebenfalls ein Rathenower Kaufherr
Rupert (25), dessen Knecht
Mechthild Gesang (38), Witwe aus Rathenow, die ein erfolgreiches Handelsunternehmen führt
Maximilian Schwarz (35), Mechthilds Bruder, Rats- und Gerichtsherr
Claus Wolf (42), Rathenows Bürgermeister
Einhard Wolf (39), dessen Bruder und Preziosenhändler
Meister Rosenkranz (36), Scharfrichter in Rathenow
Hinnerk mit dem langen Bart (27), Tagelöhner und Raubmörder
Der Wirt (34) des Gasthauses »Zu den Askaniern« in Rathenow
Arndt Rauch (37), Kaufmann und Gerichtsherr in Brandenburg
Griseldis (41), erfahrene Brandenburger Puffmutter
Hartmann vom Schwarzen Berg (40), Räuberhauptmann
Niklas (36), ein märkischer Bauer
Gretlin (17), seine Tochter
Wilmar (34), reicher Bauer und Dorfschulze
Johann von Brandenburg (25), Markgraf und Sohn Friedrichs I., des ersten brandenburgischen Kurfürsten aus dem Hause Zollern

PROLOG
Ein Komplott

Die beiden Verschworenen saßen vor dem Kamin in Sesseln mit geschnitzten Armlehnen, die in Löwenköpfen mündeten, Symbole für den Evangelisten Markus. Jeder hielt ein Glas in der Hand. In den Römern aus venezianischem Glas befand sich noch ein Rest vom Rheinwein, den man selbst in wohlhabenden Häusern nicht alle Tage trank. Und dieses war ein wohlhabendes Haus.

»Der Mensch ist unerträglich. Und er wird immer unerträglicher.«

»Ich hatte dich gewarnt.«

»Ja, ja. Wir müssen etwas unternehmen.«

»Was?«

»Er muss weg. Ich will ihn in Grund und Boden stampfen.«

»Ihn aus dem Weg schaffen, meinst du? Das ist Sünde …«

»Ach was! Ist er denn kein Sünder? Wir erlösen die Welt von einem … einem Monstrum.«

»Hass ist eine Todsünde. Du sollst deinen Nächsten lieben wie dich selbst.«

»Das mach mir mal vor. Niemand kennt seinen Nächsten. Kann man etwas lieben, das man nicht kennt?«

»Nun ja …«

»Ich bin zu allem bereit. Denn er quält mich. Er quält mich mit seinen Forderungen, seiner Häme, dem Wechselspiel von Zugeständnissen und Zurückweisung. Er will mein Geld und versucht, mich zu täuschen … Wer bin ich denn, dass man mich so demütigen darf?«

»Aber wie? Wie tun wir es? Machen wir uns selbst die Hände schmutzig an diesem … Subjekt?«

»Muss nicht sein. Du kennst sicher ein paar Leute, die man beauftragen könnte.«

»Man soll den Kreis der Mitwisser so klein wie möglich halten. Was stellst du dir vor?«

»Es heißt, dass es schwer sei, jemanden zur Welt zu bringen. Aber ihn von dieser Welt zurück in die Ewigkeit zu befördern ist ein leichtes Unterfangen. Ein Schnitt genügt.«

»Wird man uns nicht verdächtigen?«

»Es geschehen so viele Verbrechen in unserer Stadt, Tag für Tag, und er hat mehr Feinde als Freunde. Es wird so schwer nicht sein, den Verdacht auf andere abzuwälzen.«

»Wann tun wir es?«

»Bald!«

ERSTER TEIL
Vierzehnhunderteinunddreißig

ERSTES KAPITEL
Ein Bäckergeselle greift nach den Sternen

1

Christian Eichkatz pfiff das Lied vom Störtebeker, während er die noch heißen Brote aus dem Backofen nahm und in eine Kiepe warf. Am Abend zuvor war er mit dem Gesellen Wendel Lohse in einer Gaststube gewesen, unten in der Stadt, um den einen und anderen Stendaler Hohlpfennig in Bier umzusetzen; seitdem Havelberg im Jahr des Herrn 1369 dem Stendaler Münzbezirk beigetreten war, liefen diese einseitig geprägten Geldstücke auch in Christians Heimatstadt um. Das Schankmädchen hatte ihnen vorgesungen, eben jenes Lied, das in ganz Norddeutschland beim Volk beliebt war und Christian nicht aus dem Kopf ging. Störtebeker war schon lange tot. Man hatte ihn und seine Gefolgsleute in Hamburg auf dem Grasbrook hingerichtet, da war Christian noch nicht auf der Welt gewesen. Wenn die Prähme aus Hamburg nach Havelberg kamen, berichteten die Schiffer jedoch, dass die Vitalienbrüder noch immer ihr Unwesen trieben und den Hamburger Kaufleuten schlaflose Nächte bereiteten. Die *Fratres Vitalienses* waren unsterblich, aber noch unsterblicher waren die Geschichten, die man über sie erzählte: von ihren riesigen verborgenen Schätzen und dass sie ihre Beute mit den Armen teilten. Allein für die Handelsherren waren es gewöhnliche Verbrecher.

Christian warf dem Gesellen Lohse einen verstohlenen Blick zu. Wendel war damit beschäftigt, aus Teig Laibe zu formen, und er tat, als bemerke er nicht, dass Eichkatz ihn beobachtete. Der, ebenfalls Geselle beim Stiftsbäcker Semmelmann, fürchtete, beim übermäßigen Biergenuss mehr von sich preisgegeben zu haben, als gut war.

Sie hatten viel geredet, und er wusste nicht mehr genau, was er erzählt hatte.

Die Kiepe war gefüllt. Christian rief nach dem Lehrjungen Martin, der sie durch die Bäckerpforte, den Bischofsberg hinab und auf der Langen Brücke über den Stadtgraben zum Markt schaffen sollte. Eigentlich achteten die Bürger genau darauf, dass keiner der Handwerker des Klosters, das man zum platten Land zählte, auf der Stadtinsel Handel trieb, doch Semmelmann unterhielt ausgezeichnete Verbindungen zu einigen der Ratsverwandten, also hatte man ihm ein entsprechendes Privileg erteilt. Aus einem Scharren im Untergeschoss des Rathauses verkaufte er weißes Brot und weiße Semmeln an wohlhabende Havelberger. Nur sie konnten sich das leisten, das Volk fraß Graubrot.

Die Gesellen und die Lehrlinge waren an diesem Tag auf sich allein gestellt. Ihr Meister Zacharias Semmelmann war nicht nur ein anerkannter Weißbäcker, er gehörte auch der Kalandsbruderschaft von der Heide an, die Bischof Konrad von Lintorf Anno Christi 1428 bestätigt hatte. Die Kalande hatten sich die Ehrung Verstorbener auf die Fahnen geschrieben, pflegten aber auch gern und ausgiebig die Geselligkeit. Bei diesen Gelagen knüpfte Semmelmann die Verbindungen, die seinen Einfluss in der Stadt sicherten. Mit einer Zecherei bis in die späte Nacht war zu rechnen.

»Du bist aber fröhlich«, meinte der Lehrling Martin, als ihm Christian die Kiepe auf den Rücken lud. Wahrscheinlich irrte sich der Geselle, aber er glaubte einen Ausdruck von Mitwisserschaft in der Miene des Jungen zu entdecken.

»Ist ja auch ein schöner Tag«, entgegnete er.

»Und ob!« Der Lehrling grinste. »Es schüttet wie aus Kannen.«

»Dann achte darauf, dass dir das Brot nicht nass wird«, sagte Christian streng. Martin schleppte sich aus der Backstube hinaus in den Regen.

2

Als der älteste Geselle sprach Christian Eichkatz das Tischgebet und segnete die Abendsuppe. Sein Platz befand sich an der Stirnseite des Tisches, auf dessen roher, mit Sand gescheuerter Platte die Suppenschüssel stand. Als jüngster Lehrjunge musste Martin die Holzteller füllen, und zwar nach einer genau festgelegten Reihenfolge. Zuerst tat er dem Gesellen Christian von der Biersuppe auf, dann dem Gesellen Lohse, schließlich dem zweiten Lehrling Bernhard und erst am Ende sich selbst. Christian Eichkatz nestelte seinen Löffel vom Gürtel, wischte ihn am Hemdsärmel ab und begann zu essen.

Bei den Mahlzeiten wurde nicht gesprochen. Suppe und Brot waren eine Gottesgabe, die Andacht erforderte und nicht mit Worten entweiht werden durfte. Um so befremdlicher war es, dass Bernhard plötzlich und scheinbar ohne Grund losprustete. Damit war ein Damm gebrochen, und auch Martin fing zu kichern an.

»Was ist los?«, wollte Geselle Eichkatz wissen.

»Nichts ... nichts ...«, versicherte Bernhard mühsam zwischen zusammengebissenen Zähnen. Sein Körper strafte seine Worte Lügen, denn er zuckte und wand sich im Kampf gegen das unerlaubte Lachen.

»Ich hol den Stock«, drohte Christian. »Eure Rücken werden die ganze Nacht an mich denken. An mich und an die Tischsitte.«

»Es ist nichts.«

»Wegen nichts lacht man nicht.«

»Es sind unreife, dumme Burschen«, mischte sich Lohse ein. »Die gackern und kichern doch ohne Ursache ... wie Mädchen.«

Damit hatte er einen wunden Punkt getroffen. Man konnte die Lehrlinge an den Ohren ziehen und in die Rippen puffen, aber sie mit Mädchen zu vergleichen verletzte ihre Knabenehre. Die Jungen widersprachen zwar nicht, denn Widerspruch konnte den Knotenstock zum Tanzen bringen, doch beiden war anzusehen, dass Lohse sich soeben keine Freunde gemacht hatte. Das war auch nicht seine Absicht gewesen.

Christian Eichkatz hob die Mahlzeit auf und begab sich in die Kammer, die er mit Wendel, Bernhard und Martin teilen musste. Wendel und Bernhard folgten ihm, während Martin den Auftrag erhalten hatte, Terrine und Teller in die Küche zu schaffen und dort eigenhändig zu säubern. Sein Protest, dies könne doch die Spülmagd machen, wurde von Christian mit einer wegwerfenden Handbewegung beantwortet.

Die Kammer war ein kleiner, fensterloser Raum, in dem es immer stickig war und nach Schweiß, nach dem Qualm der Talglichter, nach sündigen Träumen und ungewaschenen Füßen roch. Drei Betten mit strohgefülltem Bettzeug, ein Tisch und vier Truhen für die Habseligkeiten der Bewohner nahmen fast das gesamte Gelass ein, sodass es nicht nur an Platz für Stühle mangelte, sondern auch an Bewegungsraum für die Menschen. Jetzt im Spätherbst hatten das Fehlen eines Fensters und die Enge aber auch einen Vorteil. Die Kammer konnte nicht beheizt werden, und doch fror man nicht. Die Nebenräume wärmten sie, aber vor allem die Leiber der Insassen selbst.

Christian entledigte sich seines Hemdes und legte sich auf sein Lager. Auch für Bernhard hatte er eine kleine Strafe vorgesehen. Er warf dem Lehrjungen das Hemd zu und forderte ihn auf, es zu flicken.

Bernhard hasste den Umgang mit Nadel und Faden, weil er darin mehr als ungeschickt war. Nicht einmal die Zeit, ein Vaterunser zu beten, brauchte es, da hatte sich der Knabe bereits in den Finger gestochen. Er schrie auf, und sowohl Christian als auch Lohse, der in seiner Truhe kramte, beantworten das Ungemach mit einem kräftigen Gelächter.

Als Martin aus der Küche zurückkehrte, blätterte Eichkatz in einem Erbauungsbuch. Die Talgleuchten verbreiteten mehr Rauch als Licht, der Geselle musste sich sehr anstrengen, um die Buchstaben, die Worte, die Sätze zu entziffern. Das Buch berichtete von einem Wunder, dass Bernhard von Clairvaux im Jahre 1124 vollbracht hatte. Während der Weihe einer neu errichteten Kirche in einer französischen Stadt namens Foigny hatten unzählige Fliegen die Zeremonie gestört. Der heilige Bernhard beendete das Übel, indem er die Fliegen kurzerhand exkommunizierte. Diese schwere Kirchenstrafe, die ihnen die Teilnahme am Gottesdienst verbot, schmerzte die Plagegeister so sehr, dass sie umgehend starben.

Eichkatz hob den Blick. Der Geselle Lohse lag rücklings auf seinem Lager und starrte die Decke an, aber Christian hatte nicht den Eindruck, als würde er in den rauchgeschwärzten Balken irgendeine Botschaft erkennen. Viel hätte er darum geben, die Gedanken seines Mitgesellen lesen zu können. Wendel Lohse war ein verschlossener Mensch. Nur beim Bier taute er manchmal auf. Allerdings sprach er auch dann nicht viel, hörte aber umso besser zu. Vermutlich weil er mit Worten geizte, kam es Christian immer vor, als brüte Wendel etwas aus.

Martin und Bernhard, die sich eine Bettstatt teilen mussten, flüsterten und kicherten. Sie waren so jung, dass sie ihre Mienen noch nicht beherrschen oder gar verstellen konnten; jedes ihrer Gefühle und auch manchen ihrer einfältigen Gedanken konnte man von den Gesichtszügen ablesen. Obwohl er keinen Grund zu dieser Annahme hatte, glaubte Eichkatz, dass die beiden Lehrjungen über ihn flüsterten und lachten. Er seufzte und widmete sich erneut der Lektüre.

Von Foigny hatte er noch nie etwas gehört. Überhaupt war Frankreich für ihn ein fernes, geheimnisvolles Land, das ständig mit England Krieg führte und in dem man durch die Nase sprach. Melchior, der Sohn des Meisters Semmelmann, hatte bis zum Sommer die Domschule des Chorherrenstifts besucht und dort neben Latein auch die Franzensprache gelernt. Manchmal kam er in die Backstube, um vom Teig zu naschen und dabei eine Kostprobe seiner Kenntnisse zu geben. Seine Zunge stolperte dann durch eine Unmenge von *ong, äng* und *öng*, sodass einem himmelangst wurde, er

möge an diesen schwierigen Wörtern ersticken oder sich das Zungenbein brechen.
Christian Eichkatz atmete tief durch und schlug das Buch zu. Wendel Lohse hatte aufgegeben, aus den Deckenbalken mehr zu erfahren, als er schon wusste. Noch immer lag er auf dem Rücken. Sein Mund stand offen, und er schnarchte wie üblich. Auch den Lehrjungen waren die Augen zugefallen. Christian löschte das Licht und lauschte noch lange in die Dunkelheit.

3

Die Mahlzeit war längst beendet. Gottfried Breitkopf, der Gildemeister der Fischerkumpanie, dessen Frau vor einem Jahr gestorben war, hatte, um ihr Andenken zu ehren, nicht nur dafür gesorgt, dass Neunaugen, Barben, Hechte, Zander, Krebse und Fischotter auf den Tisch gekommen waren, er hatte auch eine Tonne des in der ganzen Prignitz beliebten Wittstocker Biers spendiert. Doch nicht nur Bier wurde während des Essens und danach getrunken, auch einheimischer Wein. Rudolf, Notarius des Dompropstes Henning von Wuthenow, hatte ihn beschafft. Den Kapitelherren gehörten mehrere Weinberge oberhalb der Havel, schließlich benötigten sie große Mengen an Messwein, aber auch Rebsaft für den eigenen Gebrauch. Für eine besonders gute Arbeit hatte Rudolf ein Fässchen geschenkt bekommen, das er dem Kaland de merica nuncupata übereignet hatte.
Bei Bier, Wein und zweierlei Sorten Konfekt saßen die Brüder und Schwestern der Bruderschaft nun bereits seit Stunden und redeten sich die Köpfe heiß. Kaum bemerkten sie, dass mit dem Läuten der Bierglocke von Sankt Laurentius für ganz Havelberg der Feierabend begonnen hatte.
Der Stiftsbäcker Zacharias Semmelmann hockte eingezwängt zwischen dem Notar und Hedwig Breddin, die in eine Familie alteingesessener Ratsverwandter eingeheiratet hatte. Ihr Mann Heinrich

wiederum hatte an ihrer Seite und neben Eberhard von Rathenow Platz gefunden, einem Verwandten des vor etlichen Jahren verstorbenen Berliner Bürgermeisters Albert und Vikar an der Pfarrkirche von Sandau.

Heinrich Breddin beugte sich vor.

»Der nächste Bruder, den wir aufnehmen, wird einen Turban tragen und uns mit türkischem Honig traktieren müssen«, sagte er mit schwerer Zunge.

Zacharias Semmelmann verdrehte die Augen. Betrunken zu sein war eine lässliche Verfehlung, Unsinn zu schwatzen nicht.

»Einen Turban?« Gottfried Breitkopf, dem Stiftsbäcker gegenüber sitzend, lachte. »Eher wohl eine Fahne mit dem Kelch.«

»Wir werden so schnell kein neues Mitglied zum Kaland zulassen«, sagte Semmelmann ärgerlich. »Außerdem halte ich es für unwahrscheinlich, dass die Muselmanen bis Havelberg gelangen.«

»Aber König Sigismund hat auf dem Reichstag zu Nürnberg ausdrücklich vor den Türken gewarnt«, gab Notarius Rudolf zu bedenken.

»Der Luxemburger entschuldigt schon seit Jahren seine Untätigkeit im Reich mit der Türkengefahr«, mischte sich der Gewandschneider Anselm von Wilsnack in die Debatte. »Sigismund ist doch genauso ohne Talent zum Regieren wie sein Stiefbruder Wenzel, den die Kurfürsten Anno Christi tausendvierhundert wegen Unfähigkeit abgesetzt haben. Man stelle sich das vor ... Ja, beider Vater, Kaiser Karl der Vierte, das war ein Herrscher! Der verstand es, sich durchzusetzen. Aber seine Söhne ...?«

»Woher wollt Ihr das wissen?«, fragte Hedwig Breddin. Sie bekam keine Antwort.

»Man kennt das doch«, behauptete Anselm. »Ein starker und geschickter Vater baut etwas Großes auf, und die schwachen Söhne reißen es wieder ein. Die erste Generation gewinnt, die zweite vermehrt, die dritte verspielt.«

»Hoffentlich nicht«, sagte Zacharias Semmelmann leise und dachte dabei an seinen Erstgeborenen. Melchior war dazu ausersehen, einst das Erbe seines Vaters anzutreten und neben der Bäckerei auch die Liegenschaften und die geldwerten Anteilsrechte an Wiesen, Äckern und Mühlen zu übernehmen, die Semmelmann im Laufe der Jahre erworben hatte. Der Junge zeigte jedoch wenig Interesse an Besitztümern und ihrer Vermehrung.

Ein Bäcker musste nicht lesen und schreiben, er musste backen und rechnen können. Melchior jedoch hatte sich bereits als Kind das Lesen und Schreiben selbst beigebracht und wurde seitdem von einem geradezu aberwitzigen Bildungshunger beherrscht. Semmelmann hätte ihm die Lernbegierde mit dem Stock austreiben sollen, aber weil Melchior sein Lieblingskind war und er ihm keinen Wunsch abschlagen konnte, hatte er dessen Drängen nachgegeben und ihn auf die Domschule geschickt. Die Prämonstratenser, für die Zacharias Brot und Semmeln buk, waren belesene Leute, die viel unnützes Wissen angehäuft hatten, das einem unreifen Jüngling nur den Kopf verdrehte. Melchior studierte nicht allein dicke Schwarten, die mit dem Backhandwerk nicht das Geringste zu tun hatten, er hielt auch den Gesellen Eichkatz an, ebenfalls die Nase in Bücher zu stecken. Semmelmann hatte lange Zeit auf Eichkatz große Stücke gehalten. Mittlerweile jedoch zweifelte er nicht nur an dessen Ergebenheit und Treue.

»Eines Tages!«, rief Vikar Rathenow. Auch er hatte einen in der Krone. »Eines nicht mehr fernen Tages weht die Fahne mit dem Kelch auf dem Dom!«

»So ein Unsinn«, schnauzte ihn Semmelmann an, unsanft aus seinen Gedanken gerissen. »Havelberg liegt viel zu weit vom Schuss.«

»Oh, heilige Einfalt«, krähte von Rathenow. »Sigismund wird nicht bloß mit den Türken nicht fertig. Auch vor den Hussiten kneifen Majestät wie ein Waschweib.«

»Aber er hat schließlich unseren Kurfürsten Friedrich zum Führer des Reichsheers gegen die Hussiten bestellt«, erwiderte Semmelmann, dem die Richtung des Gesprächs nicht passte.

Hedwig Breddin nickte. Der Kaland war eine der Gemeinschaften, die auch Frauen aufnahmen. Semmelmanns Gattin gehörte ihm ebenfalls an. Sie liebte die Zusammenkünfte, die Mahlzeiten und Gespräche, hatte an diesem Tag jedoch Kopfweh und Magengrimmen vorgeschützt, um ihren Mann nicht begleiten zu müssen. Das beunruhigte Zacharias mehr, als er sich eingestand: Schon seit geraumer Zeit ahnte er, dass in seinem Haus etwas vorging, von dem seine Frau wusste, das sie ihm aber verschwieg.

»Ach, der Kurfürst!« Gottfried Breitkopf schüttelte den Kopf. »Dessen Truppen laufen schon fort, wenn sie die böhmischen Ketzer und ihre Streitwagen auch nur nahen hören!«

»Außerdem kümmert er sich bloß noch um die Reichspolitik und seine fränkischen Erblande«, gab Anselm von Wilsnack Wasser auf die Mühlen. »Seit 1425 hat er sich in der Mark nicht mehr blicken lassen. Nein, Brüder ... und Schwester, von ihm haben wir nichts zu hoffen.«

4

Ein Haus erwachte zum Leben, wenn seine Bewohner schliefen. Dann reckte und streckte es sich, und seine Glieder knackten. Christian Eichkatz erschrak bei jedem Schritt. Er trug nur sein Nachtgewand und setzte die nackten Sohlen behutsam auf den Boden, aber die Geräusche, die um ihn waren, ließen ihn immer wieder zögern. Er vernahm ein Knistern und Scharren, ein Trippeln und Schleifen, als würde das Haus von Dämonen bevölkert, die ihn jeden Augenblick anspringen konnten.

Der Geselle hatte kein Licht angezündet, sodass er sich an den Wänden entlang zur Diele tasten musste. Die Diele hatte einen Steinfußboden. Als Eichkatz einen Fuß auf den kalten Stein setzte, zuckte er zusammen. Um nicht einen der Stützbalken zu rammen, streckte er die Arme aus. Die Kälte kroch seine Beine hinauf, ein eisiger Luftzug streifte sein Gesicht. Plötzlich kreischte jemand auf. Christian fürchtete, sein Herz würde augenblicklich stehen bleiben. Er ließ die Arme sinken und verharrte. Seine Lider flatterten wie aufgeschreckte Vögel. Dem Kreischen folgte ein Fauchen. Der Geselle atmete auf. Irgendwo in den Tiefen des Hauses balgten sich Katzen, die Stiftsbäcker Semmelmann als Mittel gegen die Mäuseplage hielt. Christian durchquerte die Diele und trat in den Hof. Der Himmel war von Wolken entblößt, die Sterne wirkten ferner als sonst und wie leuchtende Eisklumpen. In dem fahlen Licht konnte Christian einzelne Dinge auf dem Hof voneinander unterscheiden: den entlaubten Baum, dessen Äste in die Luft stachen, den Wagen, mit dem Semmelmann das Mehl von der Mühle holte, den Brunnen und die Abortgrube. Im linken Seitenflügel befanden sich die Wohnräume der Meisterfamilie. Sie waren Christians Ziel.

Die Erde auf dem Hof, die der wochenlang anhaltende Herbstregen in Schlamm verwandet hatte, war mittlerweile zu einer schrundigen Masse erstarrt. Es gab scharfe Grate und tiefe Furchen, Hügel und Täler, lang gestreckte Gebirgszüge und Flussbetten – eine kleine Landschaft, die ein Riese durchschritt. Der Bodenfrost biss in Christians bloße Füße. Der Geselle zitterte. Er zitterte auch vor Erregung.

Zacharias Semmelmann war in zweiter Ehe verheiratet. Seine erste Frau kannte Christian nur vom Sehen. Etliche Jahre lag das nun zurück. Er war noch ein Kind gewesen und hatte seinen Eltern auf dem Markt geholfen, wo sie das in ihrer Backstube hergestellte klitschige Graubrot unter die Leute zu bringen versuchten. An Markttagen war Dorothea Semmelmann manchmal in Begleitung einer Magd vor den Ständen und Tischen der Metzger, Krämer und Höker erschienen, um Fleisch, frisches Gemüse oder Obst zu erwerben, gelegentlich auch eine Ledertasche oder einen schönen Gürtel. Der kleine Christian hatte diese reiche Frau in ihrem edlen Aufputz immer bewundert. An den Verkaufstisch der Eltern war sie nie getreten. Ihr Mann buk immerhin für die Stiftsherren des Klosters. Ein Ehepaar, das graues Brot feilbot, nahm sie nicht einmal wahr.

Doch ihre Schönheit, ihr Stolz und ihre aufrechte Haltung waren rasch verschwunden. Selbst dem Kind Christian war nicht entgangen, wie sie immer mehr abmagerte, wie sie bleicher und krummer wurde. Elf Kinder hatte sie ihrem Mann geschenkt, vier hatten überlebt. In den Pausen zwischen ihren Niederkünften war sie gelegentlich noch auf dem Markt erschienen, nur ein Schatten ihrer selbst, und mit dem zwölften Kind war sie im Wochenbett gestorben.

Der Geselle klinkte die Tür auf, durch die man den Seitenflügel von der Hofseite aus betreten konnte. Sie war unverschlossen, einzig das Tor zur Straße wurde nachts verriegelt. Nachdem er sich noch einmal umgeschaut hatte, eine rein gewohnheitsmäßige Handlung, denn natürlich war kein Mensch in der Nähe, schlüpfte Christian in den Wohntrakt.

Nachdem er Witwer geworden war, hatte der Stiftsbäcker die Trauerfrist verstreichen lassen und dann erneut geheiratet, eine ebenfalls verwitwete Frau, die drei Kinder in die Ehe mitbrachte. Bei ihr hatte sich Semmelmann besser vorgesehen, oder die Gatten hatten eines der heimlichen Mittel angewendet, die von heil- und kräuterkundigen Frauen verabreicht wurden, um wider den Willen der Kirche unerwünschte Schwangerschaften zu verhindern; jedenfalls hatte die neue Meisterin nur zwei Kinder zur Welt gebracht, deren eines innerhalb der ersten Woche nach der Entbindung an einem Fieber einging. Acht Kinder lebten nunmehr im Haus des Meisters, von denen Melchior und Sophie die ältesten waren. Beide entstammten der ersten Ehe.

Da Sophie das einzige Mädchen war, genoss sie das Vorrecht, eine Kammer für sich allein zu haben, während sich die Söhne zwei Räume teilen mussten. Fünfzehn Jahre war sie, also mannbar und in heiratsfähigem Alter. Es hieß, dass Semmelmann Ehepläne für sie schmiedete, ja, dass er schon in Verhandlungen mit einem Bäckermeister aus Wilsnack stand, der an den Pilgern zum Heiligen Blut so viel verdient hatte, dass ihm die halbe Stadt und die halbe Wilsnacker

Feldmark gehörten. Gewiss war das übertrieben, halbe Städte und halbe Feldmarken befanden sich normalerweise im Besitz von Ratmannen und der Kirche, zumal der Havelberger Bischof der Stadtherr Wilsnacks war.
Christian Eichkatz kratzte leise an der Tür zu Sophies Kammer. Dieses Erkennungszeichen, das an einen Einlass begehrenden Kater gemahnte, hatten die beiden Verliebten verabredet, denn Sophie sperrte ihre Kammer zu, um gegen unliebsame Überraschungen gefeit zu sein. Ebenso sanft, wie Eichkatz auf sich aufmerksam gemacht hatte, wurde der Riegel fortgeschoben.
Zwei, drei Lidschläge später lagen sich der Geselle und die Tochter seines Meisters in den Armen.

5

»Bernhard! Unser Schlafwandler ist wieder unterwegs!« Martin stieß den neben ihm schlafenden Lehrjungen an. Der wurde fast jede Nacht von schweren, vielleicht auch von unerlaubten Träumen geplagt, wälzte sich hin und her und zerrte manchmal die Decke fort, sodass Martin völlig entblößt wurde und davon erwachte. Allerdings war das auch von Vorteil, denn nur so gelang es ihm, hin und wieder zu bemerken, wie sich Christian davonschlich. »He, komm zu dir!«
»Was willst du?« Bernhard seufzte. Sein Körper war schweißbedeckt, und er roch wie ein Gaul nach dem Ausritt.
»Der Täuberich hat sich auf den Weg zu seinem Turteltäubchen gemacht.«
»Ja?« Bernhard war sofort hellwach. »Wie romantisch«, flüsterte er. »Ich hätte auch gern eine Geliebte.«
»Kein Mädchen nimmt einen Burschen mit krummen Zehen«, behauptete Martin.
»Als ob es darauf ankäme. Außerdem sind meine Zehen nicht krumm«, protestierte Bernhard.

»Aber wie! Richtige Krallen sind es! Wie bei einem Adler ...«
»Ich schlag deine schmutzige Fresse ein!« Bernhard hatte sich aufgerichtet.
»Still!«, herrschte der Geselle Lohse die Lehrjungen an. Auch er war also wach.
Martin ließ sich von Lohse nichts befehlen, er hörte nur auf Eichkatz. »Wenn der Meister davon erfährt ... Nicht auszudenken!«, sagte er.
»Ihr sollt still sein, habe ich gesagt. Oder es setzt Prügel. Schlaft weiter!«
»Ja, das wiegt einen in den Schlaf«, maulte Martin. »Hiebe und so liebe Worte ...«
Nackte Füße klatschten auf den Holzfußboden. Der Geselle war aus dem Bett gesprungen. Was er tat und wohin er sich wandte, konnten die Jungen natürlich nicht erkennen, allerdings gab es in der Kammer nicht viele Möglichkeiten, sich irgendwo hinzuwenden. Wenig später stand Lohse neben ihrer Lagerstatt. Sie sahen ihn nicht, aber sie spürten ihn, denn seine scharfen Atemzüge waren ganz nahe.
»Diese Nacht bringt die Entscheidung«, sagte Lohse geheimnisvoll.

6

»Sophie!« Christian war zu dem Mädchen unter die Bettdecke gekrochen und streichelte ihren Hals. Mit den Lippen massierte er ihr rechtes Ohrläppchen. Sophie lag ganz still. Warm und nachgiebig war ihr Leib, den der Geselle so sehr begehrte und doch noch nicht besitzen durfte.
»Es wird ernst«, sagte das Mädchen verzweifelt. »Alles ist abgesprochen. Meister Wiprecht Loewe wird nächste Woche den Brautwerber schicken. Sie verheiraten mich, Liebster!«
»Gegen deinen Willen, das verbietet die Kirche.«
»Ja, das wird mir viel nützen. In den unteren Schichten mag man aus

Zuneigung heiraten, weil man nichts zu verlieren hat. Mein Vater hat mir schon gedroht: Wenn ich mich der Ehe mit Wiprecht verweigere, enterbt er mich.«

»Brauchen wir das Geld deines Vaters?« Christian fuhr ihr mit der Kuppe des Zeigefinger über die Lippen. »Sophie, ich kann für uns arbeiten. In einer anderen Stadt gründen wir einen Hausstand und …«

»Ach, Christian, du Träumer.« Sophie fesselte ihn mit den Armen.

»Teilst du meine Träume nicht mehr?«

»Wohin wollen wir gehen ohne Geld? Wie wollen wir etwas gründen, wenn wir nichts besitzen? Du bist stark und kannst arbeiten, das weiß ich. Aber es wird niemals reichen … Es ist so wenig Hoffnung!«

»Sophie, ich bitte dich.« Christian Eichkatz ließ seine Finger über Kinn und Hals des Mädchens hinab zu ihren Brüsten wandern. Forsch bestiegen sie einen der Gipfel und umspielten die Brustwarze. Sophie unterdrückte ein Stöhnen. Eichkatz spürte, dass Verlangen und Angst in ihr widerstritten. Er küsste sie. Ihre Lippen blieben geschlossen.

7

Kurz vor Toresschluss eilte der Stiftsbäcker Zacharias Semmelmann die Steinstraße entlang dem gleichnamigen Tor entgegen. Sein Schritt war schwer, und er schwankte ein wenig, weil er entgegen seinem Vorsatz doch zu tief in den Becher geschaut hatte. Darüber ärgerte er sich maßlos, aber er hatte die unerquicklichen Gespräche an der Tafel einfach nicht mehr ertragen. Nachdem die angeheiterten Zunftbrüder die Laschheit des deutschen Königs Sigismund, die Türkengefahr und die Hussiten durchgehechelt hatten, waren sie auf die ständigen Streitereien zwischen Stadt und Domkapitel zu sprechen gekommen, eine jener endlosen Geschichten, die bereits die Altvorderen bewegt hatten. Vor mehr als hundertfünfzig Jahren hatten die Havelberger Bischöfe ihre Residenz nach Wittstock verlegt und die bischöflichen Rechte und Besitzungen an das Kapitel übertragen – seitdem schwelte der Streit. Er drehte sich um die stets gleichen Angelegenheiten, um Grundstücksgrenzen, um Nutzungsrechte an den Fischgründen, den Mühlen und der Lehmkuhle auf dem Sperlingsberg, und immer trugen die Prälaten den Sieg davon. Sie verfügten nämlich über ein Instrument, mit dem sie die rechtgläubigen Bürger und ihren Rat klein kriegten: die Kirchenstrafen. Vor zwei Jahren, man schrieb 1429, hatten die Domkapitulare Havelberg sogar mit dem Interdikt belegt. Weder Gottesdienste fanden statt noch Taufen, Hochzeiten oder Beerdigungen, für jeden guten Christen eine Katastrophe, also hatten sich die Bürger wieder einmal gefügt. Die Herren des Prämonstratenserstifts waren einfach zu mächtig. Und sie hatten längst vergessen, dass ihnen Ordensgründer Norbert von Xanten ein Leben nach der Regel des hl. Augustinus verordnet hatte, ein Leben in Buße und Armut.

Zacharias Semmelmann hatte das Steintor erreicht. Die Wachen waren drauf und dran, es zu verschließen, doch den bekannten und einflussreichen Klosterbäcker ließen sie noch durch. Semmelmann dankte Gott, dass er die Nacht nicht in der Stadt verbringen musste, und drückte jedem Wächter einen halben Pfennig in die Hand.

Auf dem Hohlweg hinauf zum Dombezirk – in der Nähe des Hospitals Sankt Gertraud und Sankt Annen, in dem die Wilsnackpilger beherbergt und versorgt wurden – kam den Bäcker plötzlich ein hysterisches Lachen an. Er schob es auf den im Übermaß genossenen Wein, allerdings war ihm auch etwas eingefallen, das Meister Anselm der Tafelrunde erzählt hatte. Womöglich war es nur ein Gerücht, doch warf es ein bezeichnendes Licht auf die seit Jahren erfolglose Gegenwehr des Reichs gegen die Hussiten. Im Sommer hatte man wieder einmal ein Kreuzheer aufgestellt, das den radikalen Ketzern, die sich Taboriten nannten, den Garaus machen sollte. König Sigismund hatte den brandenburgischen Kurfürsten Friedrich zum Hauptmann des Heers ernannt, Papst Eugen hatte seinen

Kardinallegaten Cesarini geschickt, um die unordentlichen Söldnerhaufen unter dem Kreuz zu einen. Verpatzt hatten sie es beide. Friedrich konnte nicht verhindern, dass sich seine Truppen bei Raubzügen und Plünderungen aufrieben, der Kardinallegat mochte predigen, was er wollte, niemand hörte ihn. Als schließlich die von Prokop dem Großen geführten Taboriten sich vor Taus dem Kreuzheer näherten, lösten ihre Schlachtgesänge eine Panik aus. In heillosem Durcheinander flohen die Söldner zum Böhmerwald. Die Leibwache des päpstlichen Gesandten wurde niedergehauen, Kardinallegat Cesarini schwang sich, nur mit seiner Unterwäsche bekleidet, auf ein Pferd und machte, dass er davonkam.

Zacharias Semmelmann bog sich und hielt sich die Seiten, die schmerzten. Die Vorstellung von einem Würdenträger des Vatikan, der in Unterwäsche auf dem Rücken eines Gauls das Weite sucht, war zu komisch.

Nach einer Weile beruhigte sich der Bäcker. Er hatte das Krugtor erreicht, das verschlossen war, und ihm wurde bewusst, welch ein lächerliches Bild ein Mann bot, der nachts auf dem Hohlweg einen Lachkrampf bekam. Zacharias wummerte gegen das Tor. Seine Hysterie war nicht allein durch Bier und Wein sowie Anselms Erzählung verursacht. Auf seinen Schultern lasteten schwere Sorgen. Die ältesten Kinder, der Sohn Melchior und die Tochter Sophie, schienen aus der Art geschlagen.

In dem Tor wurde eine Luke geöffnet, und einer der Wächter leuchtete Semmelmann ins Gesicht. Er kannte den Mann, der Einlass ins Kloster begehrte, aber Zacharias war klar, dass hier ein Bestechungsgeld fällig wurde, also reichte er eine Münze durch die Luke. Wenig später wurde ein Flügel so weit geöffnet, dass er hindurchschlüpfen konnte.

Der Bäcker besaß ein fest gefügtes und unumstößliches Bild von sich und der Welt. Gott der Herr herrschte über allem, und da es notwendig war, ihn versöhnlich zu stimmen und für das Seelenheil Vorsorge zu treffen, stiftete Zacharias Messen und Altarpfründen.

Als Handwerker stellte er gute Ware her, er zog seinen Kunden nicht das Fell über die Ohren, er vermehrte die Barmittel und Besitztümer, über die er verfügte, und er war seiner Familie ein strenger, aber gerechter Vorstand. Dass er Geld einnahm und es klug anlegte, tat er nicht für sich, sondern für seine Erben. Er wollte einfach nicht wahrhaben, dass diese Erben vielleicht nicht wert waren, dass er für sie schuftete. Zweifel kamen in seinem Weltbild nicht vor.
Aber er zweifelte.

8

»Wer nach den Sternen greifen will, darf sich nicht ducken«, sagte Christian, während er mit Sophies Brüsten spielte.
»Du hast gut reden, denn du bist ein Mann.« Das Mädchen schob seine Hände sacht fort. »Wenn ein Mann stürzt, richtet er sich wieder auf. Ein gefallenes Weib kommt nie mehr auf die Beine.«
»Sophie, ich liebe dich.« Christian ließ sich nicht so leicht abweisen. Er griff nun etwas fester zu und knetete ihre Brüste wie einen Brotteig. Sophie stöhnte. »Erwiderst du meine Gefühle nicht mehr?«
»Oh, doch ... doch, Christian ... ja ... nein, nicht!«
Bisher hatte sich der Geselle immer beherrscht. Begab er sich nachts in Sophies Kammer, hatte er das Mädchen umarmt und geküsst, gestreichelt und liebkost, aber er hatte respektiert, dass es unterhalb des Bauchnabels eine Grenze gab, eine Mauer von unüberwindbarer Höhe. Jetzt ließ er seine Finger vom Zügel. Dass Sophie nicht an eine gemeinsame Zukunft glaubte, steigerte seine Erregung so sehr, dass er nicht mehr Herr seiner Sinne und seiner Taten war. Mit einer heftigen, fast brutalen Bewegung fuhr er ihr zwischen die Schenkel, die sie sofort zusammenpresste.
»Christian! Was tust du?«
»Was ein Mann mit einem Weib macht.«
»Nein! Du darfst nicht!«
Aber Christian war nicht länger zu halten. Der bisher unterdrückte

Gedanke, dass es keine Hoffnung gab, brach sich in einer plötzlichen Wut Bahn, die den Gesellen dazu anstiftete, gewaltsam in Sophies Höhle einzudringen. Ohne jeden Grund, so schien es ihm, hasste er sowohl das Mädchen als auch ihren Körper, den Sitz der Sünde, er hasste die Umstände, unter denen er leben musste, er hasste sich selbst für seine Begierden. Dieser Hass stachelte seine Leidenschaft, also stieß er das Bettzeug fort, schwang sich auf den Körper des Mädchens, legte ihr in einem Anfall von Raserei die Hände um den Hals, biss sie in die Brust und zwang mit dem Knie ihre Schenkel auseinander. Sophie bäumte sich auf, sie schlug nach ihm, aber nach wenigen Lidschlägen gab sie den Widerstand auf. Sie umschlang ihn mit Armen und Beinen, sie drückte ihn mit einer Kraft an sich, die er ihr niemals zugetraut hätte. Sie wollte nun auch, was er wollte, das Verbotene, das Entehrende, die Lust – und ihren Untergang.

9

Als Meister Zacharias sein Haus in unmittelbarer Nähe von Dom und Bäckertor erreichte, drang ein schwaches Licht durch die Ritzen der Fensterläden. Semmelmann wusste sofort, dass etwas Außergewöhnliches geschehen sein musste, denn normalerweise pflegten Frau, Kinder und Gesinde zu schlafen, wenn er von einer Kalandssitzung heimkehrte. Von der kalten Nachtluft ernüchtert, nestelte er den Schlüsselbund vom Gürtel.

Das Tor zur Diele, in der er die Mehlsäcke lagerte, wurde allabendlich von innen mit einem Balken verriegelt. In dem rechten Flügel war jedoch eine Pforte eingelassen, die er nun aufschloss. Das Holz, Wind und Wetter ausgesetzt, hatte sich verzogen, sodass er gewaltsam an der Tür zerren musste, um sie zu öffnen. Mit einem Satz sprang er über die Schwelle.

Seine Lehrjungen Martin und Bernhard, beide nur im Hemd, schauten ihm entgegen. Martin lehnte an einem Stützbalken, Bernhard an einem Mehlsack. Jeder trug ein Licht in der Hand, und Semmelmann glaubte in ihren Augen so etwas wie Triumph zu erkennen. Das Schlimmste ahnend, stürzte er an ihnen vorbei auf den Hof und in den Seitenflügel.

Vor der Tür zur Kammer der Tochter hatte sich ein kleiner Auflauf gebildet, aus der Kammer drang heiseres Geschrei. Semmelmann erkannte die Stimme seiner Frau. Auch die Mienen der Mägde und Knechte verrieten neben Entsetzen und Neugierde ein gewisses Maß an Schadenfreude. In diesem Moment von Semmelmanns Schwäche und Niederlage waren sie ihrem strengen Herrn überlegen.

»Geht sofort zurück ins Bett!«, herrschte Zacharias sie an. »Und ich rate euch, lasst nichts von dem, was ihr gesehen und gehört, aus diesem Hause dringen. Ich erfahre alles, und dann gnade euch Gott!«

Nur zögernd zog sich das Gesinde zurück. Semmelmann betrat die Kammer. Sofort schoss ihm das Blut zu Kopf und in die Augen.

Seine Tochter Sophie, das Juwel, das er Wiprecht Loewe aus Wilsnack zu verkaufen gedachte, lag im Bett und hatte die Decke bis zum Kinn hinaufgezogen. Die Meisterin, im Nachtgewand und mit der Schlafmütze auf dem Haupt, hatte sich leer geschrieen und hockte nun völlig apathisch auf einer Sitztruhe. Alles an ihr hing hinab: die Schultern, die Brüste, die Beine, das Doppelkinn und sogar die Schlafmütze. Fünf Fuß hinter ihr lehnte zwischen dem Fenster und dem kleinen Tischaltar, den die Tochter so liebte, der Altgeselle Eichkatz an der Wand. Er trug nur ein Adamskostüm und fröstelte. Dieser Anblick löste in Semmelmanns Kehle sofort ein Kitzeln aus. Der Meister schluckte heftig.

Zacharias Semmelmann hielt sich nicht für einen *literatus*, also für einen belesenen und gebildeten Menschen, wie sein Erstgeborener einer war. Dennoch hatte er, wenn Melchior eine Lektion in Latein paukte, die eine oder andere Redensart aufgeschnappt. *Quilibet, in domo sua, dicitur rex*, lautete ein alter Spruch: »In seinem Haus ist jeder König.« Semmelmann war nicht sicher, ob er in seinem Haus und Hof noch König war oder nur ein dummer Knecht, der Spielball der Launen jedes Hausgenossen sein durfte.

Auf der anderen Seite vom Tischaltar stand der Geselle Wendel Lohse, was Zacharias außerordentlich missfiel. Lohse hielt Christians Kittel in der Hand und unterdrückte nur mühsam ein Grinsen. Semmelmann hatte nicht übel Lust, ihm ins Gesicht zu schlagen. Er begriff nun, warum seine Frau daheim geblieben war. Wendel musste sie gewarnt haben. Irgendwann hatte er ihr wohl erklärt, er habe den Verdacht, dass der Altgeselle eine Liebelei mit Sophie vom Zaun gebrochen hätte. Und an diesem Abend, den Semmelmann außer Haus verbrachte, hatten sie Christian aufgelauert, um ihn auf frischer Tat zu ertappen.

Sophie war eine falsche Schlange. Grün und blau würde er sie schlagen.

Das Kitzeln in der Kehle wurde stärker. Als seine Frau in Tränen ausbrach, begann Semmelmann laut zu lachen.

»Hat er … hat er sie …«, stammelte er, die Worte in den kurzen Pausen zwischen den Lachanfällen mühsam hervorstoßend, »hat er sie etwa … raubte er ihr …?« Und er deutete auf Christian.

»Ich weiß nicht«, sagte die Meisterin leise. Sie wagte nicht, ihren Gatten anzuschauen.

Semmelmann nahm sich zusammen. »Raus!«, befahl er Lohse.

Der Geselle warf Eichkatz dessen Kittel zu und gehorchte sofort.

»Du auch«, wandte sich Zacharias an Christian. »Warte in der Backstube.«

Christian verließ die Kammer. Nun fing auch die Tochter, die bislang wie erstarrt unter ihrer Decke gelegen hatte, zu weinen an.

»Hör auf!«, brüllte der Stiftsbäcker. »Frau?«

Die Meisterin nickte.

»Untersuche sie!«, befahl Semmelmann.

Ganz außer Atem trat er vor die Tür und betete ein Vaterunser. Als er es zum zweiten Mal begann, gelangte er nur bis zu dem Vers »Und führe uns nicht in Versuchung«, da kam seine Frau mit der Nachricht, die ihn entweder erlösen oder niederschmettern würde.

»Sophie hat ihren kostbarsten Schatz verloren«, lautete sie.

Semmelmann war am Boden zerstört. Der Meisterin hingegen schien es nicht so viel auszumachen.

»Das lass dir die geringste Sorge sein«, sagte sie entschlossen. »Wir Weiber kennen Mittel und Wege, eine verlorene Jungfräulichkeit wiederherstellen und einen frisch gebackenen Ehemann glauben zu machen, eine unversehrte Braut zu beschlafen.«

»Ach?« Semmelmann schaute seine Frau skeptisch an.

»Dass ein Geselle es gewagt hat, deine Tochter zu verführen, das, lieber Mann, sollte dir zu denken geben. Es macht dich zum Gespött der Leute. Kann er nicht auf sein Kind Acht geben, werden sie sagen. Tanzt man ungestraft auf Semmelmanns Haupt herum? Das können wir auch.«

»Was mache ich bloß mit dem Christian?«

»Jage ihn aus dem Haus«, riet die Frau. Sie hatte die Erschütterung der letzten halben Stunde verwunden und war entschlossen, die Ehre der Familie zu retten.

ZWEITES KAPITEL
Die Sterne fallen, und Schnee fällt auch

1

»Deine Küche, das muss man dir lassen, lieber Wohlgemuth, deine Küche gehört zu den besten in ganz Rathenow.« Der Kaufmann Apel Bauchspieß wischte sich mit einem Tuch das Fett von den Lippen und lehnte sich behaglich zurück.

Unter anderen Umständen hätte der Getreidehändler Heinrich Wohlgemuth ein solches Lob gern gehört, aber im Moment vermochte er sich an rein gar nichts zu erfreuen. Was er seinem Gast hatte auftischen lassen, konnte er sich eigentlich nicht mehr leisten.

Wohlgemuth deutete auf die Schüssel mit dem Biberfleisch. »Lang noch zu, Freund Apel«, sagte er.

»Willst du mich zum Platzen bringen?« Bauchspieß lächelte zwar, aber sein Blick strafte dieses Lächeln Lügen. »Kein Hühnerbein geht mehr in mich hinein. Wein nehme ich allerdings gern.«

Da sich Wohlgemuth beim Gespräch mit Bauchspieß nicht stören oder gar belauschen lassen wollte, hatte er die Mägde zu Bett geschickt. Er bediente den Gast mit eigener Hand und goss noch etwas von dem teuren Rheinwein in dessen Becher.

Apel Bauchspieß prostete ihm zu. »Also, mein lieber Heinrich, wann gedenkst du deine Schulden zu begleichen?«

Obwohl diese Schulden der Anlass ihres Treffens waren, hatte Wohlgemuth die ganze Zeit gefürchtet, dass Bauchspieß auf sie zu sprechen käme. Natürlich war es unausweichlich. Und jetzt war es soweit.

Der Kaufmann hatte es für einen geschickten Schachzug gehalten, als er im Frühjahr vor der Aussaat einigen havelländischen Bauern die künftige Ernte der Gerste, des Hafers und vor allem des Roggens vom Halm weg abgekauft hatte. Da die Erträge in den zurückliegenden Jahren schlecht ausgefallen waren, rechnete er mit steigenden Preisen. Um den Handel finanzieren zu können, hatte Wohlgemuth Geld aufgenommen, nicht etwa bei einem jüdischen Wucherer, sondern bei Bauchspieß, der ein ebenso guter Christ war wie er selbst. Auch der nahm saftige Zinsen, aber unter Freunden, so hatte der Kaufherr gedacht, konnte man im Notfall mit Stundung rechnen.

Wegen der lang anhaltenden Wirren in der Mark Brandenburg waren die Preise aber keineswegs gestiegen, sondern sie waren ins Bodenlose gefallen. Die Erlöse aus dem Weiterverkauf des Getreides waren so gering, dass Wohlgemuth kurz vor dem Ruin stand. Deshalb hatte er Apel zu dem üppigen Mahl in sein Haus geladen: Er hoffte, mit ihm über einen Zahlungsaufschub verhandeln zu können, ahnte aber bereits, dass beim Geld jede Freundschaft endete.

»Du bekommst natürlich, was dir zusteht«, sagte er schwach.

»Aber wann, Heinrich? Ich warte schon zu lange …«

»Du weißt, wie die Geschäfte laufen.«

»Das weiß ich.« Bauchspieß leerte seinen Becher. »Meine laufen gut.«

»Du Glücklicher«, murmelte Wohlgemuth und griff ebenfalls nach dem Wein.

»Mit Glück allein hat das nichts zu tun«, erklärte Apel. Offenbar wollte er Wohlgemuth auch noch demütigen. Wenn er sich auf eine Prolongation nicht einließ, hätte er das Recht, den Freund in den Schuldturm werfen zu lassen. Auf billigere Weise konnte man einen Konkurrenten nicht loswerden. »Also, Heinrich, wann zahlst du?«

»Ich kann nicht.« Mit diesen drei Worten war es heraus. Obwohl sich Wohlgemuth damit vollends in die Hand seines Gegenübers begab und obwohl er sich schämte, war er doch erleichtert, endlich ausgesprochen zu haben, was ihn seit langem quälte und was Bauchspieß wohl auch längst wusste.

»O doch, du kannst.« Bauchspieß nahm nun doch noch ein Stück von dem gebratenen Biber und schob es sich in den Mund. Bedächtig kaute er darauf herum und ließ Wohlgemuth nicht aus den Augen. »Wenn nicht in barer Münze ... Du besitzt eine Kostbarkeit, die ich gern zum Ersatz nehme.«

»Was meinst du?«

»Deine Tochter«, entgegnete Bauchspieß.

Der erfolglose Getreidehändler erbleichte. »Alheid?«

»So heißt sie wohl.«

»Apel, ich verstehe dich nicht. Hast du nicht der Kauffrau Mechthild Gesang die Ehe versprochen?«

»Wer sagt so etwas?«, wollte Bauchspieß wissen.

»Man hört dergleichen ... in anderen besseren Häusern.«

»Das ist Unsinn, Heinrich. Gerede. Du weißt, wie solche Gerüchte entstehen. Weil man mich ein paar Mal in Mechthilds Haus gesehen hat, wird gleich über eine Ehe spekuliert. Daran ist nichts.«

»Du bist also nicht mit Mechthild verlobt?«

»Das sagte ich gerade. Oder glaubst du, dass ich lüge?«

»Nein, nein«, versicherte Wohlgemuth.

»Gut. Dann denke gründlich über mein Angebot nach.«

2

Noch in der Nacht hatte Christian Eichkatz seine Siebensachen packen und das Haus des Stiftsbäckers Semmelmann in Schimpf und Schande verlassen müssen. Einen Hund verwies man zu dieser Stunde nicht der warmen Stube, einen fehlgegangenen Gesellen schon. Bis zum Morgengrauen hatte der junge Mann in der Nische zwischen Westwerk und Langhaus des Doms ausgeharrt, erbärmlich gefroren und mit den Tränen gekämpft. Seine überreizte Fantasie hatte ihm immer abenteuerlichere Handstreiche zur Befreiung von Sophie aus den Fängen ihres Vaters ausgemalt, dabei war ihm längst klar, dass sie ihn zweifellos liebte, aber niemals bereit sein würde, den bürgerlichen Wohlstand gegen ein Leben unter einfachsten Umständen einzutauschen. Schließlich waren nicht nur seine Glieder, sondern auch seine Gedanken und Visionen erfroren. Zuerst schlotternd, dann nahezu erstarrt hatte er den Zeitpunkt herbeigesehnt, da endlich die Tore geöffnet wurden. Als sich der Himmel hinter dem Chor der mächtigen Kathedrale zu röten begann, machte sich Christian auf den Weg zu der Insel, auf der sich Havelberg ausbreitete.

Das Wasser der Havel bildete einen natürlichen Schutz, sodass die Einwohner auf eine kostspielige Stadtmauer verzichten konnten. Pfähle und Palisaden wurden als ausreichend erachtet, unliebsame Besucher vom Betreten der Stadt abzuhalten. Zwei Tore sicherten die Ausfallstraßen, das Steintor die nördliche, das Sandauer Tor die südliche, ein drittes die Lange Brücke über den Stadtgraben. Christian verließ das Kloster durch die Bäckerpforte. Auf dem mit Brettern befestigten Rickensteg, der den Bischofsberg mit dem Stadtgraben verband, stieg er hinab zur Langen Brücke.

Christian Eichkatz war der Wache bekannt. Seine Familie lebte seit mehreren Generationen in Havelberg. Sie genoss zwar nicht das Ansehen der Weißbäcker, besaß jedoch das Bürgerrecht, und da die Wächter nicht zu den Wohlhabenden zählten, ernährten sie ihre Angehörigen ganz sicher nicht mit Weizenbrot. Weil Christian kein Fremder war, verzichteten sie auf jene drei Fragen, die man unbekannten Reisenden zu stellen pflegte: Wer seid Ihr? Woher kommt Ihr? Was wollt Ihr? Auch ein Torgeld erhoben sie nicht. Nachdem der gefeuerte Geselle ihnen den Morgengruß entboten und sie ihn erwidert hatten, winkten sie Eichkatz einfach durch.

Christian hatte die Heimatstadt nie verlassen, also fehlte es ihm an Vergleichen. Dennoch war er sich bewusst, dass Havelberg nicht zu den großen Orten zählte. Von Lübeck und Köln hörte man, dass in ihnen mehrere zehntausend Menschen lebten, von Paris, Venedig oder Florenz hieß es, man könne sie an einem Tag nicht durchqueren, für Christian eine ebenso erschreckende wie verlockende Vorstellung:

Einerseits war man als Fremder in einem solchen Moloch verloren, andererseits gab es sicher viel Merkwürdiges, Ungewöhnliches und nie Gesehenes zu entdecken, und ein Fehltritt sprach sich nicht in Windeseile unter allen Einwohnern herum. Nicht dass er von solchen Riesenstädten träumte, aber wenn die Berufspilger auf ihrem Weg zum Heiligen Blut von Wilsnack in Havelberg Quartier nahmen und ihr Geld in der Stadt ließen, lauschte er gern ihren Gesprächen. Um ihr Seelenheil besorgte reiche, daheim jedoch unabkömmliche oder zu faule Bürger und adlige Herrn pflegten Wallfahrten nicht selbst zu unternehmen, sondern Männer für diese oftmals weiten und nicht ungefährlichen Reisen zu bezahlen. Diese Männer waren viel herumgekommen, manche hatten Rom gesehen und Santiago de Compostela, andere sogar Jerusalem, das sich seit dem Scheitern der Kreuzzüge wieder unter muselmanischer Herrschaft befand. Sie berichteten von den Städten, die jedes Maß sprengten. Um in Havelberg vom Sandauer zum Steintor zu gelangen, brauchte man nicht einmal das Viertel einer Stunde.
Christians Eltern besaßen ein Haus bei der Rossmühle, eine günstige Lage, mussten sie das Mehl doch nur ein paar Klafter weit zur Backstube transportieren. Wie der Name sagte, wurde das Mahlwerk von Pferden angetrieben. Die einzige Mühle auf der Stadtinsel gehörte ebenso dem Domkapitel wie die Windmühlen auf den Bergen sowie die Schiffsmühlen im Stadtgraben und auf der Elbe beim Mühlenholz.
Der junge Geselle überquerte den Platz vor der Stadtpfarrkirche. So, wie sich das Backhaus des Klosters beim Dom befand, der dem Patrozinium der Gottesmutter unterstand, lebten und arbeiteten der Bäckermeister Ehrenfried Eichkatz und seine Gattin in Sichtweite von Sankt Laurentius – das war aber schon die einzige Gemeinsamkeit. Der Heilige mit dem Feuerrost war auch der Schutzpatron des Mariendoms. Sankt Laurentius war eine Tochterkirche des bischöflichen Münsters, sodass die Domherren die Priester für die Stadtkirche stellten und auf diese Weise ihren Einfluss auf die

Köpfe der Bürger und Beisassen auch hier geltend machten. Das Kapitel war einfach überall.
Vor dem Haus der Eltern zögerte Christian. Er wusste den Vater, dessen Gesellen und den Lehrjungen seit Stunden in der Backstube, und auch er selbst hätte eigentlich am Ofen stehen müssen, sein Besuch würde also eine große Überraschung sein. Zu dieser frühen Stunde konnte sich in der Stadt noch nicht herumgesprochen haben, was er getan hatte. Dennoch fürchtete Christian die Begegnung mit dem Vater. Ausflüchte waren zwecklos, irgendwann würde er ohnehin alles erfahren.
Erst vor zwei Tagen war Christian in der Stadt gewesen, allerdings nicht um die Eltern zu besuchen, sondern um mit Wendel Lohse Bier zu trinken. Kaum dachte er daran, kam ihm blitzartig die Erkenntnis, warum der zugeknöpfte Lohse ihn überhaupt ins Gasthaus eingeladen hatte. Natürlich. Lohse hatte gehofft, der angetrunkene Christian würde sich verplappern und etwas verraten über seine Liebe zu Sophie. Wendel, dem Christians nächtliche Ausflüge nicht entgangen waren, hatte ihn bei Semmelmanns Gattin angeschwärzt, um seine Position im Haus des Stiftsbäckers zu verbessern. Und er hatte sein Ziel erreicht, denn nun war er der einzige Geselle und hatte gegenüber den Lehrjungen das Sagen.
Wut stieg in Christian auf, ein kalter Hass auf den gemeinen und selbstsüchtigen Lohse, der ihn um seines Vorteils willen ins Unglück gestürzt hatte, ihn und womöglich auch Sophie. Der Glaube verlangte, seine Feinde zu lieben und ihnen auch die andere Wange hinzuhalten, wenn sie auf die eine geschlagen hatten; dazu war Christian nicht bereit. Lohse gehörte anständig verprügelt. Ihm gehörte der Ehrgeiz aus dem Leib geknüppelt. Eichkatz würde einige Freunde in Havelberg finden, die einem Verräter wie Wendel mit Begeisterung auflauerten und ihm das Fell gerbten, käme er wieder einmal in die Stadt. Verdient hätte er es, aber Christian war kein gewalttätiger Mensch und bezweifelte, dass er tun würde, was er sich gerade vorstellte. Zaghaft betätigte er den Türklopfer.

Es brauchte einige Zeit, bis der Vater in der Backstube das Klopfen hörte, zur Tür schlurfte und sie öffnete. Erstaunt musterte er seinen Sohn. Bleich sah er aus und durchgefroren.
»Christian!«, rief der Vater. »Musst du nicht backen?«
Der Sohn schüttelte den Kopf.
»Was ist geschehen?«
»Lässt du mich nicht ein, Vater?«
»Natürlich.« Ehrenfried Eichkatz trat beiseite, Christian schlüpfte ins Haus.
Der Vater führte ihn in die Wohnstube und verließ für einige Augenblicke den Raum, um die Mutter zu holen, die sogleich eine Schüssel mit heißer Biersuppe brachte. Der hungrige Christian schlang die Suppe hinunter, als wäre sie die letzte Mahlzeit, die er auf Erden bekommen sollte. Die Eltern beobachteten ihn dabei. Christian mied ihre Blicke. Er spürte jedoch, dass sein Auftauchen an diesem frühen Morgen ihnen Angst machte wie alles, was den Regeln des Alltags zuwiderlief.
Nachdem er gegessen hatte, erstattete er Bericht. Er bemühte sich um einen nüchternen Ton, obgleich seine Gefühle verrückt spielten, doch das wollte er nicht zeigen. Die Mutter schlug die Hände vor die Augen, ihre Schultern zuckten. Das Gesicht des Vaters verfärbte sich, während er zuhörte und den Sohn nicht einmal unterbrach, es wurde rötlich-blau wie bei einem Erstickenden, und die Augen quollen hervor.
Nachdem Christian geendet hatte, sagten die Eltern lange nichts. Die Mutter weinte, der Vater hockte schwer atmend auf seinem Stuhl. Christian wartete auf ein erlösendes Wort. Obwohl er nicht um Verzeihung gebeten hatte, wünschte er nichts sehnlicher, als dass die Eltern ihm vergeben würden. Er hatte gefehlt. Doch er hatte es aus Liebe getan, und die Liebe kam von Gott. Der Sohn des Herrn hatte alle Menschen geliebt, auch, ja vor allem die Schwachen und die Sünder. Wenn sie Reue zeigten. Christian bereute.
Nein, er bereute nicht.

»Und du hast ... die Tochter deines Meisters ... Das hast du gewagt?« Der Vater fasste es nicht.
Christian nickte vor sich hin. Er hätte sich beherrschen, er hätte seiner Leidenschaft Zügel anlegen müssen. Dass er Sophie entehrt hatte, die er liebte oder zu lieben glaubte, das konnte er sich selbst nicht verzeihen, das bereute er doch.
»Wie stehen wir nun da?«, sagte die Mutter mit belegter Stimme. »Man wird über uns tuscheln. Zum Stadtgespräch hast du uns gemacht, uns, deine Eltern, die sich nie etwas haben zuschulden kommen lassen. Oh, Herr, warum hast du mich mit einem solchen Sohn geschlagen? Keine Messe lasse ich aus, ich gebe den Armen Almosen und habe für einen Nebenaltar in der Laurentiuskirche zwei Kerzen gestiftet. Zwei Kerzen aus Bienenwachs sogar. Vom Munde abgespart ...«
»Und wir waren so stolz auf dich«, schlug der Vater in dieselbe Kerbe. »Unser Sohn durfte bei einem Weißbäcker in die Lehre gehen. Sogar im Kloster der Weißen Mönche, so nah bei Gott! Geselle ist er schon gewesen, Geselle beim Stiftsbäcker! Vielleicht wäre er selbst einmal Herr im klösterlichen Backhaus geworden und hätte die Festsemmeln des Propstes herstellen dürfen ... Bewundert hat man uns dafür, vielleicht beneidet. Einen wunderbaren Sohn hat Gott euch geschenkt, sagten die Nachbarn, einen Sohn, der es noch weit bringen wird. Immer haben wir das Beste für dich gewollt. Du warst unsere Hoffnung für das Alter und die Zeit der Gebrechen, der kein Mensch entgeht. Doch nun? Alles hast du zerstört. Für einen Weiberschoß! Und nicht für irgendeinen, nein! Gibt es keine Huren in der Stadt?«
»Mann, versündige dich nicht!«, verlangte die Mutter. »Nicht auch du noch!«
Der Vater sprang auf. Entschlossen riss er die Tür auf. »Frau!«, sagte er mit einer Stimme, die so unverhofft klar und scharf war, dass sie Christian wie ein Messer in die Eingeweide fuhr. »Lass uns Trauerkleidung anlegen. Wir haben heute unser ältestes Kind verloren.«

3

Der Rathenower Kaufmann Heinrich Wohlgemuth hatte eine schlaflose Nacht hinter sich. Schon früh am Morgen hatte er sich in seine Schreibkammer zurückgezogen, nicht um notwendige Arbeiten zu erledigen, sondern um nachzudenken. Sein Gläubiger Bauchspieß hatte bereits des öfteren Anspielungen auf Heinrichs Tochter gemacht, über deren Schönheit man in ganz Rathenow sprach. Ihr Vater achtete darauf, dass Alheid das Haus nie unbegleitet und nur in züchtiger Kleidung verließ, aber natürlich war es unvermeidbar, dass sie beim täglichen Besuch der Messe von den männlichen Kirchgängern angestarrt wurde. Alheid war ein gutes Kind. Sie war folgsam und gottesfürchtig, sie verstand, sich grazil zu bewegen, ohne dass es anstößig wirkte, sie konnte spinnen, stopfen und nähen, aber auch lesen und schreiben, sie konnte hervorragend singen, und sie las ihrem Vater jeden Wunsch von den Lippen ab. Außerdem war sie eine gute Partie. Trotz seiner katastrophalen finanziellen Lage hatte Wohlgemuth ihre Mitgift nicht angerührt.

Im Jahr 1415 nach der Fleischwerdung des Herrn war Alheid als drittes Kind des Heinrich und der Maria Wohlgemuth zur Welt gekommen. Die Erstgeborenen, beides Söhne, waren ein paar Tage nach der Entbindung zu Bräutigamen des Himmels geworden, sodass Alheid des Kaufmanns ältester Sprössling war. Offenbar hatte es ihr Glück gebracht, das Licht im Heumonat erblickt zu haben, denn sie war gesund. Heinrich Wohlgemuth betete fast jeden Tag zu Gott, dass es so bliebe.

Mittlerweile war Alheid sechzehn Jahre alt. Manche Mädchen waren in diesem Alter längst verheiratet, ja bereits Witwe. Die Kirche geißelte zwar den Brauch, junge Mädchen mit alten Männern zu verehelichen, aber die Kirche geißelte so allerlei, das dennoch praktiziert wurde. Es war immer leichter geworden, einen Sündenablass zu erhalten, wenn man über die entsprechenden Mittel verfügte. Man stiftete einfach ein erbauliches Bild für ein Gotteshaus, man

legte ein paar Pfennige mehr in die Kasse, aus der die Armen versorgt oder die Ketzerkreuzzüge bestritten wurden, man gab einen Obolus für die Predigerwitwen, und schon stand man rein vor Gott. Wohlgemuth bezweifelte gelegentlich, ob sich der Herr beim Jüngsten Gericht von den Zetteln beeindrucken ließe, die sündige Priester den Sündern ausstellten. Gott wog die Seelen und keine Papiere.
Jemand klopfte an die Tür. Der Getreidehändler schlug rasch das Handlungsbuch auf, ergriff eine Feder und öffnete das Tintenfass. Als er den Gänsekiel in das Fass tauchte, wurde ihm bewusst, dass er noch gar keine Tinte angerührt hatte. Das machte nichts, wer immer Einlass begehrte, würde es nicht bemerken und glauben, dass Wohlgemuth schon seit Stunden arbeitete.
»Herein!«
Die Küchenmagd Elsbeth betrat die Schreibkammer.
»Die Frau ruft Euch zu Tisch, Herr«, sagte sie.
Wohlgemuth nickte, aber er schloss weder das Geschäftstagebuch, noch unternahm er Anstalten, sich zu erheben, denn er fürchtete die Begegnung mit Frau und Tochter. Elsbeth begab sich wieder an den Herd.
Wenn sich Wohlgemuth ernsthaft prüfte, gestand er sich ein, dass er auf Alheids Auftreten und Lebenswandel nicht nur Acht gab, weil es ihm um seine Ehre zu tun war, denn nur um sie konnte es gehen. Frauen hatten keine Ehre, und wenn man ihnen etwas antat, entehrte man immer den Mann, entweder den Vater oder den Gatten. Nein, Heinrich war eifersüchtig. Er liebte seine Tochter. Es war unbefleckte Vaterliebe ohne einen blutschänderischen Hintergedanken, denn als begehrenswertes Weib nahm er Alheid nicht wahr.
Aber warum dachte er dann überhaupt an diese Möglichkeit?
Wohlgemuth sprang abrupt auf. Er schlug mit der rechten Hand auf den blanken Tisch. Das Tintenfass stürzte um, ohne Schaden anzurichten.
Seine Liebe zur Tochter war keineswegs ungetrübt. Sie war auch deshalb so stark, weil er seine beiden ersten Söhne verloren hatte.

Jene Empfindungen, die er ihnen während ihrer kurzen Lebensspanne entgegengebracht hatte, konzentrierten sich elf Monate nach dem Tod des zweiten Jungen auf Alheid. Und so war es sechzehn Jahre lang geblieben. Seine Frau Maria hatte noch drei weitere Kinder entbunden, darunter zwei männliche, und sie alle lebten. Obwohl sich Wohlgemuth bemühte, es sie nicht spüren zu lassen, zog er die Tochter vor.

Der Kaufmann strich seine Kleider glatt und rückte den Gürtel zurecht, an dem er den Schlüssel zum Wandschrank befestigt hatte; die Gewalt über alle anderen Schlüssel, insbesondere den zur Speisekammer, oblag der Hausfrau. In dem Wandschrank verwahrte Wohlgemuth das Geld, die Wertpapiere, die Verträge und das Rechnungsbuch. Er war derzeit erschreckend leer.

Wohlgemuth streckte sich. Und in dieser Haltung, aufrecht und unantastbar, verließ er die Schreibkammer.

4

»Anständige Menschen arbeiten jetzt«, sagte der Krüger süffisant. Christian Eichkatz hatte bereits vier Becher Dünnbier intus, ohne eine Wirkung zu spüren, was bei der Plörre kein Wunder war. Soeben hatte er Nachschub verlangt. Der Wirt sollte also froh sein, so früh am Tage bereits Geld einzunehmen, und den Mund halten. Außerdem war Christian nicht allein in der Gaststube. Ein paar Fischer, die nichts zu fischen hatten, zwei Stadtwächter und der Gerichtsdiener Balthazar, der in dem Ruf stand, faul zu sein wie die Sünde, steckten an einem der Nebentische die Köpfe zusammen. Immer wieder einmal schauten sie zu Christian, bevor sie ihr leises Gespräch fortführten. Manchmal lachten sie. Der Geselle bezog dieses Lachen auf sich.

Christian hatte alles verloren, seine Anstellung, sein Auskommen, sein Elternhaus, seine Geliebte und vermutlich auch seine Heimat. In Havelberg konnte er nicht bleiben. Er war zu stolz, um sich Tag für Tag auslachen zu lassen. In einer kleinen Stadt vergaß man nicht so schnell. Ereignisse, die Jahrzehnte zurücklagen, wurden immer und immer wieder aufs Tapet gebracht, und selbst wenn alle Zeichen am Himmel auf den bevorstehenden Weltuntergang deuteten, würde man nicht ablassen, in kleinlicher Weise über die Schwächen seiner Mitbürger herzuziehen.

Der junge Eichkatz hatte ein wenig Geld gespart, ein paar Stendaler Pfennige, die er getrost noch in Bier umsetzen konnte, bevor er Havelberg verließ. Wohin er sich wenden würde, wusste er noch nicht. In der kalten Jahreszeit ruhte die Schifffahrt, kein Prahm ging Havel und Elbe abwärts nach Hamburg oder die Havel hinauf gen Berlin und Cölln. Da Christian nicht über genügend Mittel verfügte, konnte er sich kein Pferd leisten, er würde sich also auf Schusters Rappen begeben müssen. Vor einer langen Wanderschaft schreckte er nicht zurück, schließlich war er ein starker und zäher Bursche, jedenfalls glaubte er es zu sein. Wallfahrer legten zu Fuß Hunderte Meilen zurück, beflügelt vom Glauben oder vom Lohn, da würde es ihm wohl gelingen, Hamburg oder Berlin zu erreichen, ohne auf der Strecke zu bleiben. Nur das eben war die Frage: Hamburg oder Berlin?

Beide Städte kannte er allein vom Hörensagen. Sie zählten ebenso wie Havelberg zu dem einflussreichen Städtebund der Hanse, waren jedoch unvergleichlich größer und bedeutender. Die Havelberger Schiffer, aber auch die Schiffer aus anderen Städten, die hier Station machten, berichteten von den vielen prächtigen Häusern, Kirchen und Klöstern, den gepflasterten Straßen und Plätzen, den eleganten Männern und Weibern, den großen Märkten und zahllosen Hurenhäusern. Sie erzählten vom Hamburger Hafen, von den vielen Schiffen aus aller Herren Länder, von Seeleuten, die sich in nie gehörten Zungen verständigten, aber auch von einheimischen Schiffskindern, die Drachen gesehen hatten und deren Segler von Walfischen angegriffen worden waren. Von Mohren berichteten sie und von merkwürdigen Tieren, die den Menschen ähnlich sahen und wie die

Matrosen in die Takelage klettern konnten. Christian hatte noch nie einen Mohren gesehen, jedenfalls keinen lebenden, denn Melchior hatte einmal vom Scholasticus der Domschule ein Buch ausgeliehen, in dem die Welt jenseits des Mare mediterraneum geschildert wurde. Der Illustrator hatte als Allegorie für Afrika einen Jungen mit schwarzer Haut gewählt, der auf einem Löwen ritt. Dieser Junge hatte dicke Lippen, abstoßend eng stehende Augen, riesige Ohrläppchen und einen verschlagenen Blick. Einem Mohren wollte Christian nicht unbedingt begegnen.

»Na, noch ein Bier?« Abstoßend war auch die Visage des Krügers. Er stützte beide Arme auf den Tisch und schaute an Christian vorbei zur Tür, obwohl niemand eintrat.

Eichkatz bejahte.

»Teig zu kneten reichte ihm nicht mehr«, vernahm er nun deutlich vom Nebentisch. »Nein, auch die Bäckertochter musste er kneten.« Die Zuhörer wieherten. Der starke und zähe Christian wehrte sich nicht. Er schwieg nur und starrte die Tischplatte an. Noch immer hatte er sich nicht entschieden.

5

Weil sie nicht ohne den Hausherrn zu essen wagten, hatten Wohlgemuths Gattin, die Tochter Alheid, die Söhne Ekkehard und Gernot sowie Maria Magdalena, Heinrichs Jüngste, die Morgensuppe kalt werden lassen. Stumm bediente die Magd Elsbeth zuerst die Eltern, dann die Kinder. Sie hatte die Brotsuppe mit Wein verfeinert, wie der Geruch verriet. Suppe mit Wein sollte sich die Familie eigentlich nicht mehr leisten.

Wohlgemuth segnete die Mahlzeit. Er gab sich aufgeräumt und lächelte in die Runde, obwohl ihm nicht danach zumute war. Wie es um seine Geschäfte stand, hatte er seiner Frau bisher verschwiegen. Er musste ihr nur für kurze Zeit in die Augen schauen, um sich zu vergewissern, dass sie um seine Sorgen wusste. Trotzdem zog er

sie weder ins Vertrauen noch zu Rate. Er vermochte es nicht. Der Schuldenberg, der ihn unter sich zu begraben drohte, kam ihm wie das Zeichen eines persönlichen Versagens vor.
Bei Andeutungen war es nicht geblieben. Schon seit geraumer Zeit lobte Apel Bauchspieß die Anmut, das Aussehen und das Auftreten der Tochter. Unverblümt hatte er das eine und andere Mal durchblicken lassen, dass er ihren künftigen Ehemann beneide. Wohlgemuth hatte versucht, es zu überhören. Doch er mochte die Dinge drehen und wenden, wie er wollte, er konnte die Augen vor ihnen verschließen, und dennoch waren sie da.
Der Getreidehändler sann auf einen Ausweg. Auf keinen Fall war er bereit, seine Tochter in die Hände eines Mannes zu geben, der ihn mit Drohungen dazu zwingen wollte. Aber auch in den Schuldturm wollte er nicht – das war unvorstellbar und mit seiner Ehre als Mann, als Bürger und als Kaufherr nicht zu vereinbaren.
Am besten, dachte Wohlgemuth, Bauchspieß wäre tot. Dass ihn Gott mit einem Blitz erschlüge. Dass er überhaupt erschlagen wurde, von wem auch immer. Dann hätte er, Heinrich, vermutlich Ruhe, denn ein Toter treibt keine Schulden ein.
Heinrich Wohlgemuth dachte nicht zum ersten Mal an diese Möglichkeit. Manchmal kreisten seine Gedanken Tag und Nacht um nichts anderes.
Einen Blitz hatte Gott noch nicht gesandt.

6

Am zehnten Tag des Nebelmonats verließ Christian Eichkatz seine Heimatstadt durch das Sandauer Tor. Waren die vergangenen Tage klar und der Himmel nahezu wolkenlos gewesen, machte der November an diesem Morgen seinem Namen alle Ehre. Die Wiesen am Ufer der Havel waren bereift, Krähen hockten in großen Schwärmen auf den entlaubten Ästen der Bäume, Dunst stieg über dem Wasser auf.

Seine letzte Nacht in Havelberg hatte Christian in einem Stall verbracht, in den er sich nach Einbruch der Dunkelheit geschlichen hatte. Zwischen Pferden, Schweinen und Gänsen war er zu einem Entschluss gekommen. Er hatte lange erwogen, sich in Hamburg auf einem fremdländischen Segler einzuschiffen, um die Welt sehen und alles vergessen zu können, was sich in der Heimat ereignet hatte. Aber die christliche Seefahrt war ihm zu fremd, er beherrschte dieses Handwerk nicht, vermochte nicht einmal, eine Kogge von einem Holk zu unterscheiden, und fürchtete sich vor Drachen, Walfischen und dem Malstrom am Ende des Ozeans, der schon viele Seeleute verschlungen hatte. So war seine Wahl auf Berlin gefallen. Das Haupt der Mark lag näher an Havelberg, er hoffte, die Stadt in einer, spätestens in zwei Wochen zu erreichen, um in ihr sein Glück zu versuchen – nicht als Bäcker, sondern als Kaufmann. Je länger er darüber nachgedacht hatte, desto verlockender war ihm der Einfall erschienen, sich dem Kaufmannsberuf zuzuwenden. Die Fernhändler brauchten tüchtige junge Leute, die lesen, schreiben und rechnen konnten, und Christian beherrschte diese Künste halbwegs. Er las flüssig, schrieb sauber, wenn auch unter Mühen, er vermochte zusammenzuzählen und abzuziehen und mit Fuder, Schock, Mandel und Dutzend zumindest leidlich umzugehen.
In der kalten Nacht im Stall war ihm die Vorstellung, als reicher Kaufmann nach Havelberg zurückzukehren, immer mehr zu einer fixen Idee geworden. Einem wohlhabenden Handelsherrn würde Semmelmann die Tochter nicht verweigern. Davon überzeugt, war er schließlich eingeschlafen.
Und nun, von seiner Entscheidung beflügelt, blickte er frohen Mutes in die Zukunft. Da er nichts zu verlieren, aber alles zu gewinnen hatte, fürchtete er weder die Mühen des Wegs noch Rückschläge oder ein Scheitern. Ausgelassen hob Christian einen Stock vom Boden auf und schleuderte ihn in das ausladende Geäst einer alten Eiche. Die Krähen, die sich dort niedergelassen hatten, rührten sich nicht.

Christian Eichkatz war jung, und Gott hielt seine Hand über ihn. Als er die Landwehr erreichte, begann es zu schneien.

7

Nicht einmal eine Meile hatte der verstoßene Geselle zurückgelegt, als ihn bereits erste Zweifel ankamen. Ein scharfer Wind aus dem Norden hatte den Schnee gebracht. Offenbar wollte der Himmel dem Wanderer den Weg verleiden, denn er warf ein immer dichter werdendes weißes Tuch über die Landschaft. Christian hielt sich zwar nach Süden, aber das brachte ihm keinen Vorteil. Der eiskalte Wind biss in seinen Nacken und stach ihm in den Rücken, der rasch durchnässt war. Eichkatz beschleunigte seinen Schritt. Wenn der Himmel nicht bald ein Einsehen hatte, würde er sich eine geschützte Stelle am Flussufer suchen müssen und dort abwarten, bis sich das Wetter beruhigt hatte.
Aber er hatte ein Ziel. Er durfte nicht so schnell klein beigeben. Um sich abzulenken und um seinen Mut zu heben, stimmte Christian ein altes Lied an über den Markgrafen Albrecht den Bären, der die Mark von den Wenden befreit hatte, über den Sachsenherzog Heinrich und über Kaiser Barbarossa:

»Hinrik de Leuw und Albrecht de Bar
Darto Frederik mit dat rode Har,
dat waren dree Heren,
die kunden de Welt verkeren.«

Plötzlich vernahm er Hufgetrappel hinter sich. Verwundert hielt er inne und wandte sich um. In der Ferne sah er durch das Schneegestöber den Turm der Laurentiuskirche und den Mariendom auf dem Bischofsberg über der Stadt. Ein Mann auf einem Apfelschimmel näherte sich ihm. Der Reiter war in Pelze gehüllt, aber barhäuptig. Christian riss die Augen auf, als er ihn nach einer Weile erkannte.

Es war Melchior, der Sohn seines ehemaligen Meisters. Eichkatz verstand die Welt nicht mehr. Wollte ihn Semmelmann etwa zurückholen lassen? Für einen solchen Gesinnungswandel gab es nicht den geringsten Grund.

Eiskristalle bildeten eine helle Kruste auf Melchiors dunklem Haar. Der Junge lachte, und ein weißes Fähnlein wehte aus seinem Mund. Auch der Atem des Gauls verwandelte sich in Dampf.

»Melchior! Ich ... ich verstehe nicht.«

Der Sohn des Stiftsbäckers verhielt die Zügel, der Apfelschimmel kam neben Christian zum Stehen.

»Ich werde dich begleiten«, sagte Melchior leichthin, als wäre es die selbstverständlichste Sache der Welt.

»Was wirst du?« Eichkatz schüttelte ungläubig den Kopf.

»Die Torwachen haben gesehen, wohin du dich gewandt hast«, erklärte Melchior. »Da dachte ich mir: Er zieht die Havel entlang gen Mittag, was mag also sein Ziel sein? Berlin natürlich. Ich komme mit.«

»Aber ... nein, das geht nicht. Dein Vater wird ...«

»Vergiss meinen Vater. Ich bin nicht zum Bäcker geboren. Warum habe ich die Schule besucht? Um am Backtrog zu versauern? Nein. Vielleicht studiere ich ... später einmal ... Doch nun ... Ich folge dir und werde mich den Hussiten anschließen.«

»Wie?« Christian traute seinen Ohren nicht. Was war denn das für ein unsinniger Einfall?

»Ich schließe mich den Hussiten an«, wiederholte Melchior selbstgewiss.

»Ich sage dir: Du kannst nicht mit mir kommen. Es ist unmöglich.«

»Unsinn! Außerdem«, Melchior strich die Eiskristalle aus dem Haar, »ist es nicht bequemer, auf einem Pferderücken zu reisen? Schwing dich hinter mich!«

»Ich bin bei deinem Vater in Ungnade gefallen. Wenn ich auch noch als Entführer seines Sohnes gelte ... Sein Hass wird mich umbringen.«

»Ach, er ist doch bloß ein Schwächling. Doch wie du willst.« Melchior zuckte die Schultern und tat, als ob er sein Pferd wenden wolle. »Du bist übrigens auf dem falschen Weg.«
»Wieso? Die Havel fließt nach Spandau, und von dort ...«
»Ungebildet bist du, Christian Eichkatz. Weißt du nicht, warum die Havel flussauf so schwer zu befahren ist? Ja, wenn man überall treideln könnte, aber man kann nicht. Manchmal muss man staken. Davon hast du doch gehört?«
»Nun ja, gehört«, murmelte Christian.
»Weil sich der Fluss mitunter zu einem regelrechten See erweitert«, erklärte der belesene Melchior. »Und weil das Ufer stellenweise morastig ist. Also, was ist? Willst du die Seen durchschwimmen, um hinterher im Schlamm zu versinken? Nein? Dann lass uns die Straße über Sandau nach Rathenow nehmen.«
»Ich sagte, dass es unmöglich ist.« Doch Christians Protest war nur noch schwach.
»Schweig lieber und sitz auf. Heute Abend schon erreichen wir Rathenow und liegen in einem weichen Bett.«
Christian Eichkatz, der auf die Straße geworfene Geselle mit den großen Plänen, tat schließlich, wie ihm geheißen.

DRITTES KAPITEL
Der Ritter, das Hurenhaus und ein Mord

1

Christian war nicht sehr angetan von der Wendung, die die Dinge genommen hatten. Das Schneetreiben hatte nachgelassen, und es dämmerte bereits, als die beiden Reisenden eine knappe Meile vor sich den Turm der Rathenower Pfarrkirche erblickten. Sankt Marien und Andreas hieß sie nach Melchiors Auskunft. Der Turm hatte die Form eines Rechtecks und glich hierin dem Westwerk der Havelberger Bischofskirche. Ebenso erhaben über alle weltlichen Angelegenheiten, schien er die Neuankömmlinge zu grüßen.

Obwohl es alles andere als bequem war, sich ein Pferd zu teilen, schneller kam man natürlich voran. Was Christian betrübte, war der Umstand, dass Melchior seinen Vater bestohlen hatte. Das hatte der Junge unumwunden eingeräumt. Während der Geselle Lohse und die Lehrburschen am Morgen in der Backstube schufteten und Meister Semmelmann sie beaufsichtigte, hatte Melchior die Schlösser der Truhe aufgebrochen, in der sein Vater das Bargeld verwahrte. Er hatte sich ein paar Silbermünzen in den Beutel gesteckt, war in den Stall gegangen, hatte seinen Hengst gezäumt und gesattelt, hatte den Balken fortgeschoben, der das Tor sicherte, und war mir nichts, dir nichts von dannen geritten. Als er Christian davon berichtete, hatte dieser den Eindruck, der Junge habe seine Flucht schon lange geplant und nur auf eine günstige Gelegenheit gewartet. Mit dem Rauswurf des Gesellen und dessen Abschied von Havelberg war die Gelegenheit gekommen.

Den Schimmel hatte Melchior nicht stehlen müssen. Er gehörte ihm. Da der Bäckersohn manchmal mit seiner Bildung protzte, hatte er

ihn *Stella matutina* getauft. Ein umständlicher Name, wie Eichkatz fand. Und ein lästerlicher, pflegte man doch auch die Gottesmutter so zu nennen. Für ihn hieß der Gaul einfach Morgenstern.
Morgenstern war glücklich, sein Herr war es auch. Dem Schimmel schien die Kälte nichts auszumachen, da er dem engen Stall entkommen war und sich bewegen durfte, Meile um Meile, Stunde um Stunde. Auch Melchior ließ sich nichts anmerken. Christian seufzte leise. Der Diebstahl bedrückte ihn. Andererseits war es ihnen aber nun möglich, in allen Städten, in denen sie Halt machten, das Torgeld zu erlegen, und eine anständige Herberge würden sie sich auch leisten können.
»Ich möchte dich etwas fragen«, sagte Eichkatz, der sich an Melchiors Leib klammerte.
»Nur zu.«
»In jener Nacht, als die Meisterin mich bei Sophie ... als sie mich erwischte, aufgehetzt durch Lohse ...«
»Dieser Verräter«, schnaubte Melchior verächtlich.
»Wo warst du da?«
»In meinem Bett natürlich.«
»Hat dich das Geschrei der Frau Mutter nicht geweckt?«
»Doch, schon.«
Melchior, Christian und Morgenstern hatte den Stadtgraben erreicht. Auf den ersten Blick schon glich Rathenow ihrer Heimatstadt – es lag ebenfalls auf einer Insel, umgeben von der Havel und einem künstlich angelegten Graben. Das Wasser schützte die Stadt, aber damit nicht genug, gab es auch Wallanlagen und eine Mauer mit Wehrtürmen und Wiekhäusern. Das unterschied Rathenow von Havelberg, denn dort wurde nur das Kloster von einer Mauer umringt.
»Du hörtest also das Laufen und Türenschlagen und das Geschrei? Fast das ganze Haus rannte herbei, du nicht.«
»Ich ahnte ja, was geschehen war, und wollte nicht Zeuge deiner Schmach werden«, sagte Melchior und ritt auf die Brücke, die den

Graben überspannte. Ein hohes Tor mit reich verzierter Feldseite, die das Selbstbewusstsein und den Reichtum der Stadtbürger zum Ausdruck brachte, versperrte ihnen den Weg.

»Du ahntest es?«

»Ich habe Augen im Kopf. Ihr habt euch sehr vorsichtig benommen, aber manchmal, wenn Sophie in die Backstube kam … diese verliebten Blicke … das verstohlene Schöntun …«

»Wahrscheinlich wussten alle Bescheid«, meinte Christian resigniert.

»Nur mein Vater nicht.« Melchior lachte.

Die Wächter des Jedenitzer Tors bedeuteten den Reisenden mit einer Handbewegung, dass sie absitzen sollten. Sie stellten die üblichen Fragen nach dem Woher und Wohin und den Absichten, die die Ankömmlinge nach Rathenow führten. Christian und Melchior gaben sich für Gesellen auf Wanderschaft aus, die bei einem Bäckermeister um Anstellung nachsuchen wollten.

In der Stadt zu reiten war nur Ratsherren, den Gerichtsschöffen und hohen Gästen erlaubt. Melchior ergriff den Hengst beim Zügel und leitete ihn die Straße entlang, die vom Jedenitzer Tor direkt zum Markt führte. Christian hielt sich an seiner Seite.

Das Gasthaus am Markt, in dem die beiden jungen Männer in dieser Jahreszeit anstandslos zwei Betten und auch einen Platz für Morgenstern fanden, trug den Namen *Zu den Askaniern* und legte damit ein Zeugnis von der Gesinnung der Herbergseltern ab. Zwar war der brandenburgische Zweig der Askanier vor mehr als hundert Jahren ausgestorben, doch lebte die Erinnerung an ihre Verdienste um die Mark, insbesondere bei dem Sieg über die heidnischen Wenden, im Volk fort. Albrecht der Bär, der erste Markgraf Brandenburgs, wurde ob seines Muts und seines diplomatischen Geschicks verehrt, die beiden letzten Askanier, Otto IV. und Waldemar, liebte man wegen ihrer verfeinerten Lebensart, die eine Ahnung von Weltläufigkeit und Kultur in die Mark gebracht und deren Ansehen auch im Westen des Reichs erhöht hatte. Der vierte Otto hatte nicht nur seiner Jagdleidenschaft ausgiebig gefrönt, er war auch ein Dichter gewesen. Und nach den Askaniern war es mit der Mark immer nur bergab gegangen, bis zum traurigen Tiefpunkt unter dem Luxemburger Jobst von Mähren. Von ihm hieß es, er habe sich um die Mark bloß gekümmert, wenn sein Beutel leer war. Darüber sprach man allerdings am besten hinter vorgehaltener Hand, König Sigismund war schließlich auch ein Luxemburger.

»Stellt Euch vor, junge Herren«, sagte der Wirt, der Geld witterte, während er ihnen den Schlafraum zeigte, »als ich ein Kind war, im Jahr des Herrn 1409, hat Jobst unsere schöne Stadt Rathenow ausgerechnet an den grässlichen Dietrich von Quitzow verpfändet. Nun ja, er steckte große Summen in den Ausbau der Stadtbefestigung, das wohl ... Aber er war doch ein Räuber und Halsabschneider.«

Der Schlafraum war ein lang gestreckter, schmaler Schlauch, in dem sieben Betten nahe beieinander an der Wand gegenüber der Fensterfront standen. Es roch muffig nach altem Stroh, vor allem aber nach Schwelbrand, denn der Raum wurde nicht durch einen Kamin, sondern durch das Feuer in drei Kohlebecken geheizt, wenn man denn überhaupt von Heizen sprechen konnte. Melchior berührte einen der Strohsäcke auf der Lagerstatt bei der Tür. Der Strohsack war feucht.

»Was glaubt Ihr, junge Herren, wie froh unsere Väter und Großväter waren, als König Sigismund den Burggrafen von Nürnberg zum Markgrafen und Kurfürsten ernannte«, setzte der Wirt seine Rede fort, wohl um von dem ungünstigen Eindruck abzulenken, den die Unterkunft machte. Die Herberge war das beste, weil einzige Haus am Platze. »Der Rat schickte sogleich eine Gesandtschaft zu Friedrich. Das war Anno Christi 1414, im Hornung. Ja, und am neunten Februar kam Friedrich in unsere Stadt, nahm die Huldigung der Bürger entgegen und bestätigte ihre Privilegien. Daran erinnere ich mich noch genau. Ein großer Moment! Wie der Chronist schreibt: ›In diesen Zeiten, da die Quitzowen ausgerottet und ihre Hoffahrt gesteuret, ist Friede worden in der Marke, und ist nicht mehr gehöret worden die Stimme des Betrübnis und Geschreies, sondern das Volk hat gesessen in Herrlichkeit des Friedens, in den Tabernakeln der Zuversicht und …‹«

»Wir danken dir für deinen Vortrag.« Melchior unterbrach brutal das Geschwafel des Herbergsvaters. Christian missfiel es, dass er ihn duzte. Doch da sie als Herren angesprochen wurden, kehrte der Bäckersohn auch frech den Herrn heraus. »Was willst du haben für diese … für zwei Betten in diesem herrschaftlichen Gemach?«

»Ach, meine Liebsten, wir werden uns schon einig«, erwiderte der Wirt und verbeugte sich. »Wünscht Ihr zu speisen?«

»Wenn es warm ist in deiner Gaststube …«

»Oh, ich lasse den ganzen Tag schon Holz und Kohle verbrennen. Denn da ist ein Ritter, der sitzt bereits seit dem Vormittag über dem Wein … und über schweren Gedanken, wie mir scheint. Wobei der Wein ihm hilft, dass ihm immer leichter ums Herz wird. Manchmal singt er!«

»Wie schön.« Melchior schaute zu Christian und verdrehte die Augen. »Also, Wirt, schaff uns Wein herbei. Und eine anständige Mahlzeit.«

»Wir haben geröstetes Gekröse da, auserlesen gewürzt«, empfahl der Wirt.

»Nun, dann eile!«, befahl Melchior.

Im Schankraum hielt sich nicht nur der ritterliche Weinliebhaber auf, sondern auch ein Priester, der den weißen Habit der Prämonstratenser trug, ein Kleid, das Christian und Melchior von den Herren des Havelberger Stifts mehr als bekannt war; vor allem Eichkatz hatte es jeden Tag zu sehen bekommen, wenn er dem Konvent Semmeln brachte. Den Konvent selbst hatte er nicht betreten dürfen. Der Portarius hatte ihm die Semmeln stets an der Pforte abgenommen, ihm einen oberflächlichen Segen erteilt und die Tür wieder zugeschlagen.

Auch der Priester sprach dem Wein zu. Hin und wieder warf er einen Blick auf den Ritter, und es schien, als überlege er, ein Gespräch mit

dem Edelmann zu beginnen. Dessen Haltung jedoch wirkte abweisend und in sich gekehrt. Er starrte mit blutunterlaufenen Augen auf seinen Becher und bewegte dabei die Lippen, als beschwöre er den Wein, sich auf wundersame Weise kostenlos zu vermehren.
Christian und Melchior wurden nicht nur vom Wirt, sondern auch von der Herbergsmutter bedient. Der Mann brachte den Wein, sie die Schüssel mit dem Gekröse. Da Gasthäuser nicht allein dem leiblichen Wohl der Reisenden, sondern auch der Verbreitung von Nachrichten dienten, erfuhren die Neuankömmlinge, was es mit dem weißen Mönch auf sich hatte. Er war ein Gesandter des Bischofs von Brandenburg, ausgeschickt, um die Schulzen der Kapiteldörfer zum Gerichtstag zu laden, den der Episcopus alljährlich zu Martini abhielt. Das war den Dorfschulzen bekannt, aber offenbar schien es geraten, sie daran zu erinnern.
So mit Aufschlüssen über einen der anderen Gäste versorgt, langten Christian und Melchior in die Schüssel. Kaum hatten sie den ersten Bissen in den Mund geschoben, dämmerte ihnen, dass die scharfe Würzung keine Eigenheit der Küche war. Die Köchin, wohl die Wirtin selbst, hatte mit Salz und Pfeffer nicht gespart, weil die Innereien alt und verdorben waren. Doch die beiden jungen Männer waren hungrig nach dem langen Ritt durch die Kälte, und der Wein, mit dem sie das Essen hinunterspülten, war anständig.
»Nun sag mir, Melchior«, forderte Eichkatz seinen Begleiter auf, »welcher Teufel reitet dich, dass du dich den Hussiten anschließen willst?«
»Hast du je von John Wiclif gehört?«
Christian schüttelte den Kopf.
»Das Konstanzer Konzil hat seine Schriften für ketzerisch erklärt«, sagte Melchior, während er sich in der Gaststube sichernd umschaute. Der Ritter, dessen Gesicht sich immer mehr rötete, betrachtete weiterhin angestrengt seinen Becher, der Prämonstratenser betrachtete den Ritter. Er saß so weit entfernt, Melchior hätte seine Stimme heben müssen, damit der Priester lauschen konnte. »An den

lebenden Wiclif wagte sich die Kirche nicht heran, immerhin stand er unter den Schutz der englischen Krone. Aber später, Anno incarnacionis domini 1427, hat man auf Befehl der Konzilsväter seinen Leichnam aus dem Grab gerissen, ihn auf dem Scheiterhaufen verbrannt und seine Asche in einen Fluss geworfen.«

»Auf dem Konstanzer Konzil wurde auch Johannes Hus verbrannt«, stellte Christian sein Wissen unter Beweis.

»Weil er ein Prophet war«, meinte der Bäckersohn. »Bekanntlich gehört es zum Beruf eines Propheten, dass er ein gewaltsames Ende erleidet.«

»Du versündigst dich!«

»John Wiclif!« Melchior hob den rechten Zeigefinger. »Seine Schriften befinden sich in der Bibliothek des Havelberger Klosters, schließlich müssen die Herren Prälaten den Feind kennen, den sie bekämpfen.« Der junge Semmelmann lächelte. »Du weißt, wie sehr mich der Scholasticus geliebt hat, war ich doch sein eifrigster Schüler. Ich habe gebeten und gebettelt, bis er heimlich ein paar der Werke des Engländers beschaffte, die ich in seiner Stube lesen durfte.«

»Er hat dich zur Ketzerei verführt«, bemerkte Christian entsetzt.

Unbeirrt von dem Einwurf, fuhr Melchior fort: »Ich habe einiges von dem auswendig gelernt, was Wiclif schrieb. Höre zu, Christian: ›Weil das Wort Gottes fehlt und der Acker der Kirche verwüstet ist, herrscht überall geistiger Tod. Gottes Wort muss deshalb wieder lebendig werden, verkündet in beiden Sprachen, in der lateinischen den Gelehrten und in den Landessprachen den kleinen Leuten.‹ Und weiter: ›Die Schafe Englands werden von Rom geschoren statt auf die Weide geführt.‹ Noch mehr? ›Unsere Väter haben unsere Kirche zum Unterhalt ihrer Geistlichen ausgestattet, nicht zur Machtvergrößerung des Papstes.‹ Was sagst du dazu?« Von seiner Begeisterung mitgerissen, war Melchior immer lauter geworden.

»Christus, Sohn Gottes, erbarme dich seiner«, murmelte Eichkatz ein Gebet.

»Türken, Tod und Teufel!«, fluchte der Ritter plötzlich und schlug mit der flachen Hand auf den Tisch. Alle Blicke richteten sich auf ihn. Der Ritter ergriff seinen Becher, erhob sich schwerfällig und schwankte an den Tisch der Havelberger. Natürlich trug er weder Rüstung noch Helm, was ihn beim Trinken auch sehr behindert hätte, sondern über dem Untergewand einen langen Waffenrock mit einer kostbar wirkenden Bordüre sowie Sporen an den Stiefeln, weder goldene noch silberne, sondern Sporen aus gewöhnlichem Eisen. Am Gürtel baumelten ein Schwert und ein Dolch. All diese Attribute reichten aus, in ihm einen Mann ritterlichen Standes zu erkennen.

»Veit von Ribbeck, Herr der Güter derer von Ribbeck, der dritte Herr, der zweite Veit«, stellte er sich vor und schüttete sich aus vor Lachen. »Ja, Burschen, so ist das, mein Geschlecht ist alt, aber Land haben wir noch nicht lange.« Schwer atmend ließ er sich auf die Bank fallen. »Das ist der Weg von unsereinem: vom unsteten Ritter zum erbgesessenen Edelmann.« Unvermittelt wurde er ernst. Er beugte sich vor, packte Melchiors Arm und presste ihn auf die Tischplatte. »Du solltest mit deinem Gerede nicht die ganze Schankstube unterhalten«, sagte er. »Könnte doch sein, dass jemand für die Obrigkeit spitzelt. Beklage dich dann nicht, wenn dein junger Kopf dem Scharfrichter anheim fällt.«

»Wenn der Kopf ab ist, kann man sich nicht beklagen«, entgegnete Melchior.

»Ja, du Neunmalkluger. Aber kein Weib verliebt sich in ein abgeschlagenes Haupt, mag es auch noch so schöne Locken tragen.«

»Weiber!«, sagte der Bäckersohn verächtlich.

»Was weißt du davon? Wirt!«

Der Herbergsvater kam sofort herbeigeeilt.

»Ja, Herr Ritter?«

»Bring uns mehr Wein!«

»Sofort, Herr.« Der Wirt begab sich rasch in den Keller.

»Wie heißt du?«, wollte Veit von Ribbeck wissen.

»Melchior. Und das ist Christian, mein Freund.«
»Du hast heißes Blut, Melchior«, stellte der Ritter fest. »Deshalb träumst du von den Ketzern und ihrem Kampf gegen Reich und Rom. Ich kann dir Abkühlung verschaffen. Du wirst alles vergessen, diesen Wiclif, den Hus, die Taboriten, große Heldentaten, einfach alles. Lass mich deine Leidenschaft in die richtigen Bahnen lenken.«
»Wie meint Ihr das?«
»Wir trinken noch etwas Wein, dann gehen wir ins Frauenhaus.«

2

»Das Geld oder deine Tochter, Freund Heinrich«, sagte Bauchspieß, schob sich eine Pastete in den Rachen und sorgte mit Wein dafür, dass sie gut rutschte.
Kaufmann Wohlgemuth hatte das letzte Fass anstechen lassen, das einen weiten Weg hinter sich hatte und dementsprechend teuer gewesen war: von Köln den Rhein abwärts und über Westsee und Elbe nach Hamburg, von Hamburg flussauf nach Tangermünde, eine der markgräflichen Residenzstädte, die Kaiser Karl IV. sogar zur zweiten Hauptstadt seines Reichs nach Prag hatte ausbauen wollen. Von Tangermünde hatte Wohlgemuth den Wein mit einem Pferdefuhrwerk abholen lassen. Seinerzeit war es ihm noch gut gegangen.
»Oder den Schuldturm, Heinrich?«, fragte Apel. Er zog ein zusammengefaltetes Pergament aus dem Hemd und wedelte damit vor Wohlgemuths Gesicht.
»Ich verpfände dir meine Wiesen«, schlug der Getreidehändler vor.
»Für wie dumm hältst du mich?« Die Stimme von Bauchspieß nahm einen bedrohlichen Ton an. »Das Schöffenbuch der Stadt liegt offen, und ich kann lesen. Deine Wiesen hast du längst dem Bischof von Brandenburg verpfändet.«
»Ich kann dir Alheid nicht zur Frau geben«, sagte Wohlgemuth. »An mir liegt es nicht, doch sie will dich nicht.« Das entsprach nicht

ganz der Wahrheit, vor allem Heinrich sperrte sich gegen diese Verbindung.
»Bist du so schwach, dass du ihren Widerstand nicht zu brechen vermagst?«
»Apel, ich flehe dich an …«
»Nichts da!« Bauchspieß wischte sich den Mund mit einem Tuch ab, das er auf den Tisch schleuderte. Dann erhob er sich. »Ich warte noch zwei Tage. Bringst du mir dann nicht die Nachricht, die ich erwarte …« Was dann geschehen würde, ließ er unausgesprochen.
Wohlgemuth wusste ohnehin, was ihm blühte, und stand ebenfalls auf.
»Danke, nicht nötig. Ich kenne den Weg«, sagte Bauchspieß und verließ ohne Gruß das Speisezimmer.
Wohlgemuth setzte sich wieder, stützte die Arme auf den Tisch und den Kopf in die Hände. Auf Zehenspitzen kam die Magd herein und begann die Tafel abzuräumen.
Wenig später betrat die Tochter den Raum. Sie war bereits zur Nacht gekleidet, sah aber keineswegs müde aus, sondern frisch und scheinbar sorglos wie immer. Doch der Vater täuschte sich.
»Warum empfangt Ihr diesen schrecklichen Menschen in Eurem Haus?«, fragte sie sogleich.
Wohlgemuth rang sich dazu durch, nicht länger zu schweigen.
»Weil er mich in der Hand hat, Kind. Ich bin ruiniert.«
»Und es würde Euch retten, wenn ich ihn heirate?«
»Ich kann nicht verlangen, dass du dich unglücklich machst«, sagte Heinrich. Die Verzweiflung trieb ihm Tränen in die Augen.
»Wir Weiber müssen tun, was unseren Familien am meisten nützt.« Alheid setzte sich zu ihrem Vater. Offenbar hatte sie lange nachgedacht und war zu einem Entschluss gekommen. »Legt meine Hand in die Eures Freundes, der sich als Euer größter Feind entpuppt hat. Ich bin bereit.«
»Was?«
»Herr Vater, hatte ich nicht ein schönes, leichtes Leben hier? Tatet

Ihr nicht alles, um für mein Wohl zu sorgen? Für das Wohl meiner Brüder und unserer Mutter? Es ist an der Zeit, mich dankbar zu erweisen. Ja, ich werde Bauchspieß zum Manne nehmen. Wenn er nicht schon einer anderen Frau, wie man hört, die Ehe versprach.«

»Das soll nicht stimmen.«

»Er ist viel älter als ich«, sagte Alheid kühl, »und er ist nicht unsterblich.«

»Kind, Kind, Kind!« Wohlgemuth ergriff ihre Hände und streichelte sie. »Du bist …« Der Kaufmann hielt inne und sprang auf. »Ich muss … sofort …«

Heinrich Wohlgemuth stürzte zu Alheids Überraschung aus dem Zimmer. Und nicht nur dass, er verließ auch eilig das Haus.

3

Der Ritter musste Melchior nicht lange überzeugen. Der Junge hatte noch nie einem Weib beigewohnt, also war er neugierig auf das, was Veit von Ribbeck das Geheimnis der Frauen nannte. In die Neugierde mischte sich Furcht, immerhin war er aufgeregt, es war also nicht ausgeschlossen, dass er bei seinem ersten Mal versagte. Obendrein war es nicht ungefährlich, zu den Hübschlerinnen zu gehen. Viele Männer hatten sich bei ihnen jene Krankheit geholt, die zuerst die Knochen und dann auch den Verstand zerfraß.

Doch Melchior hatte Havelberg verlassen, weil er das Abenteuer suchte. Auch schien er dem Ritter zu vertrauen, der eine große Ruhe und Gelassenheit ausstrahlte, so als gehörte es zu seinem täglichen Geschäft, Hurenhäuser aufzusuchen.

Christian hingegen schloss sich dem älteren Mann und dem Jüngling nur widerwillig an. Er wäre lieber in der Herberge geblieben, doch Melchior hatte ihn lange bekniet. Um der Freundschaft willen war Eichkatz bereit, dem sündigen Treiben beizuwohnen. Eine Frau würde er nicht nehmen. Er liebte Sophie und wollte ihr nicht untreu werden, nicht einmal bei einer Hure.

Wie in allen Städten duldete der Rat das Frauenhaus gegen den Widerstand der Kirche als notwendiges Übel, wie in allen Städten hatte er es an die Stadtmauer verbannt. Die Dienste der Hübschlerinnen in Anspruch zu nehmen war nur unverheirateten Männern gestattet, doch auch angesehene Bürger, die im Stand der Ehe lebten, ja sogar Ratsherren selbst gehörten zu den Kunden. Manche hatten Kinder mit den losen Frauen und sorgten für die Bastarde, damit der Fehltritt möglichst nicht ruchbar würde. Aber auch die Männer, die sich der Huren enthielten, waren nicht unbedingt frei von Sünde. Sie hatten ihre Mägde, und wenn trotz aller Vorsicht doch ein Bankert zur Welt kam, wuchs dieser mit den anderen Kindern im Haus auf, manchmal ebenso geliebt wie sie, allerdings von der Erbfolge ausgeschlossen.

Als Melchior, der Ritter und Christian die Herberge *Zu den Askaniern* verließen, stellten sie überrascht fest, dass der Wind sich nicht etwa zur Ruhe gelegt hatte, sondern aufgefrischt war. Er hatte die Wolken vertrieben, und das war ein unschätzbares Glück. Die Sterne und ein sichelförmiger Mond spendeten etwas Licht, nicht eben viel, aber doch genug, um ein paar Klafter weit zumindest Umrisse erkennen zu können.

Zu dieser Stunde durften sich nur die Nachtwachen auf den Straßen aufhalten und die Ratsherren, wenn sie ein dringendes, unaufschiebbares Geschäft für die Stadt zu erledigen hatten, was nur selten vorkam. Veit von Ribbeck hielt die Wachen aber für bestechlich, jedenfalls vermutete es Christian, denn der Ritter ließ wenig Vorsicht walten. So drückte er sich nicht etwa an den Hausmauern entlang, sondern überquerte forsch den Marktplatz. Womöglich hatte er seine Erfahrungen mit den Wachhabenden gemacht und wusste, was er ihnen auf die Handfläche legen musste.

Auch den Weg zum Frauenhaus hatte er bereits erkundet. Zielstrebig begab er sich in die Große Burgstraße, die den Markt in östlicher Richtung verließ. Melchior hielt sich an des Ritters Seite und redete leise auf ihn ein, Christian trottete hinterdrein. Er fror gewaltig.

Melchior konnte es nicht lassen und versuchte, Veit von Ribbeck davon zu überzeugen, dass nur die Verwirklichung der hussitischen Ideen von der apostolischen Armut und vom evangelischen Leben die verderbte katholische Kirche zu retten vermochte. Veit widersprach nicht, doch Christian war nicht sicher, ob er überhaupt zuhörte.

»John Wiclif hat sich auf den heiligen Bernhard berufen, und der ist nun wirklich über jeden Zweifel erhaben«, hörte er den von seinen Vorstellungen besessenen Bäckersohn sagen. Der Ritter brummte irgendetwas. »Bernhard schrieb dem Klerus ins Stammbuch: ›Herrschaft und Regieren ist verboten, Dienen und Helfen …‹« Abrupt brach Melchior ab und blieb stehen. Auch der Ritter erstarrte, aber nur für einen Moment. Mit einer unerwartet schnellen Bewegung presste er dem Jungen die Hand auf den Mund und schob ihn gegen die Wand eines Hauses.

Christian schüttelte den Kopf. Stand Veit von Ribbeck so ohne Widerspruch auf Seiten Roms, dass er Melchior nicht nur das Wort abschneiden, sondern ihn sogar verprügeln wollte? Das konnte sich Eichkatz nicht vorstellen.

Dann sah er es selbst. Keine fünfzig Schritte entfernt beugten sich zwei Vermummte in langen dunklen Gewändern über einen am Boden liegenden Mann. Natürlich konnte Christian nicht erkennen, ob es sich um einen Mann handelte, aber er nahm es an, denn dass sich eine Frau um diese Zeit auf der Gasse aufhielt, war mehr als unwahrscheinlich. Der Mann wehrte sich nur noch schwach, während die Vermummten auf ihn einstachen. Dass sie es taten, unterlag keinem Zweifel. Trotz des geringen Lichts war es genau zu sehen.

Christian machte einen Hechtsprung und drückte sich ebenfalls neben dem Ritter und Melchior an die Hauswand. Noch immer hielt Veit die Hand auf Melchiors Mund gepresst, und das war auch notwendig, denn der Bäckersohn gab Geräusche des Entsetzens von sich, die aber nicht bis zu den Mördern drangen. Mit aufgerissenen

Augen, fasziniert und abgestoßen zugleich, schaute Christian ihnen zu. Eine der beiden Gestalten war groß und hager, die zweite um mindestens eine Haupteslänge kleiner. Sie hockten sich neben ihr Opfer, und die kleinere schnitt ihm die Kehle durch. Dann sprangen sie auf und gaben Fersengeld. Melchiors erstickte Schreckenslaute waren verstummt.

Der Ritter machte einen Schritt auf den Sterbenden oder schon Gestorbenen zu. Christian griff nach Veits Rock und versuchte, ihn zurückzuhalten, aber das war nicht notwendig, er hielt von selbst inne. Irgendwo wurde ein Tor aufgesperrt, das in den Angeln knarrte. Wenig später fiel aus einem der Häuser ein dünner Lichtschein auf die Straße. Eichkatz hatte es bereits unter den Sohlen gespürt, aber jetzt sah er, dass die Große Burgstraße ungepflastert war. Die Räder von Fuhrwerken hatten tiefe Furchen in das Erdreich gegraben, das nun allerdings wie zu Stein gefroren war.

Ein Mann trat aus dem Haus. Die Vermummten waren längst verschwunden. Christian hielt den Atem an.

Der Mann sah sich um. Sofort entdeckte er das Mordopfer, das acht, neun Schritt von ihm entfernt in den klaren Himmel starrte. Eine Zeit lang tat er nichts, stand nur da und konnte den Blick nicht von dem Toten lösen. Schließlich schaute er noch einmal die Burgstraße hinauf und hinab, bevor er sich ihm näherte. Er beugte sich über den Leichnam, spähte abermals um sich, und dann vollzog sich alles sehr schnell: Der Mann ging neben dem Opfer in die Knie, er öffnete mit einer Hand und mit fahrigen Bewegungen dessen Schaube und das Wams, tastete auf der Brust herum, zog ein Pergament oder etwas Ähnliches hervor und barg es sofort unter seinem Umhang, nicht ohne sich erneut umzusehen. Er richtete sich auf und hetzte in das Haus zurück. Das Tor fiel zu, und die Große Burgstraße lag still und von den Sternen und dem sichelförmigen Mond nur spärlich erhellt da, wie man es von einer nächtlichen Straße erwarten durfte.

Christian atmete hörbar aus. Veit von Ribbeck gab Melchior frei.

Stiftsbäcker Semmelmanns ältester Sohn sackte mit einem Seufzer in sich zusammen. Mit dem Besuch des Frauenhauses würde es nichts werden.

4

Christian Eichkatz hatte nur einen Wunsch, er wollte so rasch wie möglich in die Herberge zurückkehren oder, besser noch, Rathenow sofort verlassen. Letzteres war unmöglich, alle Tore waren geschlossen. Dann also die Herberge, mochten die Strohsäcke auch muffig und feucht sein, mochte es in dem Schlafsaal noch so ätzend nach Schwelbrand riechen, Christian wollte sich verstecken. Auch Melchior schien nicht geneigt, auch nur einen Schritt weiter in die Straße hinein zu setzen. Er bekreuzigte sich ein ums andere Mal, murmelte ein Vaterunser nach dem anderen, er rief die Muttergottes und alle Heiligen an und flehte um Beistand. Der Ritter blieb kühl. Wahrscheinlich hatte er schon etliche Menschen eines gewaltsamen Tods sterben sehen, sodass ihn dieser eine nicht übermäßig beeindruckte.

»Lasst uns gehen, Herr Ritter«, bat Melchior.

»Wir bleiben noch«, gab Veit von Ribbeck entschieden zurück.

»Warum? Was erwartet Ihr?«

»Vielleicht geschieht noch etwas.«

»Die Nachtwache wird uns erwischen und einsperren«, meinte Christian.

»Einsperren? Wir haben nur gegen das nächtliche Ausgehverbot verstoßen. Dafür wird man uns höchstens morgen ausweisen, aber ich habe ohnehin nicht vor, in Rathenow zu bleiben. Und ihr ja wohl auch nicht.«

»Bitte, Herr Ritter!« Melchiors Stimme klang verzagt. »Man wird uns für die Mörder halten.«

»Unfug! Es klebt kein Blut an unseren Dolchen.«

»Ich habe gar keinen Dolch«, sagte Eichkatz.

»Ich ja«, räumte Melchior ein.
Ritter Veit wartete umsonst. Nichts begab sich mehr, wenn man davon absah, dass der Wind sich schließlich doch beruhigte und der Mond verschwand. Ein paar Wolken zogen auf, und es wurde immer kälter. Christian verfluchte sich, dass er sich darauf eingelassen hatte, die beiden Verrückten ins Frauenhaus zu begleiten. Melchior schluchzte vor sich hin. Der Ritter stand in angespannter Haltung vor ihnen und starrte in einem fort den Toten an.
»Also gut«, sagte er plötzlich, »lasst uns nachsehen.« Ohne ein Wort seiner Begleiter abzuwarten, machte er sich auf, das Opfer zu untersuchen.
»Nein«, flüsterte Melchior und fiel Christian um den Hals, »er soll nicht ... Oh, mein Gott!« Durch großen Mut zeichnete sich der künftige Kampfgefährte der Taboriten nicht gerade aus.
Christian war mittlerweile alles egal. Er war bis auf die Knochen durchgefroren und wollte nur noch, dass alles ein Ende hatte, und wenn es ein Ende mit Schrecken war. Erst zwei Tage waren vergangen, seitdem er ein Leben geführt hatte wie die überwiegende Mehrheit der Christen. Er hatte gearbeitet und gebetet, gegessen und geschlafen, geträumt und gehofft. Er hatte Gott und seine Eltern geehrt, er hatte erbauliche Bücher gelesen, er hatte die Lehrjungen geohrfeigt, dem Konvent Semmeln gebracht und seinen Meister hintergangen – das war zwar nicht alltäglich, aber auch nicht so außerordentlich, dass es nur einmal in tausend Jahren vorkam. Jeden Hohlpfennig, den er erübrigen konnte, hatte er beiseite gelegt für Zwecke, die ihm jetzt unbegreifbar erschienen: Was hatte er eigentlich gewollt? Ein Leben mit Sophie? Eine auskömmliche Zukunft? Gottes Wege waren unerforschlich, da konnte der Mensch planen, was er wollte, am Ende wurde jeder Plan durchkreuzt. Auch der Mann, der jetzt verblutet in der Gosse lag, hatte Pläne gehabt, Pläne für morgen, Pläne für die nächste Woche, Pläne für das nächste Jahr. Mit Gevatter Hein hatte er sicher nicht gerechnet. Aber der Tod war nicht nur der größte Gleichmacher, er war auch derjenige, der alle

noch so staatsklugen Absichten zunichte machte, unabhängig davon, wer sie hegte, ob Papst, Kaiser, Ritter oder Bäckergeselle. Christian Eichkatz lebte noch. Behutsam löste er sich aus Melchiors Umklammerung.

»Was tust du?«, fragte erschrocken der Junge, der sich für einen Mann hielt und doch nur ein Kind war.

»Ich will wissen, was der Ritter macht«, sagte Eichkatz.

5

Heinrich Wohlgemuth hatte die Schreibkammer von innen verschlossen. Er saß an dem Tisch, an dem er seine Korrespondenz zu erledigen und sein Handlungsbuch zu führen pflegte, an dem er mit seinen Geschäftspartnern verhandelte und an dem er in den letzten Wochen Stunden tiefster Verzweiflung durchlebt hatte. Normalerweise präsentierte die Tischplatte ihre zerkratzte und tintenfleckige natürliche Oberfläche, aber zu besonderen Gelegenheiten ließ Wohlgemuth ein Tapet auflegen, das von erheblichem Wert war.

Das Tuch war eine flandrische Arbeit. Der Kaufmann fragte sich, warum es den Tisch bedeckte. Er hatte nicht darum gebeten. Heinrich Wohlgemuth griff sich an die Stirn. Jemand hatte ihm etwas Gutes tun wollen. Das bedeutete, dass jeder in seinem Hause gewusst hatte, wie es um ihn stand.

Seit einer halben Stunde stand es gut. Und doch war dem Kaufmann äußert unbehaglich zumute.

Das Tapet hatte ein Meister aus Tournai angefertigt. Nicht der Meister selbst natürlich, sondern seine Werkstatt; er hatte nur den Entwurf geliefert und seine Initialen in das fertige Werk sticken lassen. *J. G. fils* stand unter dem Kreuz, an dem der heilige Andreas sein Martyrium erlitt. Das Tuch stellte dessen Leben, Leiden und Sterben dar. Deswegen hatte Wohlgemuth es vor zwei Jahren in Brandenburg erworben: Der hl. Andreas war immerhin ein Patron der Rathenower Pfarrkirche.

Vor zwei Jahren hatte der Kaufmann auf dem Markt der Neustadt Brandenburg so außerordentlich gute Geschäfte gemacht, dass er ein solches extravagantes Tischtuch hatte kaufen können.
Bald würde er wieder gute Geschäfte machen, denn er war frei. Neben dem Kreuz, dem Märtyrer und den Initialen, die mit Silberfäden ins Tapet gewirkt worden waren, lag ein Pergament.
Das Pergament war blutig.
Heinrich Wohlgemuth nahm es mit spitzen Fingern vom Tisch und hielt es an die Flamme einer Kerze. Da es feucht war, brauchte es einige Zeit, bis es sich entzündete. Es verbrannte langsam und hinterließ einen Ekel erregenden Geruch, den Geruch des Teufels. Ascheflocken segelten über den Tisch. Eine von ihnen landete auf *J. G. fils*.
Heinrich hatte erreicht, was er sich seit langem gewünscht und vorgestellt hatte. Sein Gläubiger war tot, der Schuldschein eingeäschert. Alheid konnte den Mann heiraten, den ihr Vater für sie aussuchte, oder den Mann, den sie liebte. Im besten Fall würde sie die Ehe mit einem gut situierten Handelsherrn eingehen, bei dem Wohlgemuths Wahl und die Liebe zusammenfielen.
Heinrich Wohlgemuth erhob sich. Die Ängste, Sorgen und Qualen waren ein für allemal vorbei – hoffte er.

6

»Na, Christian, du schlotterst ja.« Ritter Veit von Ribbeck hatte sich ohne Scheu über den Toten gebeugt und betastete dessen Leib. »Der tut uns nichts mehr«, sagte er. »Fürchte Gott und das Gesetz, aber nicht jene, die zu Ihm abberufen wurden. Sie sind dem irdischen Jammertal entronnen, eigentlich kann man sie nur beneiden.«
»Beneidet Ihr sie?«, fragte Eichkatz und kämpfte das Bedürfnis nieder, sich zu erbrechen.
»Nein. Wer weiß schon, ob sie Gottes Herrlichkeit schauen oder in der Hölle schmoren. Der hier schmort bestimmt.«

»Woher wisst Ihr das?«
»Schau dir seine Kleidung an. Er war ein Kaufmann. Ein Mensch, der handelt und feilscht und betrügt. Ein gottgefälliges Leben hat er bestimmt nicht geführt. Was ist mit Melchior?«
»Nicht alle Kaufleute sind Betrüger«, sagte Christian, obwohl die Umstände nicht dafür sprachen, ausgerechnet jetzt sein Vorhaben zu verteidigen, das nicht weniger aberwitzig war als die Handlungen des Ritters und Melchiors Vision. Irrsinn, dachte er. Vor zwei Tagen spielte das Leben noch sein übliches Spiel, und nun versank es im Irrsinn.
»Melchior?«, insistierte der Ritter und hob einen Gegenstand auf, der einen Fuß neben dem ausgestreckten rechten Arm des Toten auf dem Boden lag.
»Hält nicht mehr lange durch«, sagte Christian. »Was ist das?«
»Fühlt sich an wie ein Rosenkranz«, sagte der Ritter und begab sich in die Senkrechte.
»Das könnt Ihr doch nicht einstecken!« Von sich selbst überrascht, schlug Christian dem Ritter auf die Hand. Nichts von dem, was mit dem Toten zu tun hatte, sollte diesen Ort verlassen.
»Bist du wahnsinnig? Ich bin ein Edelmann! Wer mich schlägt, stirbt von meiner Hand.«
»Dann tötet mich doch!«
»Na ja, wir wollen nicht übertrieben.« Veit von Ribbeck hieb Christian auf die Schulter. »Kümmern wir uns um deinen Freund.«
Melchior lehnte noch immer an der Hauswand und zitterte wie eine Pappel. Vermutlich hatte er ohne Unterlass gebetet, Maria und alle Heiligen angerufen und sich in den Mutterschoß zurückgewünscht. Mit väterlicher Zärtlichkeit streichelte der Ritter seine Wangen.
»Wir gehen in unsere Herberge«, sagte er.
»Nein!«
»Willst du denn bleiben?«
»Nein!«
»Willst du überhaupt etwas?«

»Nein!«
»Er steht unter Schock«, stellte Veit von Ribbeck fest und gab Melchior eine Ohrfeige. Sie bewirkte, dass er zu sich kam.
»Ja? Wo sind wir?«
»Noch immer in Rathenow. Und nun komm!« Der Ritter legte einen Arm um Melchior und führte ihn behutsam zum Marktplatz.
»Was werden wir unternehmen?«, wollte Christian wissen. »Ich meine, der Wirt weiß doch, dass wir unterwegs waren.«
»Gut erkannt. Genau aus diesem Grund werden wir Alarm schlagen.«
»Wir werden … Alarm schlagen?«
»Ja.«

7

Der Herbergsvater ließ sofort nach dem Gericht schicken. Die Nachricht von dem Anschlag auf nächtlicher Straße nahm er mit Gleichmut auf. Veit von Ribbeck hatte ihm die Tat und das Opfer ausführlich geschildert und dabei in Erfahrung gebracht, dass in der letzten Zeit mehrere Kaufleute Raubmorden zum Opfer gefallen waren. Kaufleute wohlgemerkt, keine Wirte.
Der Stadtschulze Maximilian Schwarz, Vorsteher des städtischen Schöffengerichts, traf als Erster in dem Gasthaus *Zu den Askaniern* ein. Wenig später folgten ihm zwei Schöffen, zwei Nachtwächter und der Büttel.
Veit von Ribbeck übernahm das Gespräch mit dem Schulzen, um Christian und vor allem Melchior zu schonen. Er musste zu Schwarz aufschauen, der einen langen, schweren Hermelinmantel trug. Der Mantel war mit Kaninchenfell gefüttert und ließ den Gerichtsherrn breiter erscheinen, als er war. Das Auffälligste an dem Mann waren seine dichten Brauen, die über der Nase zusammengewachsen waren. Auch setzte er sich Gläser vor die Augen, scheinbar um sein Gegenüber besser erkennen zu können. Aber die Gläser waren so

breit und unförmig, vermutlich sollten sie nur die Würde seines Amts herausstreichen.

Der Ritter führte die Vertreter der städtischen Gerichtsbarkeit zum Tatort, wo sie den Toten im Licht von Fackeln in Augenschein nahmen. Auf Befehl von Schwarz, der in dem Opfer den angesehenen Kaufherrn Apel Bauchspieß erkannte, wurde der Leichnam auf das Rathaus geschafft. Dort vermaß der Stadtphysikus mit besonderem Gerät Lage und Tiefe der Wunden und stellte überflüssigerweise den Tod fest.

Ritter Veit hatte einen günstigen Eindruck von dem Vorsteher des Schöffengerichts, der Mann schien umsichtig und in der Untersuchung von Verbrechen geübt zu sein. Mit keinem Wort ließ er durchblicken, dass er den Ritter, Christian und Melchior für die Täter hielt. Stattdessen befahl er den Nachtwächtern und dem Büttel, den Prokonsul und die Ratmannen zu verständigen sowie eine Schar bewaffneter Bürger zusammenzustellen, um mit ihnen die Buden zu durchsuchen, in denen die Ärmsten der Armen lebten. Veit von Ribbeck bezweifelte zwar, dass es sich bei den Mördern um Büdner handelte, die im wahrsten Sinne des Wortes ihre Existenz am Rande der Stadt fristeten, doch widersprach er nicht.

Eine eingehende Befragung konnte Maximilian Schwarz dem Edelmann und den Havelbergern nicht ersparen. Sie waren wichtige Zeugen, und der Ritter beschloss, dem Stadtschulzen reinen Wein einzuschenken, erwartete er doch den besten Schutz davon, die Wahrheit zu sagen, allerdings eine wohl dosierte Wahrheit: Dass er etwas vom Tatort eingesteckt hatte, würde er nicht bekennen. Irgendetwas, eine Eingebung vielleicht, sagte ihm, dass es nützlich sein könnte, das Fundstück erst einmal in Ruhe zu betrachten.

Die Befragung fand in der Schankstube statt. Anwesend waren neben den Zeugen auch die Herbergseltern, und der Ritter ließ sich einen Krug Wein bringen – nichts brauchte er dringender nach den Aufregungen der vergangenen Stunde. Er lud den Stadtschulzen ein, sich am Leeren des Krugs zu beteiligen, doch dieser lehnte ab.

»Warum seid ihr drei in Rathenow?«, war die erste Frage, die Schwarz stellte.
»Früher, ehrenwerter Herr ...«, begann der Ribbeck.
»Ich bin kein Herr«, wies Schwarz ihn zurecht. »Ihr seid einer.«
»Aber Ihr tragt Kleidung, die eines Edelmannes würdig wäre«, schmeichelte Veit.
»Was war früher?« Der Stadtschulze ließ sich nicht beeindrucken.
»Die Familie von Ribbeck ist ein altes Geschlecht. Mein Ururgroßvater zog noch von Burg zu Burg und bot den Burgherren seine Dienste an. Das waren Zeiten ... Die Blütezeit des Rittertums ... Waffengang und Minne ...«, schwärmte Veit.
»Kommt zur Sache«, verlangte der Schulze.
»Kaiser Karl belehnte uns mit Land. Und was wurde aus dem Geschlecht der Ribbecks? Landwirte«, sagte der Ritter abfällig. »Nicht dass ich höchstselbst hinter dem Pflug gehen würde, ich bin ja kein Bauer. Wir haben das Land verpachtet und kassieren den Zins. Für einen Ritter gibt es kein langweiligeres Geschäft als das Kassieren von Zinsen, also habe ich mich, um nicht zu versauern, auf die Pferdezucht verlegt. Die Ribbeck'schen Gäule sind erstklassig, Schulze, ich könnte Euch ...«
»Zur Sache!«
»Deshalb bin ich in Rathenow. Ich habe einem hiesigen Kaufmann zwei wunderbare Stuten verkauft.«
»Sein Name?«
»Einhard Wolf.«
»Kenn ich. Und warum sind die Knaben hier?«
»Ich bin doch kein Knabe mehr«, protestierte Christian sofort. »Außerdem kann ich für mich selbst sprechen.«
»Dann tu es!«
»Ich bin Bäckergeselle aus Havelberg und befinde mich auf Wanderschaft.«
»Meinst du, dass wir Rathenower schlechtere Semmeln backen als ihr Havelberger?«

»Rathenow ist nur eine Zwischenstation. Wir wollen die Welt sehen.«

»Die Welt, soso! Aber für einen unreifen Knaben soll ich dich nicht halten?« Maximilian Schwarz gab dem Wirt einen Wink. »Ich nehme doch einen Becher«, sagte er. »Diese Unterhaltung verspricht interessant zu werden. Was erwartest du von der Welt, mein Junge? An jedem Finger ein Weib, was?«

»Wie kommt Ihr darauf?«

Maximilian Schwarz lächelte. »Der Ritter hat schon eingeräumt, dass ihr auf dem Weg zum Frauenhaus gewesen seid. Als Mensch habe ich Verständnis, als Schulze mag ich die Hurenhäuser nicht. Es wird zu viel getrunken, manches Besäufnis endet in einer Prügelei. Wenn der Bürger auf Abwegen am nächsten Morgen seine gebrochene Nase ertastet, ruft er das Gericht an.«

»Ich prügle nicht«, sagte Christian.

»Hab ich auch nicht behauptet. Und er?« Schwarz machte eine Kopfbewegung in Melchiors Richtung. Der Bäckersohn, von der mitleidigen Herbergsmutter in mehrere Lagen Hirschfell gehüllt, starrte seine Füße an.

»Mit ihm ist nichts anzufangen«, antwortete Veit. »Es war zu viel für ihn.«

»Das sieht man.« Der Wirt hatte einen zweiten Becher gebracht, und Schwarz schenkte sich ein. »Aber für das Frauenhaus wäre er schon reif?«

»Man soll rechtzeitig anfangen mit den Weibern«, erklärte der Ritter.

»Aha.« Der Stadtschulze wandte sich unvermittelt an Christian. »Beschreibe die Mörder!«

»Hat der Herr Ritter nicht bereits ...?«

»Ich will es von dir hören.«

»Es war ja dunkel, viel habe ich nicht gesehen. Sie waren vermummt und trugen lange schwarze Umhänge.«

»Woher weißt du, dass sie schwarz waren?«

»Also weiß waren sie jedenfalls nicht. Das erkennt man auch bei Dunkelheit.«

»Ja.« Der Stadtschulze nahm einen Schluck und nickte. »Sprich weiter!«

»Die Statur der Männer kann ich beschreiben. Der eine war groß, vielleicht so groß wie Ihr.«

»Wie ich?« Maximilian Schwarz kommentierte das Gesagte mit einem amüsierten Lächeln.

»Ungefähr«, sagte Christian ernsthaft. »Ein langer Umhang verbirgt mehr, als er offen legt.«

»Gut beobachtet.« Der Schulze prostete dem Ritter zu. »Einer war also groß?«

»Ja«, bestätigte Eichkatz. »Er überragte seinen Komplizen, der diesem Kaufmann … Wie hieß er?«

»Apel Bauchspieß.«

»Der Apel Bauchspieß die Kehle durchschnitt.«

»Den überragte er?«

»Mindestens um Hauptеslänge.«

»Fassen wir zusammen.« Schwarz leerte den Becher und stand auf. »Wir suchen zwei Männer. Der eine ist so groß wie ich, der andere einen Kopf kleiner?«

»Ja.«

»Wirt! Ich zahle den Wein.«

»Kommt nicht in Frage«, protestierte der Ritter. Schwarz winkte ab.

»Da ist noch etwas«, sagte Christian zögernd und schaute dabei den Ribbeck an. Der hatte eine undurchdringliche Miene aufgesetzt.

»Was noch?«

»Na ja …« Eichkatz war nicht mehr sicher, ob er alle seine Beobachtungen preisgeben sollte, denn Ritter Veit hatte es offenbar nicht getan.

»Ich höre?«

»Nachdem die beiden Mörder den Mann niedergestochen hatten

und geflohen waren … Kein Vaterunser später trat ein Mann aus seinem Haus.«
»Ach?« Der Schulze setzte sich wieder hin. »Aus welchem Haus?«
Erneut wandte sich Christian mit dem Blick um Rat suchend an den Ritter, doch dieser gab mit keiner Bewegung auch nur eines Gesichtsmuskels zu erkennen, was er von seiner Wahrheitsliebe hielt.
»Das fünfte Haus auf der linken Seite. Der Mann entdeckte den Toten … Ich weiß nicht, ob er ihn kannte, aber ich denke, er kannte ihn. Denn er durchsuchte dessen Kleidung und nahm … Er nahm etwas fort.«
»Das fünfte Haus auf der linken Seite der Großen Burgstraße?«, vergewisserte sich der Schulze. Christian nickte. »Und was nahm er fort?«
»Ich bin nicht sicher. Ein Pergament, glaube ich.«
»Na, das ist doch eine aufschlussreiche Nachricht.« Maximilian Schwarz richtete seine Aufmerksamkeit auf den Ritter. »Warum habt Ihr mir diesen wichtigen Umstand verschwiegen?«
»Weil ich noch etwas in der Hinterhand haben wollte«, gab Veit von Ribbeck schuldbewusst zu. »Für alle Fälle …«
»Ihr meint, falls ich auf den Gedanken kommen sollte, Euch für Verdächtige anzusehen?«
»Wir befanden uns immerhin in der Nähe des Tatorts. Aber Ihr haltet uns doch nicht für verdächtig?«
»Jedenfalls halte ich nichts von solchen Taschenspielertricks«, umging Schwarz eine eindeutige Antwort. Abermals stand er auf, diesmal fest entschlossen, die Herberge zu verlassen, um weitere Schritte einzuleiten.
»Müssen wir uns zur Verfügung halten?«, erkundigte sich Christian.
»Das entscheide ich morgen«, sagte der Schulze. »Aber vermutlich dürft ihr die Stadt verlassen. Hinterlegt beim Wirt, wo man euch gegebenenfalls antreffen kann. Ich bin überzeugt, dass wir die Mörder in der Unterschicht finden. Apel Bauchspieß wäre nicht der erste

Kaufmann, den man um ein paar Pfennige tötet. Und nun geht schlafen. Ihr seht alle aus, als ob ihr viel Schlaf braucht.«

8

Schlaf hatten sie tatsächlich bitter nötig, doch nur Melchior, der seit der Ohrfeige nicht mehr gesprochen hatte, sank sofort auf die Strohsäcke und verschwand in der Welt der Träume. Ritter Veit von Ribbeck hingegen überzeugte sich erst einmal davon, dass auch der Prämonstratenser-Chorherr den Schlaf der Gerechten schlief, bevor er sich, ihm den Rücken zuwendend, auf eine Lagerstatt setzte, Christian herbeiwinkte und das Fundstück aus dem Ärmel zog. Wie vermutet, handelte es sich um einen Rosenkranz, aber es war nicht die Arbeit eines beliebigen Paternostermachers, sondern ein außergewöhnliches Werk aus Elfenbein. Jede der Kugeln war mit einem Edelstein besetzt, mit Rubinen und Smaragden, Topasen und Lapislazuli, und die Kette, auf die man die Kugeln aufgefädelt hatte, bestand aus vergoldetem Silber. Wer immer diesen Rosenkranz sein Eigen genannt hatte, ob das Opfer oder einer der Täter, er hatte sehr viel Geld bezahlt. Ritter Veit konnte sich nicht vorstellen, dass dieses Schmuckstück von Handwerkern einer märkischen Stadt hergestellt worden war, nicht weil er die märkischen Handwerker unterschätzte, sondern weil derartige Arbeiten einfach nicht in der Mark ausgeführt wurden.

Soweit der Ritter unterrichtet war, galten die Lübecker Paternostermacher für die besten. Nur ihnen traute er ein derart kunstfertiges Werk zu. Damit, dass der Rosenkranz womöglich aus Lübeck stammte, konnte man gegebenenfalls etwas anfangen, zumal wenn er nicht dem Kaufmann Bauchspieß gehört hatte. Aber auch in dem Fall, dass er das Eigentum des Ermordeten gewesen war, hatte der Fund etwas zu bedeuten: Die Mörder waren nicht auf Raub aus gewesen. Veit von Ribbeck steckte den Rosenkranz zurück in den Ärmel.

»So etwas habe ich noch nie gesehen«, sagte Christian. Ihn bedrückte etwas, das spürte der Ritter, er ahnte auch, was dem jungen Mann auf der Seele lag, aber eine goldene Brücke baute er ihm nicht.
»Das sieht man wirklich nicht alle Tage«, erwiderte er nur.
»Ist es wertvoll?«
»Was meinst du?«
»Ich denke, es ist wertvoll.« Christian schaute Veit nicht an, sondern betrachtete den Fußboden, den man mit Sand gescheuert hatte; ein paar grobe Sandkörner verbargen sich in den Ritzen zwischen den Dielen. »Herr Ritter?«
»Ja?«
»War es falsch, dem Stadtschulzen von dem Mann zu berichten, der aus dem Haus trat und den Toten durchsuchte?«
»Wenn du es für richtig hältst, wird es auch richtig gewesen sein«, meinte der Ribbeck. »Zu lügen oder etwas zu verschweigen hätte dein Gewissen belastet. Weißt du, was mich stutzig macht?«
»Das kann ich nicht wissen.«
»Nein, natürlich nicht.« Veit von Ribbeck schaute sich um. Der Chorherr lag mit offenem Mund auf dem Rücken und schnappte nach Luft, schnarchte aber nicht. Melchior warf sich auf dem Bett hin und her. Er schwitzte, und Speichel lief ihm aus dem Mund, also quälten ihn Alpträume. Dass beide nicht lauschen konnten, unterlag keinem Zweifel. »Sag mir, Christian, wieso kam dieser Mann mitten in der Nacht aus seinem Haus? Wohin wollte er während des Ausgehverbots? Was hatte er vor?«
»Ich habe keine … Nein! Ihr meint …?« Christian riss die Augen auf.
»Hat er nicht etwas an sich genommen?«
»Ja«, entgegnete Christian. Sein Herz überschlug sich vor Anspannung.
»Warum wohl hat er das getan?«
»Weil er es brauchte?«
Veit von Ribbeck nickte. »Und es war ein Pergament?«

»Sah jedenfalls so aus.«
Der Ritter warf sich auf den Rücken und zog die muffige Bettdecke über seinen Leib.
»Geh schlafen, Christian!«, befahl er.
»Aber …«
»Kein Aber. Wenn es uns erlaubt wird, verlassen wir morgen Rathenow. Uns geht das alles nichts an. Hörst du, Christian? Denke an den alten Spruch: ›Was das Auge nicht sieht, ficht das Herz nicht an.‹«
»Wir haben etwas gesehen«, sagte Eichkatz.
»Was das Auge nicht sehen will … nicht will«, murmelte der Ritter. Dann war er eingeschlafen.
Christian hingegen lag noch lange wach. Er hatte Angst, ohne genau sagen zu können, wovor.

9

Der Stadtschulze Maximilian Schwarz stellte sich ähnliche Fragen wie der Ritter. In dem fünften Haus auf der linken Seite der Großen Burgstraße lebte der Kaufmann Heinrich Wohlgemuth, der als Freund von Apel Bauchspieß galt. In den besseren Kreisen von Rathenow war längst bekannt, dass sich Wohlgemuth wegen einer Fehlspekulation am Rande der Zahlungsunfähigkeit bewegte. Man wusste auch, dass Bauchspieß ein Auge auf Wohlgemuths Tochter Alheid geworfen hatte. Dennoch beschloss Schwarz, die Nachtruhe des Getreidehändlers nicht zu stören. Er war selbst Kaufherr und litt es nicht, dass ein Standesgenosse der Blutgerichtsbarkeit überantwortet werden musste. Vorgekommen war das schon, aber Maximilian Schwarz hatte bei diesen Verfahren immer ein unangenehmes Gefühl gehabt.
Während der Büttel und die Nachtwächter das Budenviertel durchkämmten, suchte der Schulze das Haus des Apel Bauchspieß auf. Mittlerweile hatte die Nachricht von der Ermordung des Hausherrn

das Gesinde erreicht, das kopflos durch die Räume irrte und nicht wusste, was es tun sollte; Apels Ableben kam völlig unerwartet, und die für diesen Fall getroffenen Verfügungen waren dem Gesinde offenbar nicht bekannt.

Maximilian Schwarz ließ sich von zwei Mägden und einem Knecht in die Schreibkammer führen. Dem Knecht, der Rupert hieß, befahl er, den Wandschrank aufzubrechen. Die beiden Mägde weinten.

»Ihr hingt wohl sehr an eurem Herrn?«, wollte der Schulze wissen.

»Er hat sie geschwängert«, sagte Rupert mit einem gehässigen Lachen.

»Was?« Der überraschte Schulze fuhr herum.

»Unser Herr war ein guter Mensch«, behauptete die jüngere der Mägde, ein Mädchen von höchstens siebzehn Jahren. »Schöne Sachen hat er mir gekauft.«

»Mir auch«, sagte die ältere, fünfundzwanzig mochte sie sein, und wischte sich die Tränen aus dem Gesicht. »Vor allem mir!«

»Welche Art von Sachen?«, erkundigte sich Schwarz.

»Kleider«, erwiderte die Jüngere.

»Wie heißt du?«

»Lisa.«

»Und mir«, sagte die Ältere stolz, »mir schenkte er sogar Schmuck. Sehr kostbaren Schmuck«, fügte sie hinzu. »Ich bin Martha.«

»Sie mussten in diesen Kleidern vor ihm tanzen«, sagte Rupert, bevor er die Schlösser des Wandschranks mit roher Gewalt sprengte. »Dann riss er sie ihnen vom Leib.«

»Du bist bloß neidisch«, heulte Lisa.

»Auf mich«, sagte Martha.

»Neidisch?« Rupert zuckte die Schultern. »Worauf? Dass ich nicht in teuren Kleidern vor ihm tanzen musste?«

»Du hast ein Kind von Apel empfangen?« Schwarz wandte sich an Lisa.

»Einen Sohn«, entgegnete das Mädchen stolz.

»Ich auch«, sagte Martha sofort. »Mein Sohn ist älter.«

»Das hat Apel geschickt verborgen«, meinte Schwarz, setzte sich an den Tisch des Hausherrn und warf einen Blick auf das aufgeschlagene Rechnungsbuch. Eigentlich ließ ein Kaufmann sein Handlungsbuch nicht so offen liegen. Aus dem Umstand, dass Bauchspieß sein Geschäftsbuch nicht eingeschlossen hatte, folgerte der Schulze, dass dessen Gesinde nicht lesen konnte. Mit den Eintragungen konnte niemand im Haus etwas anfangen. Schwarz fand es dennoch leichtsinnig.
H. W. wird weich!, las er zwischen den Zahlenreihen.
»Er hat immer gesagt: ›Was in diesem Haus geschieht, darf niemals nach außen dringen‹«, sagte Martha. »›Trotz des Standesunterschieds sind wir eine Familie‹, hat er gesagt. Aber Rupert …« Sie brach ab.
»Ich habe nie etwas verlauten lassen«, sagte der Hausknecht.
»Und warum hat er dich ständig geschlagen?«, fragte Martha. Die Tränen waren längst versiegt.
»Weil dein zweiter Sohn von mir ist, Dummchen. Er wollte wie ein Hahn alle Hennen nur für sich.«
H. W. wird weich! Schwarz schlug das Rechnungsbuch zu.
»Er hat dich geschlagen?«, fragte er den Knecht.
»Na und? Mein Rücken ist mittlerweile härter als Eisen.«
»Abgründe«, murmelte der Schulze.
»Und ein solcher Mann hat Eurer Schwester die Ehe versprochen«, sagte Rupert.
»Ich möchte zu gern wissen, wer dieses unsinnige Gerücht in Umlauf gebracht hat.« Schwarz schickte das Gesinde mit einer Handbewegung hinaus. »Lasst mich allein!«

VIERTES KAPITEL
Neun Räuber machen einen guten Schnitt

1

Alles in allem war die Durchsuchung des Budenviertels ein Erfolg. Die armen und abgerissenen Tagelöhner und Hilfsarbeiter, ihre Weiber und Kinder mochten noch so viel lamentieren, gemeinsam mit den Nachtwächtern und dem Büttel durchkämmten die Schöffen unbeeindruckt und unbarmherzig jeden Winkel. Sie riefen sogar nach dem Heimlichkeitsfeger und forderte ihn auf, die Abtritte zu leeren. Dort wurde man fündig.
Die Schöffen schickten umgehend den Büttel in das Haus von Bauchspieß, damit er den Stadtschulzen verständige. Maximilian Schwarz kam sofort. Nach und nach trafen auch einige der Ratsherren ein, die Schwarz als Zeugen dabeihaben wollte. Sogar Bürgermeister Claus Wolf kreuzte auf, wenig begeistert von der nächtlichen Störung und offenbar nicht ganz nüchtern. Seine Kleidung war verrutscht, und das Barett saß nicht gerade auf seinem Kopf, sondern schräg wie ein windschiefes Dach.
Schwarz gehörte nicht nur einer Familie von Ratsverwandten an, er war auch Ratmann, seitdem sein Vater gestorben war; die Ratssitze vererbten sich vom Vater auf den Sohn, was dazu führte, dass nicht immer die fähigsten Männer die Geschicke der Stadt beherrschten. Von sich selbst hatte der Stadtschulze allerdings eine hohe Meinung. Was man in den Latrinen gefunden hatte, war zweifellos Diebesgut, denn weder konnten sich die Büdner den Schmuck leisten, den sie zwischen Küchenabfällen, toten Haustieren und Exkrementen verborgen hatten, noch über so viel Geld verfügen, wie in den Verstecken entdeckt worden war. Was um alles in der Welt sie mit den

sorgfältig in ein Ledertuch eingeschlagenen Anleihen der Stadt Halle anfangen wollten, war dem Schultheißen schleierhaft. Sie bewiesen aber, dass die Verdächtigen tatsächlich Bürger überfallen, ja dass sie für die Raubmorde verantwortlich waren. Schon viel früher, dachte Schwarz, hätte man eine Durchsuchung des Budenviertels anordnen müssen.

»Sind auch Besitztümer des von uns gegangenen lieben Freundes Apel dabei?«, erkundigte sich Ratmann Matthias Porey.

»Das kann ich nicht beurteilen«, entgegnete Maximilian Schwarz, nachdem er das Raubgut durchgesehen hatte. »Vielleicht erfahren wir nie, was die Übeltäter dem Toten fortgenommen haben. Bauchspieß hat keine Angehörigen, aber vielleicht kann sein Gesinde Auskunft geben. Es vermag zwar nicht zu lesen, aber es hat schließlich Augen im Kopf.«

»Der arme Apel! Dass einer unserer angesehensten Bürger so sterben musste!« Prokonsul Wolf seufzte theatralisch. Bauchspieß gehörte zu den unbeliebtesten Männern in Rathenow, doch über Tote sollte man bekanntlich nur Gutes sagen. Maximilian Schwarz trat einen Schritt zurück, um der Weinfahne des Bürgermeisters zu entrinnen.

»Der da ist der Hauptverdächtige.« Der Schöffe Weidmann zeigte auf einen Tagelöhner, der sich vor Angst in die Hosen gemacht hatte. Fünf barfüßige Kinder, dünner als Spindeln, umringten bibbernd und weinend den halb verhungerten Mann. »Hinter seiner Bude fanden wir den größten Anteil der Beute.«

»Sieht nach Arbeit für Meister Hans aus«, meinte der Bürgermeister. Wie die meisten Stadtbewohner liebte er öffentliche Hinrichtungen, weil sie Abwechslung in den Alltag brachten und die Schaulust befriedigten.

Maximilian Schwarz befürwortete das Henken vor versammelter Gemeinde allein aus erzieherischen Gründen, obwohl er wusste, dass die Strafen an Hals und Hand niemanden abschreckten; wer in Not war und nur im Verbrechen einen Ausweg aus seiner Lage sah, verübte die schlimmsten Taten in der Hoffnung, nie erwischt zu werden.

Für die Höhergestellten hingegen war es leicht, sich der Blutgerichtsbarkeit zu entziehen: Die Edelleute leisteten einen Reinigungseid, die Wohlhabenden konnten sich freikaufen.

»Bringt ihn in den Turm«, befahl Prokonsul Wolf dem Büttel und den Wächtern.

»Bitte, Herr!« Der Tagelöhner fiel auf die Knie und wies auf seine Kinder. »Schaut auf meine Söhne! Wer soll sie ernähren, wenn ich nicht mehr bin?«

»Du willst doch nicht behaupten, dass es dir gelungen ist, deine Bälger satt zu machen?«, fragte Wolf.

»Aber bemüht habe ich mich.«

»Ja, durch Raubmord.« Maximilian Schwarz nickte dem Büttel und den Wachmännern zu. Sie ergriffen den sich Windenden und schleiften ihn fort.

»Jetzt muss die Stadt für dieses Lumpenpack aufkommen«, meinte der Gewandschneider Maes Stroyebier, dem als Kämmerer die Ratsfinanzen unterstanden und der alles andere als freigebig war. Nur dem Kaland, dem er ebenso angehörte wie Maximilian Schwarz und dessen Schwester Mechthild, spendete er beachtliche Summen, allerdings erwartete er auch einen Vorteil davon. Bei den geselligen Zusammenkünfte der Bruderschaft konnte er künftige Geschäftspartner treffen; außerdem hoffte er, durch die Stiftungen seinen Leumund zu verbessern. Das gelang ihm mitnichten, aber gerade als Gerichtsherr wusste Schwarz, dass die Menschen nichts so vehement verteidigten wie das falsche Bild, das sie von sich hatten. Stroyebier zweifelte an jeder Steuerschätzung, die ein Bürger einmal im Jahr am grünen Tisch von sich selbst vornehmen musste, nur an seiner eigenen nicht, er drehte jeden Pfennig um, der dem städtischen Armenhospital zukommen sollte, und doch hielt er sich für einen guten Menschen.

»Wir können dieses Geschmeiß auch aus der Stadt jagen«, schlug

Prokonsul Wolf vor. Das konnte man, wenn man sich unbedingt mit dem Pfarrer der Stadtkirche und seinen Hilfsgeistlichen, mit der Elendengilde und mit den Spitalsherren anlegen und vor allem Gott herausfordern wollte. Ein Rat, dessen Mitglieder ihren Verstand beisammen hatten, würde einen solchen Schritt tunlichst unterlassen. Bettler, die ohne Marke um Almosen anhielten, konnte man jederzeit der Stadt und ihrer Gemarkung verweisen, auch Gaukler und Beutelschneider, nicht aber die unmündigen Kinder eines armen Tagelöhners, mochte er noch so schwere Schuld auf sich geladen haben – die Kinder hatten als unschuldig zu gelten. Vermutlich riskierte man sogar eine Protestnote des Brandenburger Bischofs, zu dessen Diözese Rathenow gehörte, und einen Anranzer vom Landesherrn. Die Armenpflege war nun einmal eine der ersten Christenpflichten, ganz gleich, ob man die Armen liebte, wie es der Gekreuzigte getan hatte, oder ob man sie verachtete.

»Sie kommen ins Spital«, wies Maximilian Schwarz deswegen an. Niemand widersprach, nicht einmal Stroyebier, der sicher im Kopf längst durchgerechnet hatte, was es die Stadt kosten würde.

Auch die fünf nacktbeinigen, in zerschlissene Kleider gehüllten, verängstigten und vor Kälte halb erstarrten Jungen fügten sich ihrem Schicksal. Richter Schwarz hatte durchaus Mitleid mit ihnen, schließlich konnten sie nichts dafür, von einem mittellosen Mann gezeugt und von einer ebenso mittellosen und längst verstorbenen Mutter ausgetragen worden zu sein. Allein es war Gottes Wille. Mit ihm durfte man nicht hadern. Im Armenspital würde man die Blagen prügeln und triezen, was sicher auch ihr verzweifelter Vater getan hatte, aber man würde sie auch kleiden und speisen, nicht gut, aber immer noch besser, als es ihnen jemals widerfahren war. Das geboten das Recht und der Glaube, und der Anstand gebot es irgendwie auch.

»Widerwärtig!«, sagte Bürgermeister Wolf und klaubte einen Siegelring von dem Tuch, auf dem man das Raubgut ausgebreitet hatte.

Genauso wie du, dachte Schwarz. Er wusste, worum es sich bei der dunkelbraunen Masse handelte, die an dem Ring klebte, und lächelte.

2

Ritter Veit von Ribbeck, Verpächter etlicher Morgen Landes und Züchter angeblich außergewöhnlicher Pferde, war aus dem Schlafsaal geflohen, nachdem auch Christian endlich zur Ruhe gekommen war. Seit Jahren schon schlief er wenig, denn sobald er ins Bett fiel, wurde ihm bewusst, dass er ein einsamer alternder Mann war, den niemand liebte. Gott womöglich, aber selbst das bezweifelte er.
Ja, er war nach Rathenow gekommen, um dem Kaufmann Einhard Wolf zwei Stuten zu verkaufen. Es waren ausgezeichnete Tiere, und da der Ritter den Kaufmannsstand verachtete, hatte er lange mit sich gerungen – lieber hätte er sie einem Edelmann verkauft. Wolf, ein Bruder des Rathenower Bürgermeisters, hatte ihn mit einem guten Preis überzeugt. Einem guten Preis, den ein Kaufmann zu zahlen bereit war, konnte sich auch ein Ritter nicht entziehen.
Veit von Ribbeck warf sich in der Schankstube auf eine der Bänke und schlug so lange auf den Tisch, bis der Wirt, im Nachtgewand und in ausgesprochen lächerlichen Pantinen, in der Tür erschien.
»Wein!«, befahl er Ritter.
»Im Kel-ler«, buchstabierte der Wirt, der auch nicht nüchtern war.
Veit von Ribbeck hatte beide Stuten eingeritten. Es waren schöne, anhängliche Tiere, anhänglicher, als Weiber zu sein pflegten, und schöner vielleicht auch. Und doch waren die Frauen auch ein Grund gewesen, nach Rathenow zu kommen. Es gab Städte, die den Ribbeck'schen Gütern näher lagen, Nauen etwa oder Friesack, aber in den dortigen Frauenhäusern war der Ritter so verrufen, dass man ihn nicht gern einließ. In Rathenow dagegen kannte man ihn nicht. So hatte er zwei Pferde verkaufen können, war um den Besuch im Frauenhaus jedoch durch den gewaltsamen Tod dieses Bauchspieß' gebracht worden. Zumindest mit Wein wollte er sich entschädigen.
»In dieser Nacht findet man überhaupt keine Ruhe«, schimpfte der Wirt. Das sture Schweigen des Ritters machte ihn mutlos, sodass er sich schließlich dazu durchrang, Wein aus dem Keller zu holen. Den

Wein bezog er beim Stadtschulzen, der vor den Toren Rathenows zwei Weinberge gepachtet hatte und auch Weinbergsarbeiter und einen Kellermeister beschäftigte. Reich geworden war der Ratsherr Schwarz allerdings mit Holz. Seitdem die Markgrafen der Stadt den Holzeinschlag in den markgräflichen Wäldern erlaubt hatten, natürlich nicht ohne eine anständige Pacht dafür zu verlangen, lebten viele Rathenower vom Holzhandel. Schwarz brachte seine Ware aber nicht nur ins benachbarte Erzstift Magdeburg oder in die Alte Mark, er handelte mit Darr-, Brau-, Bau- und Brennholz bis nach Hamburg, Lübeck, Berlin, Cölln und Spandau. Und seine Schwester Mechthild Gesang tat es ihm gleich. Nach dem Tod ihres Gatten hatte sie dessen Handelshaus übernommen und führte es noch erfolgreicher fort. Der Herbergsvater mochte diese Sippschaft nicht, hauptsächlich, was er sich nur ungern eingestand, aus Neid.

»Was soll nur aus den beiden jungen Havelbergern werden«, grübelte der Ritter laut, nachdem der Wirt mit einem Krug Wein zurückgekehrt war. »Da verlassen diese Burschen zum ersten Mal im Leben ihre Heimatstadt, und sofort müssen sie einen Mord mit ansehen.«

»Sie werden unser schönes Rathenow nicht in bester Erinnerung behalten«, meinte der Krüger.

»Ich frage mich, ob ich nicht meine ritterliche Hand über sie halten sollte«, sagte Veit. »Jetzt im Winter liegen alle Äcker brach … Ich meine, auf Gut Ribbeck ist es immer öde, aber am schlimmsten ist es in der kalten Jahreszeit.«

»Aber mit Bäckern werdet Ihr Euch doch nicht abgeben wollen?«

»Vielleicht steckt mehr in ihnen …«

»Ihr meint, weil einer von ihnen zu den Hussiten will?« Der Wirt hatte also auch mitgehört. »Das könnt Ihr nicht gutheißen. Der Junge rennt in sein Unglück.«

»Wisst Ihr, Krüger, nicht alles, was diese Ketzer wollen oder tun, ist falsch. Warum verweigert die Kirche den Laien das Abendmahl in beiderlei Gestalt? Wir gewöhnlichen Sterblichen müssen mit einer trockenen Hostie vorlieb nehmen, der Klerus säuft auch Wein dazu? Aber vielleicht wollen die Herren Geistlichen den Wein mit niemandem teilen.«

»Mit Verlaub, Herr Ritter, ich habe gehört, dass der Abendmahlwein eine ziemliche Plörre ist.«

»Aber kosten will man ihn doch mal.« Veit von Ribbeck zwinkerte dem Wirt zu.

»Versuch macht klug!« Der Herbergsvater setzte sich. Offenbar rechnete er mit einer langen Nacht. »Und die Hussiten reichen den Gläubigen die Speise der Engel *und* Wein?«

»Deswegen haben sie einen Kelch auf ihrer Fahne«, erklärte Veit.

»Darin sehe ich nichts Ketzerisches«, räumte der Wirt ein.

»Ich auch nicht. Aber ich halte es für ausgeschlossen, dass Melchior zu den Hussitenheeren überhaupt durchdringt. Doch muss man den Jungen vor Dummheiten bewahren.«

»Ihr habt wohl keine Kinder?«

Veit von Ribbeck schüttelte den Kopf.

»Wenn das so ist ...« Der Krüger zuckte die Achseln.

»Ich werde die beiden auf mein Gut mitnehmen«, sagte der Ritter entschieden und griff nach seinem Becher.

3

Der Tagelöhner Hinnerk mit dem langen Bart, den man so nannte, um ihn von seinen Nachbarn Hinnerk dem Blinden und Hinnerk ohne Glück zu unterscheiden, gestand zwei Untaten bereits, als der Scharfrichter ihm die Instrumente zeigte, und nannte auch Namen von Komplizen. Den Mord an Apel Bauchspieß mochte er nicht bekennen. Der Scharfrichter streckte und schraubte und peitschte seinen Leib, der Mann brüllte vor Schmerz, er redete unsinnige Dinge, stammelte vor sich hin, schrie und schrie, wimmerte, jaulte, heulte, machte ein, erbrach sich, aber er bekannte nicht. Auch den Stadtschulzen kam angesichts der Folterqualen, die der Tagelöhner erdulden musste, eine schwere Übelkeit an, aber der Rat hatte ihn zum Gerichtsherrn bestimmt, dieser Aufgabe musste er sich stellen.

Es war der Stadtphysikus, der den Scharfrichter in die Schranken wies. Als Arzt war er verpflichtet, bei jeder peinlichen Befragung anwesend zu sein.

»Es reicht, Meister Hans«, sagte er.

»Ich mag nicht, wenn man mich so nennt«, räsonierte der Scharfrichter und verabreichte Hinnerk mit dem langen Bart einen Peitschenhieb auf den ausgestreckten Bauch. »Mein Name ist Rosenkranz. Ro-sen-kranz!« Das waren drei weitere Schläge. Hinnerk reagierte nicht mehr, er war ohnmächtig geworden.

»Ich untersage dir …«

»Du hast mir gar nichts zu untersagen.« Meister Rosenkranz begutachtete ein Eisen, das er im Kohlenbecken zur Weißglut brachte. »Der Richteherr entscheidet.«

»Der Physikus hat Recht«, sagte Schwarz. »Wir können morgen fortfahren. Der Delinquent braucht eine Pause.«

»Und warum habe ich das Kohlenbecken heizen lassen?«, fragte der Scharfrichter pikiert. Er liebte seine Arbeit, die nur er perfekt beherrschte. Die Stadt bezahlte ihn leidlich, aber jedermann hasste und verachtete ihn. Sein Beruf galt wenig, die Bürger vermieden, ihm zu begegnen, er lebte von der Gemeinde noch abgeschiedener als der Abschaum, doch bedurfte man seiner Talente, und er war sehr stolz auf das, was er tat. Wenn er glühende Eisen vorbereitete, wollte er sie auch anwenden. Dieser Stadtschulze wusste wohl nicht, was die Kohlen kosteten.

»Wärm dich dran«, sagte Schwarz.

»Die Feuerfrage besteht er nicht«, behauptete Meister Rosenkranz und wies auf den bewusstlosen Delinquenten.

»Er wird sie nicht überleben«, berichtigte der Physikus.

Der Mann hatte in Leipzig studiert, aber Rosenkranz fand, dass er vom Studieren nur verdorben worden war. Keine Wunde konnte er so heilen wie der Scharfrichter, der das Fett der Gehenkten und die Alraune, die unter dem Galgen wuchs, an Schwerstkranke verkaufte. Das war gottlos, niemand durfte davon erfahren, obwohl selbst Ratsherren die Dienste des Scharfrichters in Anspruch nahmen. Die Schwerstkranken starben allesamt, aber sie starben immerhin in der Gewissheit, geheilt zu sein.

Scharfrichter Rosenkranz hegte schon lange den Verdacht, dass der Stadtschulze genau wusste, womit er sein Zubrot verdiente. Nie sprach er ihn darauf an, aber Rosenkranz war überzeugt, dass der Gerichtsherr alles notierte. Mit dem Misstrauen der Ungebildeten gegenüber den Schriftkundigen ging er davon aus, dass eines Tages alles ans Licht kommen würde. Denn nur deshalb erlernten die Herrschaften Schreiben und Lesen: um den kleinen Mann, der nach ein wenig mehr Wohlstand strebte, in die Schranken zu weisen.

Wenn man ihm die Gelegenheit gab, Hinnerk mit dem langen Bart die Fußsohlen zu verbrennen, würde der schon gestehen. Das hielt der stärkste Mann nicht aus.

Der Stadtschulze wollte aber nicht. »Morgen ist auch noch ein Tag«, sagte er.

Man musste nicht lesen und schreiben können, um es zu bestätigen, allerdings konnte es der letzte Tag sein. Der Scharfrichter, der seine Fähigkeiten nicht unter Beweis stellen konnte, hatte Durst.

4

Wenn Meister Rosenkranz im Gasthaus *Zu den Askaniern* einen heben ging, musste er immer am Katzentisch weitab von allen anderen Gästen Platz nehmen, weil er einen unehrlichen Beruf ausübte. An diesem Vormittag war nur ein Ritter in der Schankstube und der Wirt selbst natürlich, und beide waren betrunken. Ihre aschfahlen Gesichter und die dunklen Augenringe sprachen davon, dass sie die Nacht durchgesoffen hatten. Für menschliche Schwächen hatte der Scharfrichter Verständnis. Er lebte von ihnen.

»Bier, Wirt!«, befahl Rosenkranz und setzte sich.
Der Krüger schwankte auf seinen unförmigen Pantinen zum Fass.
»So früh auf den Beinen, Meister?«, fragte er.
»Ich habe schon einen Patienten verarztet«, entgegnete der Scharfrichter.
»So? Wen denn?«
»Hinnerk mit dem langen Bart.«
»Den armen Witwer mit den fünf Kindern? Was hat er denn verbrochen?«
»Apel Bauchspieß ermordet. Und die anderen Kaufleute auch.«
»Ach«, mischte sich nun der Ritter ein. »Dann ist dieser Hinnerk wohl ein großer Mann?«
»Ihr seid betrunken, Ritter! Wie kann ein armer Tagelöhner mit fünf Bälgern ein großer Mann sein …«
»Ich meine die Körperlänge.«
»Ist Hinnerk groß?« Der Scharfrichter hob die Arme. »Ich habe ihn auf der Streckbank zwar größer gemacht … oder länger …« Er lachte. »Nein, groß ist er nicht.«
»Dann klein und gedrungen?«
»Was Ihr wissen wollt! Ich komme hierher, um mein Bier zu trinken.«
»Verzeih!« Veit von Ribbeck hob seinen Becher und prostete dem Meister Rosenkranz zu. »Also klein und gedrungen?«
»Auch nicht.«
»Dann hat er den Apel Bauchspieß nicht getötet«, sagte Ritter Veit im Brustton der Überzeugung.
»Woher wollt Ihr das wissen?«
»Weil der Ritter den Mord und die Mörder beobachtet hat«, erklärte der Krüger.
»War er's nicht? Na, spätestens bei der Feuerfrage bekennt er es dennoch.«
»Du willst ihn also zum Krüppel foltern, auch wenn er diese Tat nicht begangen hat?«

»Ich mache nur meine Arbeit«, sagte der Scharfrichter und widmete sich seinem Bier.

5

Auch Maximilian Schwarz hatte in der Nacht kein Auge zugetan. In der Morgendämmerung saß er in seiner Schreibkammer über den Papieren aus Bauchspieß' Wandschrank, die er hatte beschlagnahmen lassen. Sie waren sehr aufschlussreich. Apel Bauchspieß hatte sich nicht nur als Kaufmann betätigt und mit Getreide, Holz, Wildbret und Bier gehandelt, er hatte auch an Kaufherren in Rathenow, Friesack, Havelberg und Brandenburg Darlehen mit saftigen Zinsen vergeben. Das Geschäft des Geldverleihers war anrüchig und verdammenswert, aber das hatte Bauchspieß offenbar nicht gestört; er war schließlich nicht der Einzige, der auf diese Weise sein Geld vermehrte. Selbst Einhard Wolf, der Bruder des Bürgermeisters, gehörte zu seinen Schuldnern.

Der Stadtschulze plante, an diesem Morgen den Kaufmann Heinrich Wohlgemuth aufzusuchen. Zuvor jedoch schrieb er einen Brief an den Schöppenstuhl in Brandenburg, die höchste bürgerliche Gerichtsinstanz der Mark.

Apel Bauchspieß war, für einen Mann seines Alters ungewöhnlich, ohne Ehefrau gewesen. Weiber jedoch hatte er gehabt. Beiden Mägden hatte er ein Kind gemacht. Lisa und Martha konkurrierten um die Gunst ihres Herrn, die mit Geschenken und Privilegien verbunden war. Womöglich hatte eine der Mägde ein Motiv, Bauchspieß töten zu lassen, etwa weil er ihr die Zuwendung entzogen hatte.

Und der Knecht Rupert ... Er hatte seinen Herrn gehasst und war erleichtert gewesen, als man ihm die Todesnachricht überbrachte. Bauchspieß hatte ihn bei der geringfügigsten Verfehlung geschlagen, vor allem wohl, weil er in ihm den männlichen Widersacher spürte, immerhin hatte Rupert mit Martha ein weiteres Kind gezeugt.

Schwarz fragte sich, ob man jemanden von ihnen für den Mord

verantwortlich machen konnte. Dann wäre die Tat eine große Dummheit, immerhin brachte Bauchspieß' Tod das Gesinde um seine Arbeit. Aber war der Hass stark genug, überstimmte mitunter der Rachedurst die Vernunft.

Drei Kinder lebten in Apels Haus. Der Kaufmann hatte sie vor der Öffentlichkeit verborgen, aber irgendwann wäre es ihm nicht mehr möglich gewesen. Das älteste Kind namens Daniel, eine Frucht der Begegnung zwischen Apel und Martha, war mittlerweile sieben Jahre alt. Einen Jungen dieses Alters konnte man nicht mehr lange im Haus einsperren. Und ein solches Kind hörte und beobachtete allerlei.

Der Stadtschulze beantragte beim Brandenburger Schöppenstuhl die Erlaubnis, den Siebenjährigen der peinlichen Frage zu unterziehen.

Schwarz ließ Kinder nur höchst ungern foltern, obwohl Meister Rosenkranz mit ihnen zumeist ein leichtes Spiel hatte. Kinder vermischten bei ihren Aussagen Einbildungen und Träume mit dem tatsächlichen Geschehen, was den Wert ihrer Zeugnisse in Frage stellte. Außerdem bezweifelte Schwarz, dass Ursachen und Antriebe für den Mord an Bauchspieß in dessen Haus zu finden waren. Besser wäre es wohl, sie bei seinen Schuldnern zu suchen, wenn doch nichts auf einen Raubmord deutete. Aber auch diese Möglichkeit bestand immer noch.

»Hyntz!«, rief Schwarz. Augenblicklich erschien der Hausknecht, der bereits in der Diele auf Anweisungen gewartet hatte. Der Stadtschulze siegelte das Dokument und reichte es ihm.

»Bringe den Brief sogleich zum Schöppenstuhl nach Brandenburg«, befahl Schwarz. »Zuvor jedoch sage dem Büttel, dass er mir den Knecht Rupert aus dem Haus des Apel Bauchspieß zur zweiten Nachmittagsstunde aufs Rathaus bringen soll.«

»Jawohl, Herr.« Hyntz rührte sich nicht.

»Was ist? Eile dich! Die Sache duldet keinen Aufschub.«

»Ich kenne Rupert«, erklärte der Hausknecht.

»Du kennst ihn?«
»An Festtagen haben wir das eine und andere gute Bier miteinander getrunken.«
»Ach?«
»Rupert hasste seinen Herrn«, sagte Hyntz.
»Ist mir bekannt«, erwiderte der Schulze.
»Er hasste ihn wie die Pest. Bauchspieß hatte immer sehr schnell den Knotenstock zur Hand und machte ausgiebig von seinem Züchtigungsrecht Gebrauch. Der Hass beruhte also auf Gegenseitigkeit.«
»Und woher rührte Bauchspieß' Hass? Warum hat er den unbotmäßigen Knecht nicht einfach vor die Tür gesetzt?«
»Das konnte er nicht, Herr. Rupert hat schon mit den Fahrenden gesprochen ... Die Gaukler hätten Bauchspieß in einem ihrer Fastnachtspiele zum Gespött der Leute gemacht. Wegen seiner Bankerte. Außerdem ... Bauchspieß wurde vom Neid zerfressen. Es heißt, Rupert habe ein Gemächte, so lang, dass er damit zwei Frauen gleichzeitig befriedigen kann.«
»Wir wollen uns nicht mit Albernheiten aufhalten«, wies Schwarz seinen Knecht zurecht.
»Ja, Herr.«
»Wer weiß denn noch von Bauchspieß' Seitensprüngen?«
»Das Gesinde von beinahe allen Häusern Rathenows.«
»Was? Und ihr sagt uns nichts?«
»Viele Herrschaften behandeln ihre Hausangestellten wie sprechende Werkzeuge«, sagte Hyntz, »und nicht wie Geschöpfe Gottes.«
»Das mag wohl sein.« Schwarz nickte nachdenklich vor sich hin. »Hyntz, ich danke dir für deine Offenheit. Nun besorge deine Aufträge.«
»Jawohl, Herr.« Der Knecht wandte sich zum Gehen.
»Hyntz!«
»Ja, Herr?« Der Hausknecht drehte sich noch einmal um.
»Verzeih mir, wenn ich dich jemals wie ein sprechendes Werkzeug

behandelt haben sollte«, sagte Schwarz. »Wenn du deine Aufträge erledigt hast, komme zu mir und hole dir zwei Pfennige ab.«
»So viel, Herr?«
»Damit du Bier trinken gehen und dich mit Knechten und Mägden unterhalten kannst.« Der Stadtschulze lächelte. »Und mir berichten …«
»Dass Ihr mir zwei Pfennige nicht uneigennützig gebt, dachte ich mir«, sagte Hyntz.
»Wer tut das schon.«
»Niemand.«
»Siehst du, Hyntz. Aber ich lege noch einen Pfennig drauf.«

6

Nachdem Melchior und Christian erwacht und in die Gaststube gekommen waren, bestellte der Ritter eine Morgensuppe mit viel Wein und eröffnete ihnen seinen Entschluss. Veit erbot sich, den beiden jungen Männern ein väterlicher Freund zu sein und sie auf Gut Ribbeck eine Zeit lang zu beherbergen und zu beköstigen. Auch für andere leibliche Bedürfnisse schwor er zu sorgen. Da Ribbeck bei Nauen und damit nahe bei Berlin und Cölln gelegen war, hatten die Havelberger nichts gegen Veits Vorschlag einzuwenden.
Natürlich wollte der Ritter ihr Freundschaftsbündnis sogleich mit einem Umtrunk feiern. Christian konnte nur mit großer Mühe verhindern, dass Veit von Ribbeck sich bewusstlos trank. Eichkatz wollte Rathenow so schnell wie möglich verlassen, und Melchior, der noch immer bleich war, teilte seinen Wunsch.
Sie hatten die Schüssel mit der Suppe noch nicht geleert, als der Stadtschreiber in der Schankstube erschien und ihnen die Erlaubnis zur Weiterreise überbrachte. Da der hochwohllöbliche Rat den Mörder gefasst zu haben glaubte, bestand kein Grund, sie länger festzuhalten. Melchior sprang sofort auf und eilte in den Stall, um den Stallknecht zu bitten, Stella matutina zu satteln. Ritter Veit rief

ihm hinterher, er solle dafür Sorge tragen, dass man auch seinen Gaul zur Reise rüste.

»Hast du kein Pferd?«, wollte er von Christian wissen.

»Nein.«

»Zu dumm! Ich habe gerade zwei Stuten verkauft. Eine hättest du bekommen können.«

»Melchior teilt seinen Hengst mit mir.«

»Aber das ist doch unbequem.« Der Ritter löste seine Geldkatze vom Gürtel, entnahm ihr drei Silbermünzen und legte sie auf den Tisch. »Genügt das für Kost und Logis?«, fragte er den Wirt.

»Ihr zahlt für die Jungen mit?«

»Ja.«

»Reicht«, sagte der Herbergsvater, fegte die Münzen auf seinen Handteller, ließ sie im Kittel verschwinden und verbeugte sich. »Beehrt uns bald wieder, meine Herren.«

»Ja, wer weiß, wohin uns unser Weg noch führt. Womöglich ist er ein Kreis.« Veit von Ribbeck stand auf und war nicht gerade fest auf den Beinen, Christian folgte ihm. Sie verließen die Schankstube und traten auf dem Hof, wo Morgenstern und das Pferd des Ritters, ein Falbe, mit Zaumzeug, Sattel und Schabracke versehen, nervös im Sand scharrten und der Dinge harrten, die da kommen sollten.

»Wie heißt Euer Hengst?«, wollte Christian wissen.

»Winzling.«

»Aber er ist riesig.«

»Damit konnte ich nicht rechnen, als er noch ein Fohlen war.« Der Ritter griff seinem Pferd von vorne in die Zügel. Winzling wieherte und gab ihm einen Kuss.

»Und habt Dank dafür, dass Ihr für unsere Unkosten aufgekommen seid«, sagte Christian.

»Keine Ursache.« Veit von Ribbeck schwang sich in den Sattel. »Freundschaft kann man nicht bezahlen.«

Auch Melchior nahm auf dem Rücken seines Pferdes Platz, Christian hinter ihm.

»In der Stadt darf man doch gar nicht reiten«, meinte er.
»Na und?« Der Ritter gab seinem Falben die Sporen. »Willst du jemals wieder in dieses Nest zurückkehren?«
»Nein.«
»Also dann … Auf gen Ribbeck! Die Weiber warten schon.«

7

»Seid Ihr wahnsinnig?« Der Stadtschulze lief in der Diele des Bürgermeisters auf und ab.
»Schwarz!«, sagte Prokonsul Wolf mit gehobener Stimme. »Was nimmst du dir heraus? Ich bin der erste Mann dieser Stadt! So spricht man nicht mit mir.«
»Wie konntet Ihr nur? Der Ritter und diese Burschen tun so, als hätten sie den Mord nur beobachtet. Womöglich lügen sie.«
»Wenn ich jemals einen Menschen kennen lerne, der die Wahrheit sagt, lege ich mein Amt nieder«, gelobte Wolf. Ein großes Wagnis bedeutete dieses ohne Zeugen ausgesprochene Gelübde nicht. »Ja, vielleicht lügen sie. Aber welche Handhabe gibt es, einen Edelmann in unserer Stadt festzuhalten? Keine. Und was er mit diesen Jungen macht … Sodomie? Mag sein. Uns geht es nichts an. Wir haben doch den Mörder.«
»Hinnerk mit dem langen Bart leugnet trotz Folter, Bauchspieß umgebracht zu haben«, sagte Schwarz.
»Mir egal. Er wird auch für den Mord an Apel sterben.«
»Weil Euer Bruder Schulden bei ihm hatte, die nun getilgt sind, denn Bauchspieß hinterlässt keine Erben?«
»Was?« Bürgermeister Wolf stampfte mit dem rechten Fuß auf den Boden. »Schwarz, du hast mir Wahnsinn unterstellt. Der Wahnsinnige bist du.«
»Meine Gerichtsgewalt ist ein Lehen des Markgrafen. Sogar Euch kann ich vor Gericht zitieren.«

»Ja, das tue. Dann ist es aus mit dir und deiner Schwester. Alle Bürger und Kaufleute werden euch schneiden.«

»Aber Euer Bruder hatte Schulden bei Bauchspieß ...«

»Ja, verdammt, hatte er.« Prokonsul Wolf lehnte sich heftig atmend an einen der Eichenbalken, die die Decke der Diele stützten. »Das steht ja im Schuldbuch, und das ist – es dürfte dir nicht entgangen sein – ein Buch, das zur öffentlichen Einsichtnahme ausliegt. Warum auch immer ... Unsere Altvorderen haben es so ins Stadtrecht geschrieben.«

»Ihr, Prokonsul, hättet wohl lieber ein geheimes Schuldverzeichnis?«

»Verlasse mein Haus, Schwarz! Und betrete es nie wieder. Was suchst du? Die so genannte Wahrheit? Die liegt allein bei Gott. Verschwinde!«

8

Je weiter Rathenow im Rücken der drei Reisenden lag, desto mehr Oberwasser bekam der junge Semmelmann. Am Himmel klebten schwere Wolken in allen Grautönen, vor allem dunkelgraue, aber sie wärmten die Erde, soweit man im November davon sprechen konnte. Jedenfalls war es nicht mehr so kalt wie in den vergangenen Tagen, und ein erneuter Schneefall blieb vorerst aus. Melchiors Gesicht bekam allmählich Farbe, und er sprach auch wieder. Wie nicht anders zu erwarten, widmete er sich seinem Lieblingsthema. Während der Ritter einen zunehmend größeren Abstand zu dem Bäckersohn herstellte, war Christian seinen Reden hilflos ausliefert. Melchior schlug einen großen Bogen von John Wiclif, der die Transsubstantiationslehre abgelehnt hatte, über die zweiundvierzig Anklageartikel des Konstanzer Konzils gegen Johannes Hus bis zur Kriegskunst der Taboriten mit ihren Wagenburgen und ihrer Taktik der verbrannten Erde. Während sich Christian fragte, was ein gelehrtes Wort wie Transsubstantiationslehre wohl bedeuten möge, parlierte Semmelmann junior über die Raffgier und Niedertracht der Geistlichen, die für jede ihrer Handlungen Taxen erhoben, selbst wenn sie nur zuhörten – oder schlummerten.

»›Man zahlt für die Beichte, die Messe, für die Sakramente, für den Ablass, den Segen, das Begräbnis, für Gebete. Auch der allerletzte Heller, den sich ein Großmütterchen in einem Tüchlein versteckt hat, bleibt ihr nicht. Es nimmt ihn aber der diebische Pfarrer‹«, zitierte er, der sich allmählich in seine allbekannte jugendliche Rage redete.

»Mhm«, machte Christian nur.

»Das schrieb Hus«, erklärte Melchior. Auch der Stolz auf seine Belesenheit und sein geheimes Wissen war zurückgekehrt.

»Was willst du eigentlich?«, rief der Ritter über die Schulter. Melchior war immer lauter geworden, also konnte er sich nicht entziehen. »Das Oberste zuunterst kehren? Das wollen alle jungen Heißsporne … Ich verspreche dir, auf Gut Ribbeck wirst du die Frauen kennen lernen. Wenn du erst ein Weib gehabt hast, vergisst du die … Du vergisst einfach alles!«

Melchior ignorierte den Ritter und begann einen Spottvers zu singen:

»Willst beim Papst Gehör du finden,
Merk dir eines, das erprobt;
Arme haben keinen Zutritt,
Nur wer Gold bringt, wird gelobt.«

Ein Stein, ja, ein ganzes Felsmassiv fiel Christian vom Herzen, als der Ritter bei einem Vorwerk, das noch zur Rathenower Feldmark zählte, mit einem Handzeichen den Befehl zum Halten und Absitzen gab; wie selbstverständlich hatte er die Führung übernommen. Veit von Ribbeck hatte vor, mit Christians Elend ein Ende zu machen und ihm ein eigenes Pferd zu kaufen.

Das Vorwerk gehörte einem Rathenower Lehnbürger, der ein paar

Stopfgänse für seine häusliche Küche abholen wollte und daher anwesend war. Das merkwürdige Gespann, dass aus einem Ritter, einem Bürgersohn und einem Gesellen bestand, erregte seine Verwunderung ebenso wie der Umstand, dass die drei auf zwei Gäulen unterwegs waren. Es brauchte nicht viel Verstand, um zu begreifen, wie dringend sie eines dritten Reittiers bedurften, also versuchte er, den Preis in die Höhe zu treiben. Der Ritter feilschte nicht schlechter als ein Krämerweib, der Kaufmann wand sich und tat so, als wolle man ihn über den Tisch ziehen, aber schließlich wurde man handelseinig. Veit von Ribbeck verfluchte sich dafür, dass er in seiner trunkseligen Euphorie bereits für die Unterkunft sowie für Speis und Trank seiner Begleiter aufgekommen war, und legte seufzend die Münzen auf den Tisch. Vom Erlös der Stuten war kaum mehr etwas übrig. Doch immerhin hatte er den Rosenkranz, den er im Notfall versetzen konnte. Allerdings würde er damit warten, bis Gras über die Sache gewachsen war.

Auch Melchior steuerte einen Obolus bei. Wie Sand rann ihm das Geld, das er seinem Vater gestohlen hatte, durch die Finger. Aber er hatte sich ausgiebig aus der Truhe bedient und war überzeugt, dass er nicht völlig mittellos sein würde, wenn er ins Lager einer hussitischen Streitmacht einritt – immerhin wollte er auch deren Kriegskasse noch versorgen.

Christian bekam einen kräftigen Dreijährigen mit hohem Rist und von bläulich-schwarzer Farbe. Er war sehr glücklich, endlich den Platz hinter Melchior verlassen zu können. Nach beendeter Reise würde er das Tier an den Ritter zurückgeben, und dieser konnte ihn dann verkaufen, vielleicht sogar mit Gewinn.

So ritten sie also fort, der Ritter von Ribbeck auf seinem Winzling, Melchior auf Morgenstern und Christian Eichkatz auf einem Pferd, dem er noch keinen Namen gegeben hatte. Bis zum Abend, wenn man Gut Ribbeck erreicht haben wollte, sollte sich das ändern. So lange gab er sich Zeit, einen angemessenen und wohl klingenden Namen zu überlegen.

9

Maximilian Schwarz steuerte ohne Umwege sein Ziel an.

»Hast du deinen Herrn getötet?«, fragte er den Knecht Rupert. Sie befanden sich im Rathaus, und der Büttel bewachte die Tür.

»Ich allein?« Rupert grinste. »Man hört, dass es zwei Mörder waren.«

»Wo hört man das?«

»Überall.«

»Du könntest einen Komplizen gehabt haben«, sagte Schwarz. Er nahm die Augengläser ab, damit er den Knecht besser sehen konnte.

»Sagt mir, Herr, warum sollte ich die Hand abhauen, die mich füttert?«

»Weil diese Hand dich geschlagen hat. Zeige deinen Rücken!«

Rupert zuckte die Schultern und hob den Kittel hoch. Sein Rücken war mit blutigen Striemen und von Narben übersät. Schwarz schaute weg. Der Büttel machte sich Notizen.

»Nenne mir den Grund für die Gewalttätigkeit deines Herrn«, verlangte der Schulze.

»Ganz einfach. Er war ein Versager. Wisst Ihr, wie viele Schüsse Bauchspieß brauchte, um ein Kind zu zeugen? Hundert? Tausend? Ich nur einen.«

»Hast du dich mal gefragt, warum dein Herr ehelos war?«

»Nicht mehr lange, Schulze. Er hatte um die Hand von Alheid Wohlgemuth angehalten.«

»Das weißt du?«

»Das wissen alle«, behauptete Rupert.

»Alle?«

»Lisa wusste es, Martha wusste es … Lisa war sehr wütend. Das blöde Mädel hat sich doch tatsächlich eingebildet, irgendwann einmal Frau Bauchspieß zu werden. Sie ist sehr lieb, aber herzzerreißend dumm.«

»Hat Bauchspieß ihr die Ehe versprochen?«

»Wenn er auf sie sprang? Natürlich. Er redete allen Weibern ein, dass sie die Standesgrenzen übertreten könnten, wenn sie ihm ihre Schöße öffneten. Sogar den Bettpfosten hätte er die Ehe versprochen, wenn sie ihn befriedigt hätten.«

»Ein Eheversprechen ist bindend«, sagte Schwarz. Der Büttel schrieb es auf.

»Ohne Zeugen? Wer glaubt schon einer Magd.«

»Auch du hast ein Kind mit Martha?«

»Ja. Einen Sohn«, sagte Rupert stolz.

»Liebst du sie?«

»Martha? Nein. Sie war nur eine Gelegenheit ... Aber meinen Sohn, den liebe ich.«

»Wie heißt er?«

»Wolfram.«

»Wie alt?«

»Sechs, Herr. Er kam elf Monate nach Daniel zur Welt.«

»Ich könnte ihn foltern lassen«, sagte Schwarz und schaute zum Büttel. Der schrieb.

»Oh, nein, Herr!« Rupert fiel vor dem Schulzen auf die Knie. »Foltert mich. Aber nicht mein Kind. Bitte, Herr! Ich flehe Euch an.«

»Wirst du denn die Wahrheit sagen?«

»Ja, Herr! Alles, was Ihr verlangt.«

»Die Wahrheit oder was ich verlange?«

»Die Wahrheit, Herr!«

»Also?«

»An dem Abend, an dem unser Herr starb, war er beim Kaufmann Heinrich Wohlgemuth zum Essen eingeladen«, sagte Rupert. Schwarz nickte. Der Büttel schrieb es auf.

10

»Es geschah vor Eurem Haus«, sagte Maximilian Schwarz. Der Stadtschulze hatte Heinrich Wohlgemuth aufgesucht, nachdem dieser vom Hochamt zurückgekehrt war.
»Schrecklich!« Wohlgemuth strich fahrig über das Tischtuch, über den hl. Andreas am Kreuz. »Was für eine Untat! Meine Familie und ich … wir sind sehr betroffen.«
»War er bei Euch?«, fragte Schwarz kühl.
»Wir sind Freunde«, erwiderte Wohlgemuth. »Manchmal isst er bei mir.«
»Und gestern?«
»Gestern auch.«
»Ihr habt Schulden bei ihm«, sagte der Schulze.
Wohlgemuth zuckte zusammen. »Das ist Euch bekannt?«
»Bauchspieß hat sie in sein Rechnungsbuch eingetragen.«
»Ich hatte Schulden«, korrigierte Heinrich. »Gestern habe ich sie beglichen.«
»Bauchspieß verließ Euch also mit viel Geld in der Tasche?«
»Ja.«
»Warum unbegleitet?«
»Ich habe ihm angeboten, dass einer meiner Knechte mit ihm geht. Apel wollte nicht.«
»So, so.« Der Stadtschulze lehnte sich zurück und verschränkte die Arme vor der Brust. »Wie konntet Ihr Bauchspieß auszahlen? Es hat sich überall herumgesprochen, dass Ihr klamm seid.«
»Ich habe Anleihen verkauft.« Heinrich Wohlgemuth hatte eine Nacht lang Zeit gehabt, Antworten auf mögliche Fragen zu erfinden.
»Welche Anleihen?«
»Bei der Saline in Lüneburg.«
»Dieses Darlehen habt Ihr nirgendwo einschreiben lassen«, schoss der Stadtschulze ins Blaue.

»O doch.« Wohlgemuth quälte sich ein Lächeln ab. Die Anleihen hatte er bereits vor zwei Jahren zu Geld gemacht. »Es steht im Stadtbuch von Lüneburg.«

»Das lässt sich überprüfen«, sagte Schwarz.

Wohlgemuth nickte. Der Kaufmann fühlte sich nicht wohl in seiner Haut, war aber sicher, dass Schwarz so viel Mühe nicht aufwenden würde. In der Kirche hatte es geheißen, dass die Mörder von Apel Bauchspieß bereits dingfest gemacht und im Kerker peinlich befragt worden waren. Jedermann wusste, was das bedeutete, und rechnete mit einem Geständnis.

»Wollt Ihr mit mir speisen?«, fragte der Getreidehändler. Schwarz schüttelte den Kopf.

»Nur damit ich es ganz genau begreife: Apel Bauchspieß war also gestern Abend bei Euch, um, wie unter Freunden üblich, mit Euch ein gemeinsames Mahl einzunehmen und den Schuldschein einzulösen?«

»So war es.«

»Ihr gabt ihm das Geld? Eine Viertel Mark Silber?«

»Dies tat ich«, bestätigte Heinrich Wohlgemuth.

»Und Apel Bauchspieß verließ kurz vor Mitternacht ohne Begleitung und mit einer Viertel Mark Silber in der Tasche Euer Haus? Das macht kein Kaufmann, sondern nur ein Idiot.«

»Ich habe ihn ja gewarnt ...«

»Man kann über Bauchspieß nicht viel Günstiges sagen«, begann der Stadtschulze, »aber eines ist gewiss: Er war kein Bruder Leichtfuß.«

»Damit habt Ihr sicher Recht. Aber ich kann Euch nur sagen, wie es gewesen ist. Ich meine, der Weg von meinem Haus zu seinem ist ja nicht weit.«

»Aber es hat schon mehrere nächtliche Raubüberfälle auf Kaufherren gegeben, mitten in der Stadt. Kein Mensch geht mit einer Viertel Mark Silber allein durch die Gassen, selbst wenn der Weg noch so kurz ist.«

»Diese Räuber habt Ihr doch wohl gefasst?«
»Vermutlich ja.«
»Seht Ihr. Sie werden auch Bauchspieß auf dem Gewissen haben«, meinte Wohlgemuth.
»Hat Apel Eurer Tochter schöne Augen gemacht?«, wollte der Stadtschulze wissen. Der abrupte Themenwechsel irritierte Wohlgemuth so sehr, dass er für ein paar Lidschläge nicht wusste, was er erwidern sollte: Schwarz war zu gut informiert.
»Also, Heinrich ...?«
»Alheid ist nicht reif für die Ehe.« Wohlgemuth dankte Gott, dass ihm diese Antwort eingefallen war.
»Aber Bauchspieß hatte Euch in der Hand. Er konnte Euch erpressen.« Stadtschulze Schwarz fuhr mit einer raumgreifenden Geste über den Tisch. »Ich will nicht unterstellen, dass er es tat ... Um Gottes willen! Aber er hätte können.«
»Was soll das heißen? Glaubt Ihr, dass ich ihn umgebracht habe?«
»Aber nein!« Schwarz versuchte, sein Gegenüber mit einem freundlichen Lächeln zu beruhigen.
Heinrich Wohlgemuth musterte den Stadtschulzen vom Scheitel bis zum Gürtel. Dieser Mann, der gerade den Inquisitor spielte, war sicher nicht gut auf Bauchspieß zu sprechen; das waren nur sehr wenige. Aber er machte seine Arbeit ordentlich, das musste man ihm lassen. Die Meinung, die er von Bauchspieß hatte, spielte bei der Untersuchung keine Rolle. Eigentlich war ein so gerechter Stadtschulze nur zu loben. Doch Wohlgemuth hatte einiges zu verbergen, daher gefiel ihm nicht, wie Schwarz die Untersuchung führte.
»Tut mir Leid«, sagte Heinrich und deutete auf den Tisch, auf dem einige Papiere seiner Aufmerksamkeit harrten, »ich habe heute noch viel zu tun.« Den Stadtschulzen zum Verlassen des Hauses aufzufordern war gewiss ein Fehler, aber Wohlgemuth ertrug dessen Selbstsicherheit keinen Augenblick länger. Schwarz blieb sitzen.
»Natürlich«, er lächelte noch immer, »die Geschäfte. Ihr übergebt mir doch den Schuldschein? Als Beweismittel ...«

»Ich habe ihn verbrannt.«
Schwarz nickte. Es war ein übertrieben einverständiges Nicken, das Wohlgemuth noch mehr reizte. Doch er war Geschäftsmann und hatte gelernt, sich zu beherrschen.
»Ihr wisst ja, wo ich wohne«, sagte der Schulze. Dass man Wohlgemuth dabei beobachtet hatte, wie er den Leichnam durchsuchte, verschwieg er noch. Dieses Wissen würde er ihm erst bei einer besseren Gelegenheit präsentieren. Jetzt ging es ihm nur darum, den Kaufmann in die Enge zu treiben. »Wenn Ihr mir noch etwas zu sagen habt, scheut Euch nicht, mich aufzusuchen. Und wenn Ihr Zeugen für das gemeinsame Mahl mit Bauchspieß auftreiben könnt, kann es Euch nur nutzen. Empfehlt mich der Frau Gemahlin.«
Maximilian Schwarz verließ die Schreibkammer und dann das Haus. Zurück blieb ein niedergeschmetterter Wohlgemuth, der die Papiere nicht anrührte, sondern darüber nachgrübelte, was der Schulze eigentlich von ihm gewollt hatte. Das Gefühl, dass sein Hals bereits in der Schlinge steckte, ergriff von ihm immer mehr Besitz.

11

Zwei Stunden waren der Ritter, Christian und Melchior nun schon unterwegs. Christian hatte immer noch keinen Namen für sein Pferd gefunden, und dem Ritter war es gelungen, Melchior zum Schweigen zu bringen, indem er ihm von den glorreichen Zeiten des Rittertums berichtete. Das schien den Bäckersohn sehr zu interessieren.
»Damals wurde der ritterbürtige Knabe am Hof eines höher gestellten Edlen ausgebildet«, schwärmte Veit. »Im Edeldienst reifte er heran. Er lernte zunächst das gesittete Verhalten in Rede und Haltung, vor allem die Tischzucht. Er bediente seinen Herrn und hielt ihm den Steigbügel, was eine große Ehre war. Damit er nicht verweichlichte, wurde er im Reiterhandwerk unterwiesen. Bei Turnübungen wie Steinstoß, Wurf und Sprung kräftigte er seinen Leib, aber die wichtigste Übung war der Gebrauch der Waffen. Der Knabe

schulte sich in der Jagd mit dem Falken, er erlernte den höfischen Tanz und den ritterlichen Dienst bei den Frauen, wozu auch Dichtung und Gesang gehörten. Beim Spiel, bei der Fehde und im Krieg begleitete er seinen Herrn und war bereit, notfalls sein Leben zu opfern. Seinerzeit war die Ritterschaft ein Beruf und eine Berufung, nicht bloß ein erblicher Titel.«

»Seid Ihr denn auch bei Hofe ausgebildet worden?«, wollte Melchior wissen.

»Ach was! An welchem Hof denn? Als ich ein Knabe war, herrschte das reine Chaos in der Mark – ja sogar im ganzen Reich. Es war zu König Wenzels Zeiten und den Zeiten der Kirchenspaltung, als es zwei Päpste gab, einen in Rom und einen in Avignon. Ein riesiges Durcheinander brachte die Christenwelt an den Rand des Untergangs. Alles, was ich kann, hat mir mein Vater beigebracht. Aber auch der war kein echter Ritter mehr und hat sich nie bei einem Turnier mit Ebenbürtigen gemessen. Gerste, Hafer, Steckrüben und das liebe Vieh bestimmen den Horizont der Herren von Ribbeck, seitdem sie landsässig geworden sind.«

»Seid Ihr reich, Herr Ritter?«, erkundigte sich Melchior.

Christian empfand diese Frage als äußerst unhöflich, aber Veit lächelte bloß.

»Mein Gut ernährt mich«, sagte er.

»Ein Ritter zu sein ...« Melchior träumte wieder einmal. »Stolz und Ehre ... Für die Ehre zu leben und zu sterben ...«

»Das ist nichts als Bücherwissen«, meinte Veit. »Schau mich an, Junge! An meinen Stiefeln kleben Erde und Mist, und an meinen Gedanken kleben Zahlen.«

»Aber wünscht Ihr nicht, dass es anders wäre?«

»Ich weiß gar nicht, warum ich mit dir darüber rede«, sagte der Ritter. »Natürlich wünsche ich mir etwas anderes. Zweikämpfe, Streiten um die Mannesehre, einen Waffengang. Aber das ist ... Wir Ritter verachten den Stand der Kaufleute, doch ich denke längst mehr als Kaufherr denn als Ritter.«

»Wir können ein Turnier auf Gut Ribbeck veranstalten«, schlug Melchior vor.
»Gegen wen wollen wir denn antreten? Gegen Vogelscheuchen? Die Edelleute fühlen und denken nicht mehr ritterlich, ja nicht einmal edel. Sie verdienen Geld und machen Politik.«
»Ein echter und ehrlicher Ritter sein«, träumte Melchior.
Christian, auf dem Rücken seines namenlosen Pferds, zog nur die Stirn kraus. Veit von Ribbeck lächelte hintergründig. Vermutlich bildete er sich ein, Melchior vom Hussitentum abgebracht und zu einer neuen, weniger gefährlichen Idee gelenkt zu haben. Christian bezweifelte es. Wahrscheinlich wünschte sich Melchior nur, ein hussitischer Ritter oder ein ritterlicher Hussit zu werden. Das war keinen Deut besser als das, was er ohnehin vorhatte.

12

»Setz dich«, forderte der Stadtschulze die Magd Lisa auf.
»Das darf ich nicht«, sagte das Mädchen. »Wenn ein Herr sitzt, muss das Gesinde stehen.«
»Ich bitte dich. Habe Vertrauen, Kind. Vor Gott und vor einem irdischen Richter sind alle Menschen gleich.« Das war nur die halbe Wahrheit und damit, wenn man so wollte, eine halbe Lüge. Wenn Gott sein Jüngstes Gericht hielt, würde er die Sünder nicht nach Stand und Einkommen unterscheiden. Die arm waren, arm im Geiste und arm, was den Geldbeutel betraf, standen ihm näher als die Wohlhabenden und die Standespersonen, jedenfalls verkündeten es die Geistlichen, und in der Bibel stand es auch. Maximilian Schwarz gehörte zu den wenigen Gebildeten, die das Lateinische beherrschten und das Buch der Bücher zu lesen vermochten. Er bedurfte nicht der Auslegung durch Kleriker, die oft genug arm im Geiste waren, aber fett gefressen von ihren Pfründen und Ablässen. Lisa war zweifellos nicht sehr klug. Vor dem Schöffengericht hatte sie nur eine geringe Chance.

Spitzfindige Schriftsätze, die man bei Winkeladvokaten in Auftrag gab, halfen den vor Gericht zitierten Geldsäcken, ihren Kopf aus der Schlinge zu ziehen. Aber noch wichtiger als der Gehalt der Dokumente war ihre Länge. Die Schöffen lasen nicht gern. Wenn das Schriftstück umfangreich war, entschieden sie in der Regel zugunsten des Beklagten. Vor allem, wenn er obendrein Geld bot. Eine lange Eingabe ermüdete die Augen der Richter, ein Geldstück machte sie glänzen.

Maximilian Schwarz war nicht bestechlich. Er studierte alle Schriftsätze, und er war mit Geld nicht zu beeindrucken.

»Ich darf mich wirklich setzen, Herr?«, vergewisserte sich die Magd.

»Natürlich.« Vor Schwarz lag ein siebenseitiger Schriftsatz. Der Kaufmann Heinrich Wohlgemuth hatte ihn aufgesetzt oder aufsetzen lassen, und es handelte sich um eine Defensionsschrift. Wohlgemuth erklärte sich zu den Schulden und der Art und Weise, wie er sie beglichen haben wollte, außerdem beschrieb er den mit Bauchspieß verbrachten Abend als friedlich und freundschaftlich. Bauchspieß habe zwar um die Hand von Alheid angehalten, aber Wohlgemuth habe den übrigens wohl eher unter dem Einfluss des Weins ausgesprochenen und gewiss nicht ganz ernst gemeinten Heiratsantrag in aller Form und höflichst zurückgewiesen.

Der Getreidehändler verteidigte sich gegen alle Vorwürfe, von wem sie auch erhoben werden mochten. Schwarz klang die Verteidigungsschrift eher nach einem Eingeständnis von Schuld, doch davon würde er die Schöffen nur schwer überzeugen können.

»Sag mir, Lisa, wie war dein Herr?«

»Er war ein guter Mensch«, versicherte die Magd.

»Aber er hat Rupert auf das Grausamste verprügelt«, sagte Maximilian Schwarz.

»Rupert ist schlecht.«

»Warum? Ist er nachlässig? Tut er seine Arbeit nicht?«

»Doch, das schon …«

»Und er ist doch ein schöner, starker Kerl. Martha ist ihm verfallen, nicht wahr?«

»Ja, Martha, die ist dumm.«

»Du magst Rupert nicht?«

Lisa zuckte die Schultern.

»Dein Herr war also gut?«

»Er war einsam. Am Tag ging er seinen Geschäften nach, doch abends … Vor allem im Winter, wenn die Abende und Nächte lang sind, braucht auch ein Herr die Nähe eines anderen Menschen. Und er hat sich ein Kind gewünscht. Einen Sohn. Ich habe ihm einen Sohn geschenkt.«

»Ein Kind, das nicht erbberechtigt ist«, stellte Schwarz fest.

»Der Herr hat mir versprochen …«

»Allerlei, nicht wahr? Aber da ist ja auch noch der Sohn von Martha. Prinzipiell der Erstgeborene, obwohl das rechtlich wohl keine Rolle spielt. Bauchspieß hat durchaus daran gedacht, seinen Bankert Daniel zum Erben einzusetzen.« Das entsprach nicht den Tatsachen, aber Schwarz genoss den Vorteil, die Unterlagen aus dem Hause Bauchspieß zu kennen.

»Niemals!« Lisa begann zu weinen. »Er hat mich geliebt.«

»Hat er gesagt. Weil er einsam war und ein Kind wollte. Ist dir bekannt, dass er um die Hand von Alheid Wohlgemuth angehalten hat, eine weitaus bessere Partie als eine gewöhnliche Magd? Das nur nebenbei.«

»Ich wusste es.« Lisa fuhr sich mit dem rechten Ärmel ihres Kittels übers Gesicht, um die Tränen aufzuwischen. So nebensächlich, wie von Wohlgemuth dargestellt, war Bauchspieß' Antrag also nicht.

»Woher?«

»Rupert hat es uns erzählt.«

»Ja, Rupert, der weiß mehr, als man einem Knecht zutraut. Ist dir bewusst, dass Apel Bauchspieß, wenn er mit Alheid ein Kind gezeugt hätte – ich spreche nur von Möglichkeiten, Lisa –, wenn er sie

geheiratet und ein Kind gezeugt *hätte*, wäre dieses Kind sein Erbe gewesen. Ist dir das klar?«
»Davon verstehe ich nichts, Herr.«
Schwarz glaubte dem Mädchen. Von dem verzwickten Erbrecht hatte sie sicher keine Ahnung. Aber Rupert konnte ihr etwas eingeredet haben.
»Hast du mit Rupert geschlafen?«
»Herr!«
»Hast du?«
»Ja.«
»Wie oft?«
»Herr, ich habe doch nicht mitgezählt ...«
»Martha war sicher nicht begeistert, dass du ihr Bauchspieß und Rupert fortgenommen hast«, sagte Schwarz.
»Sie ist doch selber Schuld«, sagte Lisa.
»Woran Schuld?«
»Sie wollte Geld von unserem Herr. Geld für ihren Balg. Daniel sollte zur Schule gehen.«
»Sie hat Bauchspieß erpresst?«
»Daniel ist ihr Ein und Alles! Er sollte schreiben und lesen können wie sein Vater.«
»Der sich niemals zu diesem Kind bekannt hätte.«
»Es ist das Kind einer Magd, Herr«, sagte Lisa.
»Eben. Du kannst jetzt gehen.«
»Und Ihr wollt nicht ...?« Lisa entblößte ein Stück von ihrem glatten weißen Arm.
»Du stehst ... Du sitzt vor einem Richter!«, sagte Schwarz entrüstet. Was er von dem Arm zu sehen bekam, versprach allerlei, aber er hatte anderes zu tun. »Geh! Und halte dich zur Verfügung! Es mag sein, dass ich dich noch einmal rufen lasse.«
Die Magd tat, wie ihr geheißen. Schwarz verschloss Wohlgemuths Defensionsschrift in seinem Wandschrank. Vor dem Schrank blieb er noch eine Weile nachdenklich stehen.

13

Der Ritter und seine jungen Freunde hatten etwa die Hälfte des Wegs nach Gut Ribbeck zurückgelegt, als ihnen auf der Straße, die Rathenow mit Nauen verband, ein Reiter entgegenkam. Das Land war flach, sodass sie ihn schon in weiter Ferne ausmachen konnten, aber erst als er sich auf gut zwanzig Pferdelängen genähert hatte, erkannte ihn der Ritter. Es war einer seiner Pächter, und Veit war nicht wenig überrascht, ihm hier zu begegnen.

»Herr!«, rief der Pächter. Er war ganz außer Atem. »Gut, dass ich Euch schon auf dem Wege sehe. Denn eigentlich hatte ich damit gerechnet, Euch erst in Rathenow anzutreffen.«

»Was gibt es denn so Eiliges, Thomas?«, wollte Veit wissen.

»Der Ruf Eurer Pferde, Herr, hat sich offenbar in der Mark herumgesprochen. Ein Kaufmann aus der Neustadt Brandenburg hat einen Boten nach Gut Ribbeck geschickt und anfragen lassen, ob Ihr ihm nicht ein halbes Dutzend verkaufen könnt.«

»Ein halbes Dutzend!?« Der Ritter strahlte. Das versprach ein gutes Geschäft.

»Ein halbes Dutzend«, bestätigte der Pächter.

»Ein Kaufmann aus der Neustadt Brandenburg.« Veit nickte. »Was meint ihr, Melchior und Christian? Euch drängt doch nichts, und mein Gut läuft uns nicht weg. Seid ihr jemals in Brandenburg gewesen, in jener Stadt, die als die Wiege der Mark gilt?«

Melchior schüttelte den Kopf, Christian ebenso.

»Wollt ihr mich begleiten? Es ist nur ein kleiner Umweg …«

»Ist es eine schöne Stadt?«, erkundigte sich Christian, der Melchior einen fragenden Blick zuwarf. Der Bäckersohn zuckte die Schultern.

»Eigentlich sind es sogar zwei Städte, die alte und die neue«, erklärte der Ritter. »Wir können sie noch vor der Abenddämmerung erreichen. Ich gebe eine Runde Wein aus und lade euch dann ins Frauenhaus ein. Diesen Besuch müssen wir unbedingt nachholen.«

»Ich weiß nicht«, sagte Melchior.

»Gib deinem Herzen einen Stoß«, verlangte Ritter Veit. »Zu deinen Hussiten kommst du immer noch rechtzeitig, wenn überhaupt. Ein junger Bursche sollte sich vergnügen, wenn ihm die Gelegenheit dazu winkt.«
»Nun gut, ich bin dabei.«
»Und du, Christian?«
»Ich ebenfalls.«
»Fein. Thomas?«
»Ja, Herr?«
»Kehre zurück aufs Gut und wende dich an Martin und Hans«, befahl der Ribbeck. »Sie verstehen am meisten von Pferden. Stücker zehn sollen sie aussuchen, die schönsten und kräftigsten. Die bringt nach Brandenburg, wo wir euch erwarten werden.«
»Zehn, Herr?«
»Zehn, damit dieser Kaufmann eine Wahl treffen kann. Wie heißt er übrigens?«
»Stephan Schwertfeger«, sagte der Pächter, »ein Getreide-, Holz- und Weinhändler, und für seine Unternehmen bedarf er der Zugtiere.«
»Nun, Stephan Schwertfeger soll gut bedient werden und zufrieden sein«, meinte der Ritter und lachte. »Auf denn, auf nach Brandenburg. All ihr Hübschlerinnen, freut euch, wir kommen!«

14

»Mögt Ihr Kräuter, Schulze?« Einhard Wolf führte Maximilian Schwarz in seinen Kräutergarten. Dort gab es, schließlich war Winter, nicht viel zu sehen. Genau gesagt: gar nichts.
»Ihr hattet Schulden bei Bauchspieß?«, fragte Schwarz unvermittelt.
»Nicht so laut, Schulze. Das Gesinde hat nicht zu interessieren, bei wem ich Schulden habe.«
»Erhebliche Summen stehen in Bauchspieß' Handlungsbuch«, sagte Schwarz.

»Ich hatte Auslagen für einen großen Posten Lübecker Preziosen, den ich im nächsten Frühjahr, wenn die Putzsucht der Frauen ausbricht, in der Mark losschlagen werde. Meine Handelsverbindungen reichen bis weit in die Neumark, und Frauen, die gern Schmuck kaufen, gibt es überall. Spätestens im Wonnemonat hätte Bauchspieß sein Geld zurückbekommen.«

»Was für Preziosen, Einhard?«

»Ich wüsste nicht, was es Euch angeht«, erwiderte Wolf scharf. »Schließlich bin ich Kaufmann und obendrein der Bruder des Bürgermeisters.«

»Und ich bin der Stadtrichter, der einen blutigen Mord zu untersuchen hat.«

»Da wendet Ihr Euch an mich? Das ist lächerlich. Die halbe Kaufmannschaft stand bei Bauchspieß in der Kreide.«

»Ich nicht.«

»Ja, Ihr vielleicht nicht. Was denkt Ihr wohl, womit Apel am meisten Geld verdient hat? Mit Getreide, Holz oder Bier? Nein, Schulze, mit diesen Gütern wurde er wohlhabend. Reich machte ihn das unchristliche Geschäft des Wuchers.«

»Er nahm recht üppige Zinsen, will mir scheinen«, meinte der Stadtschulze.

»Der Schein trügt nicht«, entgegnete Einhard Wolf.

»So ist denn wohl die halbe Kaufmannschaft Rathenows froh über Apels Tod? Denn einen Erben, der die Außenstände eintreiben kann, gibt es ja nicht.«

»Ich bin nicht sicher, aber verfallen die Schulden nicht der Stadt?«

»Wenn sie nicht generell verfallen ... Das dürfte Euch am liebsten sein.«

»Ist es, Schulze, ist es.« Wolf bekräftigte seine Worte mit einem heftigen Nicken.

»Welche Art von Preziosen?«, fragte Schwarz noch einmal.

»Ihr seid hartnäckig, was? Wollt Ihr sie sehen? Ich bewahre sie in einer Truhe in der Schreibkammer auf.«

»Es genügt, wenn Ihr sie mir nennt.«
»Nun gut, wenn ich Euch anders nicht loswerde.« Wolf seufzte. »Halsketten aus Gold und Silber, manche mit Edelsteinen besetzt, goldene und silberne Armreifen, Ringe, Schließen und Broschen. Prächtige Rosenkränze, denn ein Mann oder eine Frau von Stand hält bei der Zwiesprache mit Gott gern ein Paternoster in der Hand, das etwas hermacht. Ich habe auch Kruzifixe im Angebot, Kruzifixe aus edlem Metall und mit edlen Steinen geschmückt. Alles Dinge von Wert, Schulze. Ich rechne mit einem satten Gewinn, wenn ich sie auf die Märkte bringe.«
»Und jedes Stück wollt Ihr verkaufen? Ich kann mir vorstellen, dass Eure Frau oder eine von Euren Töchtern gern die eine oder andere Kostbarkeit an ihrem Hals oder Arm tragen würde. Oder in der Hand.«
»Ja, möchte vielleicht. Doch ich habe Geld aufgenommen, um das Unternehmen vorzufinanzieren. Bei Apel Bauchspieß, wie Euch bekannt ist, aber ich wiederhole es gern, wenn es Euch Freude macht. Meine Gattin muss leider leer ausgehen. Seid Ihr nun zufrieden?«
»Eines noch: Wo wart Ihr in jener Nacht, da Bauchspieß ums Leben kam?«
»Nun reicht's.« Einhard Wolf machte einen Schritt auf den Schulzen zu und kam ganz nahe vor ihm zu stehen. Schwarz musste zu ihm hinabschauen, denn Wolf war fast einen Kopf kleiner als er. »Eure Unterstellungen höre ich mir nicht länger an.«
»Ich habe nichts unterstellt, sondern nur um eine Antwort gebeten.«
»Dann sollt Ihr auch sie noch bekommen. Ich befand mich dort, wo ich mich in jeder Nacht aufzuhalten pflege: Im Bett.«
»Ihr kennt den Ritter Veit von Ribbeck?«
»Nichts da! Ihr habt die letzte Frage gestellt, ich gab die letzte Antwort.«
»Er hat Euch zwei Stuten verkauft.« Der Schulze ließ sich nicht beirren.

»Ist das ein Verbrechen?«
Die Glocke von Sankt Marien und Andreas unterbrach das Gespräch der beiden Männer. Sie verkündete die vierte Nachmittagsstunde, und Einhard Wolf war noch nicht beim Hochamt gewesen. Eilige Geschäftsvorfälle und der Besuch des Schulzen hatten ihn davon abgehalten, doch der Bruder des Bürgermeisters nahm seine Christenpflichten sehr ernst und versäumte niemals die tägliche Messe. Sie lieferte ihm den Vorwand, Schwarz endlich aus dem Haus zu komplimentieren. Der Stadtrichter hatte ein Einsehen, denn das Seelenheil ging auch ihm über alles. Die irdischen Tage eines Menschen waren abgezählt, dann kam die Ewigkeit. Wer für sie nicht vorsorgte, ging des Heils verlustig, das beim Herrn war.
»Ich komme wieder«, sagte Schwarz zum Abschied. Er sprach durchaus freundlich, aber in Wolfs Ohren klang es wie eine Drohung.

15

Hartmann vom Schwarzen Berg und seine acht Begleiter hatten einen freien, aber anstrengenden Beruf. Dieser Beruf verlangte von ihnen, etliche Tage auf dem Pferderücken zu verbringen und sich Wind und Wetter auszusetzen, aber er war einträglich, und im Falle eines Erfolgs erlaubte er den Männern, wochenlang in Saus und Braus zu leben. Das hatten sie gerade getan. Nun war die Kasse knapp, also mussten sie wieder ausziehen, auf der Suche nach Beute. Es gab mehrere Möglichkeiten, ansehnliche Einkünfte zu erzielen. Sie konnten einen Tross von Kaufleuten überfallen, ihnen die Waren und die Barschaft abnehmen oder sie gefangen setzen, um ein Lösegeld zu erpressen. Das war mit Gefahren verbunden, schließlich reisten die Kaufleute in größeren Gruppen zu den Märkten, um sich vor Wegelagerei zu schützen, und bewaffnet waren sie auch. Hartmann und seine Leute fürchteten die Gefahr nicht. Aber es war Winter; die Handelstätigkeit der Pfeffersäcke kam zwar nicht ganz zum Erliegen, war im Vergleich zur warmen Jahreszeit jedoch gering. Ob es also Zweck hatte, an einer Straße einen Hinterhalt zu legen, oder ob man damit nur seine Zeit vergeudete, vermochte Hartmann nicht zu sagen. Sinnvoller erschien es ihm, entweder ein Dorf zu überfallen, den Bauern das Vieh fortzutreiben und ihre Vorräte zu plündern oder eine Siedlung zu brandschatzen: Man würde sie belagern und mit ihrer Zerstörung drohen, bis die Landmänner bereit waren, sich von der Bedrohung freizukaufen.

Nun waren die Bauern keineswegs wehrlos. Manche Dörfer waren befestigt oder hatten eine Kirche, in die sich die gesamte Bevölkerung bei Bedarf zurückziehen konnte und unter deren Dach das Getreide lagerte. Eine dieser Wehrkirchen anzugreifen war in der Regel zwecklos, aber man konnte sie einschließen und belagern – nicht in der Absicht, die Dörfler auszuhungern, sondern um mit ihnen zu verhandeln. Wenn man dann die Brandfackeln schwenkte, mit denen man die Höfe einzuäschern gedachte, kam meistens ein Abgesandter der Gemeinde mit den geforderten Münzen heraus.

Es war aber auch schon vorgekommen, dass die Bauern mit Knüppeln, Sensen und Dreschflegeln auf Hartmanns Leute losgestürmt waren und sie tüchtig verhauen hatten. Nicht immer ging ein Überfall also glimpflich oder gar siegreich vonstatten. Und nicht immer trugen die Angreifer nur Blessuren davon. Hartmann vom Schwarzen Berg hatte ein paar wirklich gute Leute verloren. Die Landmänner hatten sie entweder gleich erschlagen oder sie dem markgräflichen Vogt oder an eine der Städte Brandenburg ausgeliefert, wo man sie aufs Rad flocht. Das war ein schändlicher, vor allem aber ein qualvoller Tod.

Plötzlich vernahm Hartmann aus der Ferne Gesang. Der ehemalige Gefolgsmann des edlen Herrn Johann von Quitzow brachte sein Pferd zum Stehen und hob die Hand. Seine Begleiter umringten ihn.

»Was ist das? Darf ich meinen Ohren trauen?«

»Du darfst, Hartmann«, erwiderte Arndt der Keulenschwinger. Er liebte es, widerspenstige Landmänner so lange mit der Keule auf

den mit Mistlachen gefüllten Bauch zu schlagen, bis sie das Versteck ihrer Vorräte verrieten. »Da singt jemand. Fast klingt es wie ein Mädchen.«
»Was hat denn ein Mädchen zu dieser Zeit hier verloren?« Der vom Schwarzen Berg war wirklich überrascht.
»Vielleicht eine reiche Kaufmannstochter, die nach Brandenburg verheiratet werden soll?«, überlegte Peter der Kitzler. Zu seinen Spezialitäten gehörte, die Fußsohlen der Landleute, insbesondere die ihrer Kinder, mit Salz einzustreichen und sie dann von Ziegen ablecken zu lassen. Wer sich nicht zu Tode lachen oder seinem Balg nicht beim Totlachen zuschauen wollte, der bekannte rascher als bei den grausamsten Foltern, was man in Erfahrung bringen wollte.
»Wer weiß.« Hartmann wies zu einem Hügel. Von dieser Anhöhe hatte man einen weiten Blick über die Havelaue, also ritten die Männer hinauf.

16

Seitdem die Anspannung von ihm abgefallen war, befand sich Melchior in einer überschwänglichen Gemütslage. Er freute sich auf die beiden Städte Brandenburg. Auch wenn sie nicht sein Ziel waren, ja ihn von seinem Plan eher abbrachten, hoffte er doch, auf seine Kosten zu kommen und sich zu amüsieren. Obendrein schien es ihm nützlich, einem Kaufmann und einem Edelmann beim Verhandeln um den Preis zuzuschauen, denn dabei konnte man womöglich etwas lernen.
Das Städtlein Pritzerbe, wie es in den Urkunden der Brandenburger Bischöfe genannt wurde, lag hinter den Reisenden, und vor sich, in weiter Ferne, sahen sie schon die Marienkirche auf dem Harlunger Berg und den Turm von Sankt Katharinen, der die Neustadt Brandenburg überragte. Höchstens eine Stunde, so schätzte der Ritter, und sie würden die Wurzel der Mark erreichen. Das Gesinge und Gequatsche von Melchior ging ihm gewaltig auf den Geist. Er war

nun über die Hussiten umfassend unterrichtet, und ob er wollte oder nicht, das Lied, das Melchior immer wieder auf eine erfundene Melodie anstimmte, summte er mit.

»Willst beim Papst Gehör du finden,
Merk dir eines, das erprobt;
Arme haben keinen Zutritt,
Nur wer Gold bringt, wird gelobt.«

Auch Christian konnte es nicht mehr hören. Dass Melchior überdreht war, verstand er zwar. Aber es nützte nichts vorauszureiten, denn der junge Semmelmann folgte ihm. Anhänglich war er wie eine Klette. Christian wusste noch immer nicht, wie er seinen Dreijährigen nennen sollte. Der Name Sophie gefiel ihm am besten, doch passte er nicht auf einen Hengst.

»Willst beim Papst Gehör du finden,
Merk dir eines, das erprobt …«

Melchior brach urplötzlich ab. Von einem Hügel herab ritten neun Männer auf sie zu.

17

»Das ist kein Mädchen«, stellte Hartmann vom Schwarzen Berg beim Näherkommen fest.
»Nein, ein Knabe!« Peter der Kitzler leckte sich die Lippen.
»Und ein Ritter«, sagte Hartmann.
»Wir werden auch mit Rittern fertig«, meinte der Keulenschwinger.
»Den Ritter nehme ich mir vor«, sagte Hartmann entschieden, schließlich gehörte auch er diesem Stand an. Er war aber kein Grundbesitzer, sondern er hatte sich etliche Jahre bei anderen Adligen als Kriegsmann verdingt. Seinen letzten Herrn, Johann von Quitzow,

hatte er Anno incarnacionis domini 1410 verlassen müssen. Mehr als siebzehn Jahre waren seitdem vergangen, aber die Wunde war noch nicht vernarbt. Bis aufs Blut hatte Hartmann vom Schwarzen Berg damals die Quitzow'sche Burg Plaue gegen die Truppen des Magdeburger Erzbischofs Günther von Schwarzburg verteidigt, aber der Graf von Schwarzburg war den Verteidigern dank seiner großen Feuerkraft überlegen gewesen. Das legendäre Geschütz *Faule Grete* hatte er eingesetzt, das seine Kriegsleute so getauft hatten, weil es sich so schwer fortbewegen ließ. Am Ende war der Quitzow geflohen, auf der Flucht jedoch ergriffen worden. Er hatte sich dem Sieger gebeugt und seine Mannen entlassen. Hartmann war seinerzeit ein junger Mann von dreiundzwanzig Jahren gewesen. Nun war er vierzig, betätigte sich als Buschklepper und rechnete damit, bald zu sterben. Mit vierzig gehörte ein Mann wie er bereits zum alten Eisen. Irgendwann würden Arndt oder Peter, die bei weitem jünger waren, die Führung des Haufens übernehmen, vorausgesetzt, sie endeten nicht alle auf dem Rad oder unter dem Richtschwert.

»Auf sie!«, befahl Hartmann. Seine Männer stürmten hangab.

18

»Ich bin der Ritter von Ribbeck und von edlem Blute«, stellte Veit sich vor. Er hatte das Schwert gezückt und musterte die Angreifer mit unbewegter Miene. Veit von Ribbeck hatte Angst, aber als Ritter durfte er sie nicht zeigen – im Gegensatz zu Christian und Melchior, die sich hinter ihm aufhielten und in Erwartung des nahenden Todes seufzten und jammerten.

»Angenehm«, erwiderte Hartmann. »Keine Sorge, wir werden euch nichts antun. Leert eure Taschen!«

»Nicht ohne Kampf«, sagte Veit.

Noch bevor Hartmann etwas entgegnen konnte, bekam Melchior einen Weinkrampf. Auch Christian war zum Heulen zumute, doch er beherrschte sich. Einen Überfall durch Räuber hatte Veit nicht gemeint, als er große Vergnügungen in Aussicht stellte. Der Ritter nutzte die Gelegenheit, den wertvollen Rosenkranz rasch in seinen linken Stiefel gleiten zu lassen.

»Wir haben auch unsere Ehre«, erklärte der vom Schwarzen Berg.

»Ihr seid ein Ritter«, sagte Veit. »Nur mit Euch messe ich mich.«

»Wir wollen die Sitte nicht übertreiben«, sagte Hartmann. »Gebt uns, was ihr habt: das Geld, die Wertsachen und die Pferde. Dann lassen wir euch weiterziehen.«

»Ich will den Knaben«, rief Peter. »Er sieht so kitzlig aus.«

»Ich bin kitzlig«, greinte Melchior.

»Nur über meine Leiche«, rief der Ritter und schwang sein Schwert. Wohl war ihm nicht, aber was sollte er machen, sein Stand gebot ihm, sich zu verteidigen.

»Das sagen alle«, meinte Hartmann gelangweilt. »Aber ist das Leben nicht wertvoller als Ehre oder Geld?«

»Als Ritter bin ich bereit, für meine Ehre zu sterben. Mit Rücksicht auf meine jungen Freunde jedoch …«

»Nun, seht Ihr, von Ribbeck!«

»Wir beugen uns der Übermacht.«

»Sehr vernünftig.«

»Unter Protest …«

»Nehme ich zur Kenntnis.«

Ritter Veit von Ribbeck saß ab und legte Schwert und Dolch dem Räuberhauptmann formvollendet vor die Füße. Arndt und Peter durchsuchten seine Kleidung, nicht aber die Stiefel, also förderten sie nur bare Münze zutage. Auch Melchior und Christian wurden von ihren Gäulen gezerrt und abgetastet. Peter der Kitzler übernahm Melchior und genoss es, ihn unter den Achseln zu berühren. Zu seiner großen Enttäuschung lachte der Bäckersohn keineswegs; er starb fast vor Angst, weinte und wimmerte. Peter nahm sein Geld und widmete sich dem Gesellen. Bei Christian war nichts zu holen.

»Der hat nichts«, sagte Peter überflüssigerweise.

»Nehmt dem Ritter die Sporen ab«, befahl Hartmann.
»Also das geht zu weit«, wandte Veit ein. »Das letzte Zeichen meiner Ritterschaft müsst ihr mir nicht auch noch stehlen.«
»Ihr habt noch den Waffenrock.«
»Der gefällt mir«, sagte Arndt der Keulenschwinger.
»Dann eigne ihn dir an. Dafür lassen wir ihm die Sporen.« Hartmann vom Schwarzen Berg wendete sein Pferd. »Sammelt alles ein«, ordnete er an. »Wohin wollt Ihr, Ritter?«
»Nach Brandenburg.«
»Dann gute Reise!« Hartmann vom schwarzen Berg lachte, und seine Männer zogen mit den Pferden, dem ritterlichen Waffenrock und dem Geld von dannen.
Ich hätte meinen Hengst Abendstern nennen können, dachte Christian. Das passte zu der Untergangsstimmung, in der er sich befand.
»Jetzt haben wir ein ernsthaftes Problem«, meinte Veit.
»Welches?«, fragte der noch immer angstschlotternde Melchior. Christian, der mittlerweile gelernt hatte, das Schicksal zu nehmen, wie es kam, sagte nichts.
»Abwarten«, erwiderte der Ritter. »Jedenfalls sind wir am Leben.«

FÜNFTES KAPITEL
Die Wiege der Mark

1

Die beiden Wächter des Rathenower Tors lachten sich halbtot – Peter der Kitzler hätte seine Freude an ihnen gehabt. Männer und Frauen, Mädchen und Jungen mit Hühnern, Enten und Gänsen, mit Schwänen, Bibern und Fischen in ihren Körben durften passieren. In der Altstadt Brandenburg war Markttag. Den Ritter, Melchior und Christian ließ man nicht durch.

Veit von Ribbeck musste zugeben, dass vor allem er ein lächerliches Bild bot. Melchior und Christian sahen zwar leicht ramponiert aus, er jedoch trug nur seine Unterkleider, dafür allerdings Sporen an den Stiefeln. Einem Mann wie ihm hätte nicht einmal er selbst Einlass gewährt. Den Torwächtern ging es aber nur um das Portaticum.

»Kein Geld?«, fragte der eine und hielt sich die Seiten.

»Und keinen Bürgen in der Stadt?« Auch der zweite Wächter kreischte vor Vergnügen.

»Wie ich sagte: Wir sind ausgeraubt worden«, erklärte Ritter Veit. Die Wut, die in ihm aufstieg, schluckte er hinunter; hätte er sie geäußert, wären sie erst recht nicht hineingelassen worden.

»Dann wendet Euch an den Vogt.«

»Aber der Vogt sitzt *in* der Stadt …«

»Ja, das ist Pech.« Der erste Torwächter grinste.

»Pech«, wiederholte sein alberner Kompagnon. »Und du, Mütterchen?«, wandte er sich an eine alte, gebeugt gehende Frau.

»Ich habe grobes Leinen«, sagte sie.

»Zeig her!«, befahl der Wächter. Die Frau setzte die Kiepe, die sie auf dem Rücken trug, auf den Boden und öffnete sie. Der Wächter zog eine Bahn des ungebleichten Tuchs heraus und brachte sie in die Wachstube.

»Sie sind die größten Räuber«, sagte die Alte leise zum Ribbeck. Der nickte.

Christian hielt sich ein paar Schritte abseits und schaute sich um. Die Altstadt Brandenburg legte offenbar großen Wert auf die Sicherheit ihrer Bewohner, und so umgab nicht nur eine Mauer den Ort, sondern auch ein Doppelgraben, den ein hoher Wall teilte. Dieser Wall war natürlichen Ursprungs, er war ein Ausläufer des Marienbergs. Die Gräben hingegen waren Menschenwerk. Die Havel speiste sie, und so war die Stadt zu allen Seiten auch durch Wasser geschützt.

Dort, wo sich das Rathenower Tor befand, überspannte eine Brücke die Gräben. Ein Vortor sicherte die Brücke, ein hoher Turm überragte die gesamte Verteidigungsanlage. Christian kam sie nahezu unüberwindlich vor.

»Schlimm, nicht wahr?«, sagte Wächter Nummer eins. »Wenn man kein Geld hat ...«

»Geld regiert die Welt«, rief sein Kompagnon aus der Wachstube und kicherte.

Christian hob den Blick zum Marienberg, der in wendischer Zeit den Namen Harlunger Berg getragen hatte. Der imposante und äußerst merkwürdige Bau der Marienkirche krönte ihn. Die Kirche war fast quadratisch und aus Backstein, glänzenden Klinkern, an manchen Stellen auch aus Sandstein errichtet. Aus den vier Ecken wuchsen hohe viereckige Türme, zwischen den Türmen sprang eine halbrunde Apsis aus den Kirchenmauern. Mit Fenstern hatten die Erbauer gegeizt; die wenigen, die es gab, waren klein und wirkten gedrungen. Ein so geformtes Gotteshaus hatte Christian noch nie gesehen.

»Wir kommen mit Geld wieder«, gelobte der Ritter. Er war noch wütender geworden, wollte es den Wächtern aber immer noch nicht zeigen.

Eine Gruppe von Pilgern war zur Marienkirche unterwegs, die ein bekannter Wallfahrtsort war. Zwanzig Tage Ablass erhielt man für den Besuch. Auch zwei Geistliche stiegen den Berg hinauf, zwei Mönche im Habit der Franziskaner. Vermutlich waren sie für den Gottesdienst in der Kirche zuständig.

»Wie beschaffen wir uns welches?«, erkundigte sich Melchior.

»Nichts einfacher als das«, behauptete Veit.

2

Die Zusammenkunft der Rathenower Kalandsgilde, auf der man des verstorbenen Mitglieds Apel Bauchspieß gedenken wollte, fand in einer äußerst angespannten Stimmung statt. Keiner der wichtigen Bürger und Honoratioren, die dem Kaland angehörten, wollte sich eine Blöße geben, also waren sie alle gekommen: Heinrich Wohlgemuth und seine Gattin Maria, Bürgermeister Wolf, dessen Bruder Einhard, die Ratsherren Porey und Stroyebier, Maximilian Schwarz, seine Schwester Mechthild Gesang und noch ein paar andere, unter ihnen der Pfarrer von Sankt Marien und Andreas. Sie hockten an der langen, gedeckten Tafel, auf der das polierte Silbergeschirr das Licht der Wachskerzen spiegelte. Jeder versuchte, dem Blick des anderen nach Möglichkeit auszuweichen, saßen sich doch der Stadtrichter und einige seiner Verdächtigen sozusagen Auge in Auge gegenüber, jetzt aber in einem größeren Kreis.

»Nun, ja, also!« Prokonsul Wolf stand auf und räusperte sich. »Mit großer Trauer haben wir alle die Nachricht vom Ableben unseres Gildebruders Apel Bauchspieß erhalten. Apel war ein erfolgreicher Kaufmann und ein guter Christ. Unsere Stadt profitierte nicht nur von seinem Schoss – und von den Steuerzahlungen ehrlicher Bürger lebt das Gemeinwesen –, unser Freund Apel war auch ein Mensch, der gern und viel für die Armen und Notleidenden gab.«

»So eine faustdicke Lüge«, flüsterte Mechthild Gesang dem neben ihr sitzenden Bruder zu. Sie hatte dieselben dichten, über der

Nase zusammengewachsenen Brauen wie er, ansonsten ähnelte sie ihm aber nur wenig. »Ich bin überzeugt, dass er der Kämmerei die tatsächliche Höhe seiner Einkünfte verschwiegen hat. Wirf doch mal einen Blick in die Schosslisten. Und was seine Spendenfreudigkeit betrifft …«

»Sei still, Mechthild«, raunte der Schulze ihr zu. »Du weißt doch: ›De mortuis nil nisi bene.‹«

»Lasst uns nun die Becher erheben auf den Freund und Bruder Apel Bauchspieß, der ein Opfer skrupelloser Mörder geworden ist«, endete der Prokonsul und schaute dabei auf Schwarz. »Die angeblich immer noch nicht aufgespürt wurden.«

»Es ist einfach nichts zu machen«, sagte der Stadtschulze, »denn weder Hinnerk noch seine Komplizen gestehen die Tat. Das können sie auch gar nicht.«

»Wieso? Dann lasst sie eben foltern, bis sie schwarz werden«, empfahl Ratsherr Stroyebier. Keiner hatte den unangenehmen Gegenstand berühren wollen, aber der Bürgermeister hatte es durch seine Rede selbst herausgefordert.

»Unmöglich. Der Schöppenstuhl zu Brandenburg hat mir sogar eine Rüge erteilt, weil wir Hinnerk und die anderen ohne seine Erlaubnis peinlich befragten.«

»Dieses Gesindel wird es doch aber gewesen sein«, meinte Heinrich Wohlgemuth und schaute dabei auf seinen leeren Teller. Noch war nicht aufgetragen worden.

»Ihr könnt nicht einfach jemanden hängen, nur weil es am bequemsten ist«, mischte sich der Pfarrer ein.

»Wohl wahr, Ehrwürdiger Vater«, stimmte Maria Wohlgemuth zu. »Du machst es dir wirklich zu leicht, Heinrich«, sagte sie zu ihrem Mann.

»Weil ich unter Verdacht stehe!«, rief der Getreidehändler. »Mir will der Schulze den Mord anhängen.«

»Mir auch«, sagte Einhard Wolf. »Aber du bist wirklich verdächtig, Heinrich, denn du …«

»Was bin ich?« Wohlgemuths Gesicht wurde hochrot, und er sprang auf.
»Dich hat Bauchspieß an den Rand der Existenz …«
»Das ist alles Unsinn!«, schrie Wohlgemuth. »Ich habe meine Schulden beglichen. Lest meine Defensionsschrift!«
»Zu der ich ein paar Fragen hätte«, sagte Schwarz.
»Aber meine Brüder, doch nicht jetzt und hier«, versuchte Prokonsul Wolf, sich Gehör zu verschaffen. Es war zwecklos.
»Du machst deine Arbeit nicht richtig, Schulze.« Heinrich ließ sich von der Erregung zum Du hinreißen, was er sogleich bedauerte. Beleidigen wollte er Schwarz nicht, denn das würde ihn noch mehr zum Feind machen. »Verzeiht, Ihr, wollte ich sagen. Ihr macht Eure Arbeit nicht richtig, und daher hängt Ihr verschiedenen Bürgern dieser Stadt etwas an.«
»Mir zu Unrecht«, warf Wolf ein.
»Euch würde ich auch gern etwas fragen«, sagte Maximilian Schwarz kühl.
»Mich?«
Der Schultheiß nickte. »Aber Euer Bruder hat Recht, es muss nicht jetzt und hier sein.«
»Ach, verdammt, fragt nur.«
»Ihr handelt doch auch mit Paternostern, Einhard?«
»Hab ich nie bestritten.«
»Habt Ihr Bauchspieß mal einen Rosenkranz verkauft?«
»Wie bitte?«
»Ob Ihr Bauchspieß einen Rosenkranz verkauft habt? Er war doch, wie Euer Bruder sagte, ein gottesfürchtiger Mann.«
»Wie kommt Ihr darauf?«
»Dass er Gott fürchtete?«
»Dass ich ihm ein Paternoster verkauft habe.«
»Ich habe meine Gründe«, sagte der Schulze.
»Also ich kann mich nicht erinnern«, erwiderte Einhard.
»Welche Gründe habt Ihr denn?«, erkundigte sich Matthias Porey.

»Das Gesinde behauptet ... Ich gebe nicht allzu viel darauf, aber ich muss jeder Spur nachgehen, das verlangt Ihr alle ... Das Gesinde behauptet also, Bauchspieß habe ein sehr kostbares Stück besessen. Und wer den Rosenkranz an sich genommen hat, der hat auch das Geld gestohlen, das Ihr, Heinrich Wohlgemuth, Eurem Freund gegeben haben wollt.«
»Wieso?«, fragte der Angesprochene verständnislos.
»Wir haben den Paternoster nicht gefunden«, sagte Schwarz, »weder im Haus noch bei der Leiche.«
»Also ist es das Gesinde gewesen?«, fragte Ratmann Stroyebier.
Maximilian Schwarz zuckte die Schultern. »Da ist noch etwas, das Ihr wissen solltet, meine Brüder. Und Schwestern. Ihr habt mich vorhin unterbrochen ... Als Bauchspieß auf der Straße verblutete, befanden sich Hinnerk und seine Komplizen im Hurenhaus. Dafür gibt es dreizehn Zeuginnen.«

3

»Dabei mache ich nicht mit«, sagte Christian Eichkatz laut. Mit dem Ritter und Melchior war er zu Fuß an den Ort zurückgekehrt, an dem sie überfallen und ausgeraubt worden waren. »Das hat nichts mit Mut zu tun, das ist Übermut.«
»Mir gefällt die Idee«, sagte Melchior. »Es ist ein Abenteuer nach meinem Geschmack.«
»Du wirst dir in die Hosen pinkeln«, sah Christian voraus. »Allerspätestens auf dem Richtplatz.«
»Ohne Geld ist unsere Reise zu Ende«, mahnte der Ritter. »Ich kann nicht einmal meine Pferde verkaufen, wenn ich nicht in die Stadt gelange.«
»Und warum versetzt Ihr nicht den Rosenkranz?«
»Welchen Rosenkranz?«, wollte Melchior wissen.
»Den haben mir die Räuber abgenommen«, behauptete Veit.
»Das ist nicht wahr. Ich sah, wie Ihr ihn im Stiefel versecktet.«

»Welcher Rosenkranz denn?«, wiederholte der Bäckersohn seine Frage. Erneut wurde ihm keine Antwort zuteil.
»Ad eins, Christian«, erklärte der Ritter, »was ich für die Pferde gesagt habe, gilt auch für das Paternoster. Einem Bauern werde ich es ja wohl kaum verkaufen können. Ad zwei: Selbst in der Stadt wäre es mir zu riskant. Brandenburg unterhält enge Verbindungen zu Rathenow. Verstehst du, was ich meine?«
»Also ich begreife nichts.« Melchior schaute abwechselnd zum Ritter und zu Christian.
»Dann hat Gott es eben so beschlossen.« Eichkatz ließ sich von seiner ablehnenden Haltung nicht abbringen. »Zum Räuber bin ich nicht geboren.«
»Wir nehmen ihnen ja nur, was wir benötigen«, sagte Veit.
»Wem überhaupt? Alten Mütterchen und Kindern, die zum Markt nach Brandenburg ziehen? Die haben selber nicht viel.«
»Es wird auch der eine oder andere Kaufmann an einem Markttag die Wiege der Mark aufsuchen wollen«, erklärte Veit pompös.
Er hatte Recht. Ein Händler aus Pritzerbe war an diesem Tag unterwegs zum Altstädter Markt. Er und seine zwei Begleiter passierten den Hügel, von dem herab Hartmann und seine Männer ihren Überfall auf Veit, Christian und Melchior begonnen hatten.
Diese Männer hatten immerhin Pferde und Waffen gehabt. Melchior und der Ritter gingen mit Knüppeln auf den Kaufherrn los, mit Ästen, die sie sich mühsam von einem Baum gebrochen hatten. Mangels Werkzeug hatten sie die Äste nicht einmal zuschneiden können.
Christian schaute lieber nicht hin. Er wusste auch so, dass die beiden knüppelschwingenden Laienräuber, die ihren Raubzug obendrein zu Fuß unternahmen, einen höchst albernen Anblick boten. Doch gelacht wurde nicht.

4

»Mein Rücken!«, jammerte Melchior.

»Mein Bein!«, lamentierte der Ritter. Es war gekommen, wie von Christian vorausgesehen. Die Äste hatten den Kaufmann und seine Begleiter nicht beeindruckt. Außerdem hatten sie auf der unsicheren Straße mit Strauchdieben gerechnet und Waffen mit sich geführt. Melchior und der Ritter hatten eine mörderische Tracht Prügel bezogen und konnten von Glück sagen, dass man sie nur vertrieben hatte und nicht etwa festgenommen, um sie dem Vogt oder dem Rat einer der Städte Brandenburg zu übergeben. Ihre Wunden würden heilen, ein abgeschlagener Kopf wuchs nicht wieder an. Wobei das Vorrecht, durch das Schwert des Henkers zu sterben, nur dem Ritter zuteil geworden wäre. Melchior hätte man aufgeknüpft. Auch ein gebrochenes Genick wurde nie wieder ganz.

»Seid froh, dass sie euch haben laufen lassen«, sagte Christian daher und wrang das Tuch aus, das er in der eiskalten Havel feucht gemacht hatte. Er legte es auf Melchiors malträtierten Rücken.

»Aua!«

»Nun halt doch still … Held!«

»Wer den Schmerz hat, muss für Spott nicht sorgen«, meinte der Ritter.

»Hört doch mal!«, rief Melchior und hob den rechten Zeigefinger.

Tatsächlich, es war Hufgetrappel zu vernehmen. Veit von Ribbeck richtete sich trotz seines schmerzenden Beins auf und schaute die Havel hinab.

»Natürlich«, sagte er und schlug sich an die Stirn. »Heute ist Martini.«

»Bitte, nicht!« Christian schickte einen Stoßseufzer zum Himmel. »Keine weitere Schlappe …«

»Der Bischof hält Gericht über seine Untertanen. Da er die Städte Brandenburg mit ihren ewigen Streitereien um Grundbesitz und Privilegien nicht liebt, residiert er bekanntlich in Ziesar …«

»Und nun seht Ihr den Bischof und seinen Anhang nach Brandenburg reiten? Lasst bloß die Finger davon!«
»Du musst noch viel lernen, Christian«, entgegnete der Ritter. »Das ist nicht der Weg von Ziesar nach Brandenburg. Ich bin auch nicht so blöd, die bischöfliche Gefolgschaft anzugreifen. Es ist …«
»Ein Dorfschulze«, fiel ihm Melchior ins Wort.
»Genau.«
»Und der hat Geld bei sich.«
»Darauf kannst du Gift nehmen.«
»Also, worauf warten wir?« Auch Melchior sprang auf. Mit einem Wehlaut. Aber er konnte sich auf den Beinen halten. Christian schüttelte nur den Kopf.

5

»Ich habe Kinder«, sagte der Schulze.
»Die Geldkatze!«, verlangte der Ritter.
»Sieben Kinder.«
»Hast du deine Bastarde mitgezählt?«, wollte Melchior wissen. Dass der junge Semmelmann zur Häme neigte, war Christian, der sich ausgesprochen miserabel fühlte, bisher entgangen.
»Sie-ben Kin-der«, stammelte der Schulze.
»Dein Geld!«
»Ja, aber ich hab nicht viel …« Der Schulze fingerte die Börse vom Gürtel.
»Uns reicht es«, sagte der Ritter und schlug dem Schulzen mit der Faust ins Gesicht. Der Schultheiß strauchelte und stürzte rücklings in die Havel.
»Aber … Er wird erfrieren!«, protestierte Christian. Der Ritter zählte das Geld. Eichkatz zog den Schulzen aus dem Wasser.
»Danke, Euer Gnaden!«, sagte der Vorsteher eines Dorfgerichts und Vertreter des Grundherrn in der Gemeinde vorsichtshalber. Auch

wenn Räuber ehrlose Lumpen waren, konnte es nicht schaden, ihnen zu schmeicheln.

»Zieh ihm den Gürtel ab und binde ihn an einen Baum«, wies Ritter Veit Christian an.

»Soll er verhungern?«

»Ihn findet schon jemand ... Zwölf Halbpfennige! Mein Gott, Schulze, soll das ein Witz sein?«

Da Christian sich nicht rührte, übernahm es Melchior, den Schultheiß mit seinem Gürtel an einem Baumstamm zu befestigen. Sehr sicher sah die Fesselung nicht aus; vermutlich würde sich der Mann nach einer Weile selbst befreien können. Dann würde er schnurstracks nach Brandenburg eilen, den Überfall anzeigen und sowohl die städtische als auch die markgräfliche Gerichtsbarkeit in Bewegung setzen. Nur wenn man ihn tötete, würde man den Behörden womöglich entgehen. Diesen Gedanken sprach Christian jedoch nicht aus. Einen Mord wollte er sich nicht auch noch aufladen.

»Zwölf Halbpfennige!« Der Ritter kam nicht darüber hinweg, dass die Ausbeute so gering war.

»Das reicht doch für ...«, begann Melchior. *Das Torgeld*, hatte er sagen wollen, aber Veit von Ribbeck eilte humpelnd auf ihn zu und verschloss seinen Mund. Unter keinen Umständen durfte der Überfallene erfahren, wofür sie das Geld benötigten.

»Der hat mehr dabei«, meinte Veit. »Wenn sich einer wie er schon mal auf den Weg in die große Stadt macht, will er dort auch fressen und saufen und huren. Wir ziehen dich bis aufs Hemd aus, Schulze, wenn du nicht ...«

»In der Satteltasche, Herr!« Der Schultheiß machte sogar einen Diener, weil er es für ratsam hielt, sich mit diesen Gesellen gut zu stellen, von denen einer offensichtlich ein Edelmann war, wenn auch ein Edelmann in Untergewändern.

»Gut. Den Gaul hätten wir dir sowieso abgenommen.« Veit von Ribbeck schaute in der Tasche nach. Sie enthielt neben der Wegzehrung auch einen Mantel mit Kapuze und einen kleinen Lederbeutel, in dem sich noch weitere Münzen befanden. Keine Gulden oder Groschen, sondern Silberpfennige, geprägt von den markgräflichen Münzen in Stendal und Berlin. Den Mantel konnte Veit gut gebrauchen.

»Drei Mann auf einem Pferd«, sagte Melchior, »wie sieht denn das aus? Wir haben jetzt zwar Geld, aber die Torwächter …«

»Still, Dummkopf! Man kann nicht erwarten, dass ein einzelner Reisender drei Gäule mit sich führt«, kommentierte Veit das Offensichtliche. »Auf geht's!« Es fiel dem Ritter keineswegs leicht, mit seinem lädierten Bein das Pferd zu besteigen. Außerdem hielt das Ross, eine silberfarbene Stute, nicht still. Sie wollte nicht von einem Fremden geritten werden, veranstaltete ein großes Spektakel, wieherte, spuckte und biss um sich, und bevor Veit von Ribbeck sie bändigen konnte, entfloh sie auf den Hügel. Dort legte sie demonstrativ drei Äpfel, bleckte das Gebiss und verschwand.

»Ein stolzes Tier«, stellte Veit beeindruckt fest.

»Meine Erziehung«, sagte der Schulze. Ihm war mittlerweile klar geworden, dass er es mit Buschkleppern zu tun hatte, die ihr Gewerbe nicht beherrschten.

»Nun denn!« Der Ritter zuckte die Schultern. »Und nichts für ungut, Schulze. Wir sind in Not …«

»Gehabt Euch wohl, Herr! Not macht erfinderisch.«

»Irgendwie habe ich mir das anders vorgestellt«, sagte Melchior später. Die drei Spießgesellen – Christian als Spießgeselle wider Willen – hatten eine Viertelmeile zurückgelegt. Der Ritter war tapfer ausgeschritten, musste nun aber rasten. Blut rann ihm aus den Beinlingen. Er trug den Mantel des Schulzen, sah aber keineswegs gesitteter aus.

»Was hast du denn erwartet?«, erkundigte er sich.

»Mehr Widerstand. Mehr Kampf.«

»Einer Übermacht widersteht nur ein Hohlkopf«, sagte der Ritter. Christian zerriss sein Hemd und machte ihm davon einen Verband.

»Na ja, stimmt. Wir waren nicht sehr überzeugend …«

»Aber wir haben Geld«, sagte der Ritter.
»Wie viel?«, wollte Christian wissen.
»Zehn und einen halben Pfennig.«
»Das ist nicht schlecht«, fand Melchior.
»Wir sollten es sparsam einsetzen«, meinte Veit.

6

Die Wache am Rathenower Tor war ausgewechselt worden, und die neuen Stadtwächter interessierten sich kaum für die drei Besucher, nur für das Geld. Noch immer strömten Menschen durch das Tor, die auf dem Markt ihre Waren verkaufen wollten, noch immer zogen Pilger den Marienberg hinauf, um des zwanzigtägigen Ablasses teilhaftig zu werden. Christian schaute zu Melchior in Erwartung einer hussitisch angehauchten Rede wider den Ablasshandel, doch Melchior schwieg. Der Junge sah müde und erschöpft aus. Anstandslos durften sie passieren.
Auf dem Forum um das Rathaus der Alten Stadt war der Strohwisch, das Marktzeichen, nach wie vor aufgezogen, und der Marktmeister patrouillierte mit seinen Gehilfen zwischen den Scharren. Händler und Gewerbetreibende aus der Stadt und aus dem Umland jenseits der Bannmeile, innerhalb derer die Ausübung städtischer Gewerbe untersagt war, boten lautstark ihre Waren feil. Die Glocke der Sankt-Godehard-Kirche, deren Schiff gerade abgebrochen wurde, um einem Neubau Platz zu machen, begleitete das Rufen und Anpreisen mit ihren Schlägen. Drei Uhr war es, also würde der Markt bald aufgehoben werden.
Aus den Verkaufsständen im Erdgeschoss des Konsistoriums verkauften die Gewandschneider ihre Tuche. Sie gehörten der Oberschicht an und hatten daher das Privileg, das Rat- als Kaufhaus nutzen zu dürfen. Manche von ihnen waren sogar Ratsherren, sie hielten neben der wirtschaftlichen auch die politische Macht in den Händen. Obwohl sie sich zurückhaltend gaben und nicht protzten,

ihre Kleidung verriet sie. Niemand außer ihnen trug Schauben und Barette.
Auch Gassenjungen und Bettler, die mit Erlaubnis des Rats um Almosen baten, hatten auf dem Forum ihr Domizil. Die Gassenjungen waren trotz der Kälte barfuß, aber nicht nur deshalb flitzten sie zwischen den Ständen und Hallen hin und her. Natürlich vermied die schnelle Bewegung einen zu langen Kontakt mit dem Boden. Aber sie flitzten auch, weil sie vom Diebstahl lebten; deshalb warf der Marktmeister immer wieder ein Auge auf sie. Wen er erwischte, dem drohten zehn Stockhiebe und das Armenhaus. Er erwischte nur die Anfänger.
»Mein Herr!« Einer der Gewandschneider winkte Veit von Ribbeck zu sich. Wie Schmeißfliegen umringten die Gassenjungen ihn, seitdem er den trapezförmigen Marktplatz betreten hatte. Trotz des nicht standesgemäßen Mantels hatte ihn der Händler an den Sporen erkannt. »Wie wäre es mit einem edlen Tuch für die ritterliche Gemahlin? – Verschwindet, ihr Biester!«
Die schmutzigen und armseligen Gassenjungen, die Geld witterten, zogen sich mitnichten zurück. Ritter Veit trat an den Stand. Der Marktmeister schickte einen seiner Gehilfen, um die diebischen Knaben zu vertreiben.
»Gebhard Jüterbock«, stellte sich der Gewandschneider vor. »Schaut, Herr Ritter! Dieses Tuch stammt aus Flandern.« Jüterbock breitete den kobaltblauen Stoff vor Veit von Ribbeck aus. Aus Flandern, das sah er sofort, stammte er nicht. Es war eine brandenburgische Arbeit, was ihn nicht schlechter machte.
»Mit Verlaub, Herr Ritter, dieser Mantel steht Euch nicht.«
»Ich könnte einen Waffenrock gebrauchen«, sagte Veit.
»Nun, Stoffe habe ich in Hülle und Fülle, auch für Waffenröcke. Ihr müsst sie nur noch zuschneiden lassen.«
»Was würde das Tuch denn kosten?«
»Ein fester Stoff in der Farbe Eures Schildes? Ihr habt doch einen Schild?«

»Natürlich. Aber ich bin in Geschäften unterwegs, für die ich den Schild nicht brauche.«
»In Geschäften, so, so! Was verkauft Ihr denn?«
»Rösser.«
»Ah, Rösser. Aber dieser Mantel …«
»Eigentlich suchen wir ein Quartier«, sagte Veit und fuhr, um die Form zu wahren, über den Stoff. »Sehr edel.«
»Außerordentlich«, bestätigte Gebhard. »Wir?« Er warf einen kritischen Blick auf Melchior und Christian. »Ihr reist nicht gerade mit Ebenbürtigen …«
»Manchmal kann man sich seine Gefährten nicht aussuchen.«
»Wohl wahr! Ihr wünscht sicher, Eurem Herkommen gemäß zu übernachten. Da empfehle ich …«
»Ein Hospital«, sagte Veit schnell.
»Ein was?«
»Wir sind mit einem Hospital zufrieden.«
Der Gehilfe des Marktmeisters prügelte die Gassenjungen vom Forum. Die Bengels trollten sich zwar, aber sie lachten dem Gehilfen kühn ins Gesicht. Alles hatte der Rat der Stadt geregelt, sogar eine Abtrittordnung erlassen, aber mit den widerspenstigen Waisenkindern, die die Ordnung missachteten, kam selbst der Rat nicht zurecht.
»Das Sankt Spiritus vielleicht?«, fragte Jüterbock. Das Entsetzen über die Bedürfnislosigkeit des Ritters, für die auch der grässliche Mantel sprach, stand ihm ins Gesicht geschrieben. Aber womöglich war der Ritter ein Pilger, der Gott suchte. Das würde seinen Aufputz und seine Begleiter erklären. Die angeblichen Geschäfte waren nur vorgeschoben. Vielleicht hatte der Ritter eine Schuld abzubüßen, die er nicht gern bekennen mochte. Die Bürger Brandenburgs hatten schlechte Erfahrungen mit seinen Standesgenossen gemacht, insbesondere mit dem Herrn von Quitzow.
»Etwas in dieser Art«, sagte Veit.
»Und kaufen werdet Ihr nichts?«

»Vielleicht am nächsten Markttag.«
»Wir haben zwei Heilig-Geist-Hospitäler«, sagte der Tuchhändler. »Das der Altstadt befindet sich vor dem Mühlentor. Kennt Ihr Brandenburg?«
Der Ritter schüttelte den Kopf, was Christian verwunderte, hatte er doch so getan, als ginge er hier ein und aus.
»Hier gibt es alles doppelt«, sagte Gebhard. »Weil es eben zwei Städte sind. Zwei feindselige Schwestern, die ständig einen häuslichen Krieg miteinander führen – zum Leidwesen von uns Kaufleuten. Merkt Euch also: das altstädtische Sankt-Spiritus-Hospital ... Also warum Ihr *da* wohnen wollt! Na, egal, Ihr habt sicher Eure Gründe ... Es befindet sich vor dem *altstädtischen* Mühlentor ... Das Heilig-Geist-Hospital der Neustadt hingegen ... vor dem Neuen Tor. Vor dem Neuen Tor der Neustadt! Denn das Tor der Altstadt, das auf die Lange Brücke führt, das heißt auch Neues Tor. Versteht Ihr mich?«
»Kaum.«
»Und Ihr wollt wirklich kein Tuch für die Frau Gemahlin?«
»Es gibt keine Frau Gemahlin.«
»Ja, nun denn ... Ich schicke Euch meinen Gehilfen mit. Peter!«
Aus dem kleinen Lager im Rücken des Gewandschneiders eilte ein halbwüchsiger Bengel herbei.
»Herr?«
»Weise dem Ritter und seinen Begleitern den Weg zum Heilig-Geist-Spital der Neustadt«, befahl Jüterbock.
Die Glocke von Sankt Godehard verkündete die vierte Nachmittagsstunde, und der Marktmeister zog den Strohwisch ein. Den Gassenjungen, den sein Gehilfe hatte fangen können, einen höchstens sechsjährigen Knaben, ließ er mit einer generösen – oder verzweifelten – Geste laufen. Der Gehilfe war traurig, weil er den Jungen gern verprügelt hätte. Aber Prügel nützten nichts, wie der Marktmeister wusste: Beim nächsten Markttag war das Lumpenpack sowieso wieder da.

7

Christian Eichkatz wurde zwar noch von seinem schlechten Gewissen wegen des Raubüberfalls auf den Schulzen gequält, aber dennoch war er begeistert. Eine so große Stadt hatte er noch nie gesehen. Markttage gab es auch in Havelberg, aber sie konnten Brandenburg nicht das Wasser reichen.
Peter führte sie die Bäckerstraße entlang und dann durch die Ritterstraße zum Neuen Tor der Antiqua civitas. Fachwerkhäuser säumten die Straßen, teilweise mit prächtigem Schnitzwerk und mit Malereien versehen. Fenster mit Butzenscheiben markierten die Behausungen der wohlhabenden Leute. Das waren in Brandenburg vor allem die Angehörigen der Viergewerke, also die Bäcker, Fleischhauer, Wollweber und Schuhmacher, die für die Nahrung und für die Bekleidung der Stadtbevölkerung sorgten. Ratsfähig waren sie nicht, weshalb es vor einigen Jahren einen heftigen Streit zwischen dem Rat, den Viergewerken und der Gemeinde gegeben hatte, der erst mit einem Schiedsspruch des Markgrafen Johann Anno Christi 1426 sein vorläufiges Ende fand. Ein solcher Zwist war allerdings nichts Besonderes, es gab ihn auch in anderen Städten, in denen die Handwerker zu Reichtum und Ansehen gekommen, von der Verwaltung der Stadt jedoch ausgeschlossen waren. Das war sozusagen ein altes Lied.
»Hast du dich noch immer nicht satt gesehen?«, fragte der erschöpfte Melchior am Neuen Tor seinen Freund Christian, dessen Kopf unablässig hin- und herging. »Warte erst mal ab, bis wir in Berlin sind. Berlin soll noch größer und schöner sein.«
»Woher willst du das wissen?«
»Man hört derlei von den Havelschiffern«, meinte Melchior.
Der Handlungsgehilfe Peter begleitete sie noch durch das Neue Tor bis auf die Lange Brücke, die Verbindung zwischen Antiqua und Nova civitas über die Havel. Am gegenüberliegenden Ufer ragte das Neue Tor der Neustadt mit dem Torturm auf, dem der Volksmund

den Namen Ehebrecherturm gegeben hatte. Das Gelände zwischen Alt- und Neustadt, das sinnigerweise *Zwischen beiden Städten* hieß, war weitgehend unbebaut. Auf der östlichen Seite der Langen Brücke stand auf Pfählen das Gebäude, in dem das Brandenburger Schöppengericht seinen Sitz hatte. Je drei Beisitzer aus der Alt- und der Neustadt bildeten die Rechtsinstanz, deren Sprüche für die gesamte Mark Geltung hatten. Es gab ein paar Wassermühlen, die der Alten Stadt gehörten, und vor dem neustädtischen Neuen Tor befanden sich zwei Hospitäler, das Sankt-Spiritus- und das Elisabeth-Hospital. Sie dienten nicht nur der Pflege der Alten und Kranken, sondern auch Reisenden als preiswerte Unterkunft. Vor allem Pilger nutzten sie gern, und Komfort war nicht zu erwarten.

Peter machte auf der Langen Brücke kehrt, weil er noch Arbeiten zu erledigen hatte, Veit von Ribbeck, Melchior und Christian setzten ihren Weg allein fort. Währenddessen grübelte der Tuchhändler Gebhard Jüterbock über den Ritter und seine Begleiter nach. Er legte die Tuche zusammen, die Peter in sein Haus schaffen sollte, und befand, dass ihm die drei seltsamen Gestalten ganz und gar nicht gefielen. Sie waren auf dem Markt erschienen, ohne etwas kaufen zu wollen, sie konnten sich kein anständiges Quartier leisten, und so kam Gebhard zu dem Schluss, dass mit ihnen etwas nicht stimmte und dass ihnen nicht zu trauen sei. Sicherheitshalber gab er dem Marktmeister einen Tipp. Und der Marktmeister verständigte den Rat.

8

»Eine Schlafstatt?«, fragte der Spitalsmeister vom Heiligen Geist. »Damit kann ich dienen.« Er führte Veit von Ribbeck, Christian und Melchior in das Dormitorium für Reisende. Das war ein großer Saal mit über vierzig Betten, die vor allem durch Wallfahrer belegt wurden. Der geistliche Gewinn aus der Wallfahrt wurde davon abhängig gemacht, dass der Pilger unterwegs fastete, auf Fleischgenuss

verzichtete, nur eine Nacht an einem Ort blieb, Haare und Fingernägel ungepflegt ließ, kein warmes Bad nahm und nicht in weichen Betten schlief. Außerdem wurde von ihm verlangt, den Verlockungen des anderen Geschlechts zu widerstehen.
Viele Pilger hielten sich nicht an die Vorschrift. Nur dass sie sich nicht wuschen, unterlag keinem Zweifel. In dem Schlafsaal stank es bestialisch.
Veit vom Ribbeck war weiß Gott nicht empfindlich. Dennoch hielt er sich die Nase zu. Immerhin blieb er ein Edelmann auch in Mänteln, die ihm nicht standen und Abwehr erregten. Ritter war man von Geburt. Mäntel konnte man stehlen oder kaufen, die Abstammung nicht.
»Aber es kostet fast nichts«, führte der Spitalsmeister zur Entschuldigung an. »Nur einen bescheidenen Obolus für die Armenkollekte.«
»Also hier kann ich nur schlafen, wenn ich betrunken bin«, sagte der Ritter. »Melchior? Christian? Lasst uns in die Stadt gehen!«
Mit der Stadt meinte Veit von Ribbeck die Neustadt Brandenburg. Die eifersüchtige Schwester der Alten Stadt verlangte erst einmal von jeden Besucher abermals ein Torgeld. Außerdem erhob sie, wie Veit, Melchior und Christian bei der Abfertigung beobachten konnten, von den Altstädtern, denen der Marienberg und die Weinreben auf seinen Hängen gehörten, für jede Weinlieferung einen Einfuhrzoll: für das Ohm besten Weins vier und für roten oder geringeren Wein zwei Groschen. Die Verwandtschaft der beiden Städte galt offenbar nicht viel. Ganz im Gegenteil, es sah so aus, als ob jede Civitas die andere mit Vorliebe schröpfte. Und der Wein in den Schänken der Neustadt durfte, vermutete Christian, alles andere als billig sein.
Davon abgesehen, beeindruckte ihn die Neue Stadt noch mehr als die Alte. Sie war nicht nur größer, sondern sie demonstrierte ihren Reichtum ohne Skrupel. Der Markt hatte einen beachtlichen Umfang, das Rathaus ebenso, und die Pfarrkirche Sankt Katharinen

stellte Sankt Godehard bei weitem in den Schatten. Ein berühmter Baumeister aus Stettin hatte sie errichtet, und die Neustädter waren sicher sehr stolz auf sie. Überhaupt kam es Christian vor, als trügen sie die Nasen höher als ihre Mitbürger von der anderen Seite der Havel.

Die Gastwirtschaft am Kuhmarkt, auf die des Ritters Wahl fiel, war nicht das erste Haus am Platze. Sie wurde vor allem von Männern aufgesucht, die von der Tuchherstellung lebten – nicht von Gewandschneidern, die mit dem Verkauf der Tuche das meiste Geld verdienten, sondern von den kleinen Handwerkern, die ihnen den Tuchhandel erst ermöglichten. Wein wurde nicht ausgeschenkt; die Wollbereiter und Spinner, die Weber, Tuchbereiter, Scherer und Färber, die in vielen Arbeitsgängen märkische Schafwolle in grobes Tuch verwandelten, hielten sich ans einheimische Bier. Das beste Getränk, das der Krüger kredenzen konnte, war Zerbster Bier. Es war ein Importgut, auf das der Rat einen Einfuhrzoll erhob, sodass der Wirt immer nur ein kleines Fässchen für anspruchsvollere Gäste im Keller hatte. Veit von Ribbeck war ein solcher Gast und bestellte eine Runde.

»Und hier, Melchior«, versprach er dem Jungen, der sich kaum aufrecht halten konnte, »hier zeige ich dir endlich ein Hurenhaus.«

9

Christian wollte das Frauenhaus nicht sehen. Die verwickelten Ereignisse der letzten Tage hatten zwar dazu geführt, dass er Sophie beinahe vergessen hatte, doch beim guten Bier kehrte die Erinnerung zurück. Melchior und Ritter Veit hatten es womöglich nötig, im Frauenhaus das Geld zu verprassen, das sie bei ihrem Raubüberfall gewonnen hatten. Christian zierte sich.

»Beim Steintor«, sagte ein Tuchwalker, der viel Verständnis für männliche Nöte hatte – und der sich vor allem gern zu einem Becher Zerbster Bier einladen ließ. »Geht nach links die Stadtmauer

entlang … kurz vor dem Paulikloster … Ihr findet den Weg, so bedürftig, wie ihr ausseht.«
»Denen platzt gleich die Hose«, sagte einer seiner Trinkgenossen. Die Tischgemeinschaft wieherte. Der Wirt brachte noch einen Krug. Veit von Ribbeck musste den unpassenden Mantel endlich ablegen. Doch erst wenn Thomas, Martin und Hans mit den Pferden kamen, würde er über ausreichende Mittel verfügen, sich vernünftig einzukleiden.
»Griseldis«, raunte der Krüger.
»Was?«, fragte der Ritter.
»Griseldis hat die halbe Neustadt zum Manne gemacht«, sagte der Wirt und deutete auf Melchior. »Die ist was für den Jungen.«

10

Vielleicht stimmte es. Doch Griseldis war nicht billig. Und sie war entsetzlich fett.
»Sie gefällt mir nicht«, flüsterte Melchior. Die Erwartung des ersten fleischlichen Abenteuers seines Lebens hatte ihn wieder munter werden lassen. Aber er war auch furchtbar aufgeregt.
»Hab dich nicht so«, sagte der Ritter. »Dicke Frauen sind zärtlich.«
»Komm, mein Süßer!« Griseldis gurrte wie eine sterbende Taube.
»Die nicht«, flüsterte Melchior.
»Ich hab schon bezahlt«, sagte der Ritter streng. Christian, der den Besuch im Frauenhaus von vornherein abgelehnt hatte und nur aus Freundschaft mitgegangen war, wurde von mehreren ausnehmend hübschen Mädchen umschwärmt. Keines von ihnen wollte er.
»Liebling«, lockte Griseldis. »Ich mach dein Ding so groß, wie es noch nie gewesen ist. Und dann reibe ich es leer!«
»Ich weiß nicht …« Melchior war unsicher. Aber einen Ständer hatte er.
»Gehst du mit?«, fragte eines der Mädchen Christian und streichelte

seinen Hals. Christian musste sehr viel Kraft aufwenden, um zu widerstehen.
»Komm!« Griseldis erhob sich, bugsierte ihren umfänglichen Leib durch die schlecht beheizte Stube, in der die Freier sich ein Weib aussuchen durften, ergriff Melchior bei beiden Händen und zog ihn zu einer Stiege, die ins Obergeschoss führte. Christian fürchtete, die Stiege würde unter dem enormen Gewicht zusammenbrechen, doch die Hurenmutter vermochte sich erstaunlich leichtfüßig zu bewegen. Sie raunte Melchior etwas ins Ohr, und mit ihrer Erfahrung gelang es ihr, den Jungen zu beruhigen. Zu Christians Überraschung stiefelte der Ritter den beiden hinterher. Eichkatz bekam einen Becher Wein eingeschenkt, der hier mindestens dreimal so viel kostete wie im Ratsweinkeller, und dort war er am teuersten. Ein leicht bekleidetes Mädchen setzte sich auf seinen Schoß, ein zweites Mädchen massierte ihm den Nacken. Verzeih mir, Sophie, dachte der Bäckergeselle und schloss die Augen.
Melchior vermochte nicht zu sagen, wie ihm geschah. Die Kammer, in die Griseldis ihn geführt hatte, war ärmlich eingerichtet, aber das nahm er kaum wahr. Eine gigantische Masse Weib hielt ihn umfangen und raubte ihm den Atem. Griseldis übertraf seine Erwartungen, selbst die, die er nicht gehabt hatte. Ihre Wurstfinger waren so geschickt, dass ihm Hören und Sehen verging.
Die Besitzerin des Frauenhauses war seit vielen Jahren im Geschäft und wusste, wo man einen unreifen Knaben streicheln und pressen, liebkosen und kneifen musste, damit er in höchste Erregung geriet. Und schließlich, Melchior stand schon kurz vor dem Kollaps, öffnete sie ihm ihr Allerheiligstes. Dass sie dick war, dass sie stank wie die Hure Babylon, dass ihre riesigen Brüsten an ihrem Leib herabhingen wie faules Obst, spielte keine Rolle mehr. Melchior hatte die Besinnung verloren.
Ritter Veit von Ribbeck wohnte dem Schauspiel aus dem Nebenzimmer bei. Für Männer wie ihn, die sich um ihre Potenz gesoffen hatten, bot das Frauenhaus als besondere – und kostenpflichtige –

Dienstleistung an, einem Beischlaf durch ein kleines Loch in der Wand zuzuschauen. Reiche Kaufleute, Ratsherren, ja, sogar der eine oder andere Prälat vom Weißen Kloster auf der Dominsel wussten dieses Angebot zu schätzen. Abertausende ungeborene Kinder klebten an der Wand. Das war, alles in allem, eine unangenehme Angelegenheit, aber auch Griseldis bekam ihr Brennholz, ihre Speisen, ihre Kleidung und das Heil ihrer Seele nicht geschenkt. Vor allem für das Seelenheil musste sie bei ihrem Beruf erhebliche Aufwendungen machen. Einen der schönsten Altäre in der Katharinenkirche hatte sie gestiftet, und sie bezahlte auch einen Domherrn, der vor diesem Altar einmal in der Woche eine Messe las. Das kleine Loch in der Wand, die Vergnügungsstätte impotenter Männer, hatten Altar und Messen mitfinanziert. Und die Wand wurde zweimal im Jahr geschrubbt.

»Ach, mein Süßer ... Tiefer! Ich vergehe!«, hechelte Griseldis. Das war Theater, aber der Knabe nahm es für bare Münze. Griseldis hatte Hunger. Ein ganzes Brathuhn würde sie verdrücken, wenn sie mit diesem Kunden fertig war.

Auch der Ritter stöhnte und verging.

Und Christian, der sein *Verzeih mir, Sophie!* in Gedanken beharrlich wiederholte, wurde von mittlerweile drei Mädchen bearbeitet. Sie nahmen ihn, wie sie es von Griseldis gelernt hatten, mit Haut und Haar.

11

Der Neustädter Schulze Arndt Rauch hatte sich gerade mit seiner Frau, seinen drei Söhnen und seinen beiden Töchtern zu Tisch gesetzt. Aus den Schüsseln, die von der Köchin aufgetragen worden waren, duftete es nach Gesottenem und Gebratenem, aber bevor er zulangen durfte, musste noch das Tischgebet gesprochen werden. Das war Aufgabe des Hausherrn. Nicht ein Wort brachte Arndt Rauch heraus, weil der Dienstmann Georg das Esszimmer betrat und ihm eifrig zunickte.

»Wir wollen speisen«, herrschte Rauch ihn an.
»Ich weiß, Herr. Aber da sind Gesandte aus Rathenow mit einem Schreiben … Außerdem die Ratsherren Vincenz Becker und Jurian Schlunk.«
»Ausgerechnet jetzt?«
»Es scheint dringend zu sein«, sagte der Knecht. »Auch die beiden Ratmänner hat man wohl von ihren Tischen fortgerissen. Und die Gesandten wünschen Euch als Schulzen der Neustadt zu sprechen.«
Arndt Rauch lebte vom Gewandschnitt. Auf seinem Haus lag obendrein die Braugerechtigkeit, was bedeutete, dass er an vom Rat vorgeschriebenen Tagen Bier brauen durfte. Beide Berufe gaben ihm Nahrung. Darüber hinaus erbte sich seit Generationen das Amt der Schulzen beider Städte Brandenburg in der Familie Rauch fort. Arndt Rauch war sich nicht nur der Bürde dieses Amts bewusst, er war auch stolz darauf, immerhin war es ein markgräfliches Lehen. Das Gefälle aus dem Amt musste er sich mit dem Landesherrn teilen, aber es war dennoch ein einträgliches Geschäft. Markgraf Johann, der Sohn des Kurfürsten Friedrich I., der ihm die Verwaltung der Mark abgetreten hatte, schien geneigt, Arndt im kommenden Jahr abermals zu belehnen. Einen entsprechenden Brief bewahrte Rauch in seiner Schreibkammer auf. Den gestelzten und beinahe überschwänglichen Text kannte er auswendig.
»Wir, Johann, von Gottes Gnaden Markgraf von Brandenburg, tun allen für ewige Zeiten zu wissen: Die menschlichen Handlungen entschwinden sehr leicht dem Gedächtnis, wenn sie nicht durch schriftliche Bekundung bekräftigt werden, denn allein diese gewährt ein treues Zeugnis. Sie lässt das, was Wir den Menschen anvertraut haben, nicht untergehen, wenn diese selbst auch dahingegangen sind. Daher tun Wir hiermit allen jetzigen und künftigen Getreuen Christi kund, dass Wir beabsichtigen, die Vettern Hans und Arndt Rauch, Unsere getreuen Diener, erneut als Schultheiße der Städte Brandenburg einzusetzen und mit diesem Amte zu belehnen«, hatte der Markgraf geschrieben. Nicht an irgendjemanden, sondern an

ihn, an Arndt Rauch. Da konnte er jetzt nicht ans Essen denken. Rauch stand auf.

»Vater?«, fragte Jonas, der älteste Sohn. Rauch ahnte Schlimmes. Seitdem in Brandenburg eine obrigkeits- und kirchenfeindliche Stimmung immer mehr um sich griff, ausgelöst auch durch den Aufstand und die Erfolge der Hussiten, spielte der Vierzehnjährige gern den Aufmüpfigen.

»Ja, mein Kind?«

»Zwei Ratsherren, deren Macht doch nur angemaßt ist, rufen nach Euch, und schon lauft Ihr los wie ein Pferd in der Tretmühle?«

»Ihre Macht ist keineswegs angemaßt«, erwiderte Rauch, obwohl er wusste, dass es vergebliche Liebesmüh war. Die Jugend hing falschen Überzeugungen an, wollte unbedingt die Welt verbessern und gab sich betont aufsässig. Allein der bunte und knappe Rock, den sein Sohn trug, war eine Herausforderung. Aber Rauch hatte keine Zeit, sich damit zu befassen: Vincenz Becker und Jurian Schlunk waren nicht irgendwer. Wenn sie nach ihm verlangten, hatte sogar Arndt Rauch zu springen.

Die Rathenower Gesandten und die Ratsherren erwarteten den Schulzen in der Schreibkammer, in die Georg sie eingelassen hatte. Becker und Schlunk waren ebenfalls Tuchhändler, hatten den Ratssitz von ihren Vätern geerbt und waren obendrein Mitglieder der exklusiven Kalandsgilde, die ihr Domizil in einem Haus bei der Katharinenkirche hatte. Neben Bürgermeistern und Ratsleuten hatten die vier gewöhnlichen Bürger Hans Michel, Hans Buchholz, Hans Setzkorn und Curt Werkmeister Zutritt zu dem auserlesenen Kreis, dem auch Rauch gern angehört hätte. Bisher war niemand auf die Idee gekommen, ihn anzusprechen oder gar einzuladen.

»Arndt!« Ratmann Becker schlug dem Stadtschulzen leutselig auf die Schulter. »Mein lieber Freund …«

Rauch wusste genau, was diese scheinbar freundliche Begrüßung bedeutete. Vincenz Becker war einer der mächtigsten Männer der Neustadt, aber er delegierte gern jegliche Verantwortung, wann immer es nur ging. Ebenso wie Jurian Schlunk war ihm anzusehen, dass er überhaupt nicht begeistert war, in seiner abendlichen Ruhe gestört worden zu sein. Nun wollte er so schnell wie möglich in sein Heim an der Steinstraße zurück, und an Arndt würde all das hängen bleiben, um dessentwillen die Rathenower drei Gewappnete nach Brandenburg geschickt hatten.

»Der Rat der Stadt Rathenow, dem wir in jeder Hinsicht innerlich und von tiefstem Herzen verbunden sind«, schwadronierte Schlunk, »der Rat unserer geliebten Freundesstadt ... Aber lassen wir doch die Herren sprechen!« Er deutete auf die bewaffneten Männer.

Freundesstadt, dachte Rauch, was redest du so geschwollen? Aber er lächelte, weil ein einverständiges Lächeln erwartet wurde.

Ob Rathenow und Brandenburg wirklich Freundesstädte waren, bedurfte eines Beweises, der über die falsche Herzlichkeit der Ratsherren hinausging. Anno 1428 hatte Kurfürst Friedrich, der wie alle Landesherrn immer mehr Geld brauchte, als er hatte, bei beiden Städten Brandenburg und bei Rathenow eine Anleihe in Höhe von dreitausend Rheinischen Gulden aufgenommen. Dafür hatte er den Gläubigern sein Gefälle aus der Stadt Rathenow verpfändet, mit allem Zubehör: mit den Mühlen, allen Hölzern, Grasungen, Fischereien, den beiden Seen, genannt die Wolze und die Lanke, und allen anderen Einkünften, mit Ausnahme der Jagd in der Heide. Was Rathenow und Brandenburg verband, war allein der schnöde Mammon, da mochten die Ratsherren Becker und Schlunk noch so große Worte wählen.

»Worum geht es also?«, wollte Arndt vom Anführer der Rathenower Gesandtschaft wissen.

»Wir haben hier einen Verhaftbefehl«, sagte dieser und zeigte dem Schulzen das Dokument. »Ausgestellt von Maximilian Schwarz, dem Gerichtsherrn unserer Stadt. Ein Ritter Veit von Ribbeck sowie zwei in seiner Begleitung befindliche junge Männer namens Christian Eichkatz und Melchior Semmelmann stehen in dem Verdacht, den Bürger und Kaufmann Apel Bauchspieß zu nächtlicher Stunde hinterrücks überfallen, zu Tode gestochen und ihm Bargeld und Wertsachen geraubt zu haben. Die drei Verbrecher, so haben wir in Erfahrung gebracht, befinden sich in der Nova civitas Brandenburg.«

»Und von mir verlangt Ihr, den Verhaftbefehl zu exekutieren?«, fragte Rauch.

»Ihr seid der Stadtschulze.«

Arndt Rauch nickte. Ja, er war der Stadtschulze, da biss die Maus keinen Faden ab.

»Das muss ein leichtsinniger Kaufmann gewesen sein, dieser Bauchspieß«, stellte er fest, »wenn er nachts allein mit Geld und sogar mit Wertsachen unterwegs ist.«

Der Anführer der Rathenower zuckte bloß die Schultern – was sollte er auch antworten? Vielleicht war Bauchspieß leichtsinnig gewesen, was allerdings seinem Ruf widersprach. Davon abgesehen, ob leichtfertig oder nicht, nun war er tot. Und Maximilian Schwarz sah in dem Ritter und den beiden Burschen die Hauptverdächtigen. Einige Zeit, so hieß es in der Schänke, hatte er auch den Kaufmann Heinrich Wohlgemuth, ja sogar des Bürgermeisters Bruder für Auftraggeber des Mords gehalten, was einen Aufschrei im Rat ausgelöst hatte.

Die drei Gewappneten hatten den amtlichen Auftrag, Veit von Ribbeck, Christian Eichkatz und Melchior Semmelmann nach Rathenow zurückzuführen und dort der Gerichtsbarkeit auszuliefern. Dieser Auftrag war verbrieft und besiegelt. Bürgermeister Wolf höchstselbst hatte das Stadtsiegel auf das Pergament gedrückt. Dann waren die drei Beauftragten ausgeritten, zuerst nach Gut Ribbeck. Bauern, die gerade eine Koppel Pferde zur Überführung nach sonst wo vorbereiteten, hatten ihnen mitgeteilt, ihr Herr befinde sich in Brandenburg, und nun waren sie hier.

»Georg!«, rief Arndt Rauch aus der Schreibkammer in die Diele, »bring mir Schaube und Stiefel.«

»Sofort, Herr!«

»Der Büttel wartet bereits«, sagte Ratsherr Becker und deutete zur Tür. »Weil uns die drei Gestalten von Anfang an nicht geheuer erschienen, stehen sie unter Beobachtung, seitdem sie auch nur einen Schritt auf die Lange Brücke gesetzt haben.«

»Untergekrochen sind sie im Heilig-Geist-Hospital«, ergänzte Schlunk.

»Ach!« Arndt Rauch ließ sich von Georg in die Stiefel helfen. »Da haben sie ja keine beeindruckende Beute gemacht«, sagte er zu den Rathenowern. Deren Anführer schaute nur viel sagend zur Decke.

»Gehen wir also zwischen beide Städte?«, wollte Rauch von Becker und Schlunk wissen.

»*Ihr* geht. Wir haben das Unsrige getan«, erwiderte Becker. Nichts anderes hatte Arndt Rauch erwartet.

»Übrigens halten sie sich gerade nicht im Hospital auf.« Jurian Schlunk verzog das Gesicht zu einem breiten Grinsen. »Sie machen nämlich Mutter Griseldis ihre Aufwartung.«

»Nun denn!« Der Neustädter Stadtschulze fuhr in die Schaube. »Tun wir unsere Pflicht.«

SECHSTES KAPITEL

Im Verließ und dann in Ketten

1

Während der Schulze Rauch, der Büttel und ein Stadtsoldat das Frauenhaus an der südlichen Stadtmauer stürmten, hielten sich die drei Rathenower auffallend zurück. Angeblich wollten sie die Ausgänge bewachen, von denen es zwei gab, einen vorderen und einen hinteren, bei der Mauer gelegenen, den jene Männer benutzten, die nicht gern beim Betreten oder Verlassen des Hauses erkannt wurden. Arndt Rauch hielt diese Maßnahme für unsinnig, denn wohin sollten die Mordverdächtigen flüchten? Alle Tore waren geschlossen, die Stadt konnten sie nicht verlassen.

Bei Mutter Griseldis fiel man quasi mit der Tür ins Haus. In der zugigen unteren Stube bot sich den Vertretern der Gerichtsbarkeit ein ungewöhnliches Bild: Gleich drei der Mädchen machten sich an einem Mann von Anfang Zwanzig zu schaffen, der halb entkleidet in einem verbeulten Sessel mehr lag als saß. Mit erschrockenen Rufen fuhren die Mädchen in die Höhe und drängten sich aneinander. Der junge Mann warf einen verwirrten Blick auf Rauch und seine Leute. Der Schulze zückte den Degen, Büttel und Stadtwächter folgten seinem Beispiel.

»Dein Name?«, wollte Rauch wissen.

»Äh, Christian.«

»Christian Eichkatz?«

»Ja.«

»Im Namen unseres Landesherrn, des Markgrafen Johann, sowie im Namen des Rates der Nova civitas Brandenburg verhafte ich dich. Wo sind deine Kumpane?«

Eichkatz schaute den Schulzen noch immer an, als könne er nicht fassen, was gerade geschah. Mit fahrigen Bewegungen versuchte er, sein Hemd über den Kopf zu stülpen. Er schwieg, aber eines der Mädchen zeigte hinauf zu den Kammern im Obergeschoss.
»Schau nach!«, befahl Rauch dem Stadtsoldaten. Dieser kletterte die wacklige Stiege hinauf, riss eine Tür auf, warf einen Blick hinein, zuckte die Schultern und öffnete die nächste Tür. Wenig später hörte man ein Poltern und ein Kreischen.
»Verhaftet?«, fragte Christian benommen. Rauch nickte. Der Büttel band dem jungen Mann die Arme mit Stricken auf den Rücken.
Aufgelöst erschien Griseldis auf der Galerie. »Was geschieht hier?«, wollte sie wissen.
»Euch geschieht nichts«, erwiderte Rauch. »Nur die drei Strauchdiebe kommen in den Turm.«
Auch der Ritter betrat die Galerie. Nicht minder verwirrt starrte er hinab in die Stube. Die Mädchen hielten sich noch immer aneinander fest, und eines, wohl das jüngste, hatte zu weinen begonnen.
Der Stadtsoldat zerrte Melchior, der splitterfasernackt war, aus der Kammer. Mit einem gewaltigen Tritt beförderte er ihn am Ritter vorbei zur Stiege. Veit von Ribbeck hatte sich so weit gefangen, dass er an seinen Gürtel griff – nur fand er dort weder Schwert noch Dolch, die ihm ja Hartmanns Raubgesellen abgenommen hatten. Zu seinem Glück, denn die Vertreter der Stadt mit Waffengewalt zu attackieren, hätte nicht gerade von Verstand gezeugt.
Der Stadtsoldat kehrte noch einmal in die Kammer zurück, während Melchior, seine Blöße bedeckt haltend und mit ängstlich aufgerissenen Augen, die Stiege hinabkam und der Ritter ihm folgte. In hohem Bogen flogen Melchiors Rock und Hose, sein Mantel und die Stiefel über die Balustrade. Rasch sammelte der Bäckersohn seine Kleidungsstücke zusammen und schlüpfte hinein. Schließlich wurden auch er und Veit gebunden, und man führte die Verhafteten aus dem Haus.
Mittlerweile hatte sich die Dämmerung über die Neustadt herab-

gesenkt, und Rauch ließ den Büttel eine Fackel in Brand setzen. Mit den Verhafteten in der Mitte zogen sie die Steinstraße entlang auf Rathaus und Forum zu. Die Gewappneten aus Rathenow folgten ihnen in einigem Abstand.
Kaum jemand hielt sich jetzt noch in den Straßen auf, sodass der schweigende Zug allein von zwei Männern bemerkt wurde, die über das Forum torkelten. Ganz bekamen sie wohl gar nicht mit, was sie da sahen. Am Konsistorium vorbei wurden Veit, Christian und Melchior ebenfalls über den großen Platz geführt, der zweimal in der Woche zum Markt diente, nun aber verlassen dalag. Ein kalter Wind fuhr über ihn hin und trieb Laub und Abfälle vor sich her.
Das Ziel des Schulzen war der neustädtische Mühlentorturm, in dem sich das Verließ befand. Er pochte an die aus starken Eichenbohlen gezimmerte Tür, und im Handumdrehen wurde ihm geöffnet; Ratmann Becker hatte einen Boten zum Kerkermeister gesandt und das Eintreffen der Gefangenen angekündigt.
»Willkommen in der Hölle«, begrüßte der Wachmann seine neuen Gäste und gähnte herzhaft. Schon viele Delinquenten hatte er in den Turm aufnehmen müssen, und etliche von ihnen hatten eine Hand oder gar ihren Hals verloren. Ihm war es gleichgültig. Die Stadt bezahlte ihm nur einen kargen Lohn, gab ihm Brennholz und stattete ihn einmal im Jahr mit Kleidung aus, da dachte er nicht viel über das nach, was er auf Anordnung des Rats oder des Schöffengerichts tat. Viel Arbeit hatte er im Übrigen nicht. Waren die Gefangenen erst einmal im Loch, gab er ihnen Wasser, Brot und manchmal auch eine Suppe, und damit hatte es sich.
Das Verließ diente nicht allein der Verwahrung von Verbrechern bis zum Gerichtsverfahren oder zur Hinrichtung, sondern auch ihrer Einschüchterung. Eine eiserne Falltür im Boden des ersten Turmgeschosses bildete den einzigen Zugang. Die Verhafteten wurden vom Kerkermeister an Stricken hinabgelassen, wobei ihm der Büttel und der Stadtsoldat zur Hand gingen. Einer nach dem anderen verschwanden Ritter Veit, Christian und Melchior in der stockfinsteren

und feuchten Tiefe. Die größte Not hatten die städtischen Bediensteten mit Melchior. Während sich Veit und Christian mit ihrem Schicksal abgefunden zu haben schienen, zappelte und brüllte der Bäckersohn unentwegt. Doch auch er kam schließlich auf dem glitschigen Boden des Lochs an. Man warf ihm den Strick hinterher, und die Falltür wurde geschlossen.

Von der Hölle erwartete man allgemein, dass in ihr große Feuer loderten und es entsetzlich heiß war. Von dem Kerker konnte man das nicht sagen. Und trotzdem hatte der Wächter des Mühlentorturms nicht übertrieben: Dies war die Hölle, nur eine andere als auf den Bildern in den Kirchen dargestellt.

»Wo seid ihr?«, fragte Melchior leise mit einer vom Schreien rauen Stimme.

»Hier«, meldete sich Veit. Melchior tastete sich mit den Füßen behutsam über den mit Wasser, verfaultem Stroh und Unrat bedeckten Steinboden in die Richtung, aus der die Stimme des Ritters an sein Ohr gedrungen war. Erbärmlich kalt war es in dem Gefängnis, und Melchior befürchtete, die Nacht nicht ohne Erfrierungen zu überstehen; die Nacht nicht und den Tag und wer weiß wie viele Tage und Nächte noch. Hier unten war es nicht einmal möglich, die Stunden und Tageszeiten voneinander zu unterscheiden. »Hier«, wiederholte der Ritter. Wenig später stieß Melchior gegen ihn und warf sich ihm um den Hals.

»Jetzt müssen wir sterben für den Raub an dem Dorfschulzen«, flüsterte er. Veit von Ribbeck strich ihm übers Haar und schwieg.

Christian, der sich niedergehockt und an die nasse Wand gelehnt hatte, war ebenfalls der Ansicht, dass man sie wegen dieses Überfalls in Haft genommen hatte. Der stümperhaft ausgeführte Raub war von vornherein eine große, ja eine tödliche Dummheit gewesen. Natürlich hatte sich der Schultheiß rasch befreien können und war umgehend nach Brandenburg geeilt, das wegen des bischöflichen Gerichtstags ohnehin sein Ziel gewesen war. Und hier hatte er sofort Alarm geschlagen.

Der Ritter hatte falsch entschieden. Auch wenn Brandenburg eine vergleichsweise große Stadt war, hätte man nicht darauf vertrauen dürfen, dass es leicht werden würde, in ihr unterzutauchen. Ratsamer wäre gewesen, einen großen Bogen um sie zu machen und Quartier an einem anderen Ort zu nehmen, in einer gewöhnlichen Dorfschänke etwa oder in einer Pilgerherberge oder gar in einer benachbarten Stadt. Der Handelsherr Schwertfeger hätte dann eben zum Kauf der Pferde dorthin kommen müssen; wenn er wirklich so sehr an den Rössern des Ritters interessiert war, hätte man ihn vielleicht überzeugen können, einen kurzen Weg auf sich zu nehmen. Dieses Geschäft jedenfalls würde Veit, der sich so sehr darauf gefreut hatte, nicht mehr machen, dieses nicht und auch kein anderes.

Christian begriff den Ritter nicht. Der Edelmann hatte unbedingt beweisen wollen, dass er in der Lage war, das Torgeld aufzutreiben. Aber wem wollte er es beweisen? Den beiden überheblichen Wächtern, die man längst abgelöst hatte? Sich selbst? Wohin dieser Beweis geführt hatte, sah man nun.

»Christian?«

»Ja?«

Auch der Ritter musste sich nach der Stimme orientieren. Eichkatz vernahm das Geräusch seiner Schritte im Wasser, und wenig später ging er neben ihm ebenfalls in die Hocke. Melchior, den er im Arm hielt, schluchzte vor sich hin. Auch Christian war nicht zu Freudenrufen aufgelegt. Ein erfolgreicher Kaufmann in Berlin hatte er werden wollen. Sein Aufstieg endete, bevor er begonnen hatte, mit dem tiefen Fall in ein kaltes, unter der Erde gelegenes Verließ, das fast schon wie ein Grab war.

2

Der Tuchhändler Vincenz Becker war äußerst ungehalten, als man ihn an diesem Abend ein zweites Mal störte. Zwar hatte er das Abendessen hinter sich, doch nun saß er in der warmen Stube am Feuer, hielt ein Glas Wein in Händen, hatte eine Schale mit Konfekt auf den Knien und schaute seiner Frau bei ihrer Häkelarbeit zu – einen solchen Platz verließ man nicht ohne Not. Gewiss, er war Ratsherr und musste für die städtischen Belange Tag und Nacht erreichbar sein, aber doch nicht jetzt. Das Bett verlangte bereits nach ihm, und nun wurde er gerufen, um sich mit irgendeinem Dorfschulzen herumzuärgern, der vermutlich nicht einmal seinen Namen schreiben konnte.
Seufzend erhob sich der Ratmann und trat in das Vorzimmer. Den Schulzen würde er schnell abfertigen, dann den Wein leeren und sich endlich zur wohl verdienten Nachtruhe begeben.
Nur leider war das Anliegen dieses Dörflers ein außergewöhnlich schwieriges. Drei Räuber hatten den armen Mann überfallen und ihm sein Geld abgenommen, was sicher höchst bedauerlich war, aber nun auch nicht gerade selten vorkam. Als der Dorfvorsteher den Ort beschrieb, an dem sich der Gewaltstreich ereignet hatte, ahnte Vincenz Becker sofort große Verwicklungen voraus: Er befand sich nämlich auf der Grenze der neustädtischen Feldmark, also stand wieder einmal ein endloses Gerangel zwischen dem Rat und dem markgräflichen Vogt bevor, das sich an der Frage entzünden würde, wer denn nun für die Verfolgung und Aburteilung der Strauchdiebe zuständig war. Becker für seine Person würde die Angelegenheit nur allzu gern dem Vogt überlassen, aber andere Ratsherren, die eifersüchtig über jeden Zoll städtischen Eigentums und über jeden Buchstaben der Privilegienurkunden wachten, würden einen Streit vom Zaun brechen, der nur üble Folgen hatte: viel und noch mehr Arbeit, einen Papierkrieg, Schreiben hin und her, markgräfliche Interventionen, Interventionen des Rats, Interventionen

des Advocatus terrae Brandenburgensis, Akten, Gegenakten, Gutachten, Gegengutachten, Gerichtssprüche und schließlich nach monatelangem Hickhack irgendeine Einigung, die man auch billiger hätte haben können. Vincenz Becker hätte das gern abgewürgt, aber der Schulze aus einem unbekannten Kuhdorf schien entschlossen, die Sache durchzufechten.

Als der Ratsherr dann auch noch erfuhr, wer den Überfall ausgeführt hatte, wurde ihm übel. Er ließ erst einmal Wein bringen, um seine Gedanken sammeln zu können. Der Schulze beschrieb die Täter so präzise, es konnte keine Zweifel daran geben, dass es sich um die Delinquenten handelte, die seit einer Stunde im Mühlentorturm saßen. Sie wollte Becker aber so rasch wie möglich loswerden. Es waren keine Brandenburger, also hatte der Rat keine Fürsorgepflicht für sie. Morgen sollten die Rathenower sie mitnehmen, und dann wären sie aus den Augen und aus dem Sinn. Man könnte zur Tagesordnung übergehen, und nichts tat Becker lieber. Schwierigkeiten zog er sich nicht gern auf den Tisch.

Der Kaufmann und Ratsherr nippte an seinem Weinglas. Auch der Schultheiß trank und schnalzte anerkennend mit der Zunge; einen solchen Tropfen hatte er seinen Lebtag noch nicht gekostet. Becker beobachtete ihn genau. Der Mann hatte sein Geld und seinen Gaul verloren, und dieser Verlust dürfte ihn am meisten schmerzen. Becker hingegen war reich, er konnte ein paar Münzen entbehren, wenn er sich damit von der Bürde des Amts freizukaufen vermochte. Der Geschäftsmann begann plötzlich zu lächeln. Er hatte eine Idee.

Eine halbe Stunde später war er mit dem Schulzen einig. Vincenz Becker begab sich in die Schreibkammer, schloss die umständlich gesicherte Truhe auf, in der er Urkunden, Wertbriefe und Bargeld verwahrte, entnahm einen kleinen Lederbeutel, der gut dreißig Meißner Groschen enthielt, zählte einige von ihnen ab, tat sie in einen noch kleineren Beutel, verschloss alles wieder und übergab dem Schulzen, was sie vereinbart hatten.

Was der Dorftrottel nicht wissen konnte und nie erfahren würde: Vincenz Becker war mit dem Stadtkämmerer nicht nur eng befreundet, sie waren auch verschwägert. Gemeinsam würden sie eine Möglichkeit finden, dem Ratsherrn die Ausgabe aus dem Stadtsäckel zu ersetzen. Vielleicht sogar mit einem kleinen Aufgeld.
Vincenz Becker freute sich diebisch. Es würde keine Klage gegen diesen Ritter und seine Kumpane geben, keine Auseinandersetzungen mit dem Vogt, keine Sitzungen und keinen Papierkram. Morgen würden die drei Ganoven die Stadt für immer verlassen, man würde sie in Rathenow vom Leben zum Tode befördern, aber das ging Becker nichts an. Die Angelegenheit war bereinigt.
Und so nahm dieser Martinstag für den Gewandschneider und Ratmann doch noch einen angenehmen und zufrieden stellenden Ausklang.

3

Alles andere als angenehm verliefen die folgenden endlosen Stunden für die Gefangenen. Ihre Glieder erstarrten allmählich, und die Feuchtigkeit tat ein Übriges, um sie zu peinigen. Anfangs verschafften sie sich noch ein wenig Bewegung, aber in der Finsternis, in der sie ständig ausrutschten oder gegen die Mauern stießen, gaben sie es bald auf. Die Ausdünstungen in dem unterirdischen Verließ waren unerträglich, und es war nicht allein der Geruch von Fäulnis und Kot, der ihnen in die Nasen stieg, es war auch der Geruch des Todes. Es gab allerdings auch Lebewesen, die sich von ihm angezogen fühlten: Ratten.
Nach und nach fielen alle drei in tiefe Lethargie. Christian schlummerte sogar ein, aber es war nur ein sehr oberflächlicher Schlaf, aus dem er ständig aufschreckte. In seinem Kopf blitzten Bilder der letzten Tage auf, Bilder von Sophie und Meister Semmelmann, Bilder von seinen Eltern, Begebenheiten aus Havelberg und Rathenow, Bilder von dem singenden Melchior und dem Dorfschulzen mit den

sieben Kindern. Dinge, die miteinander nicht das Geringste zu tun hatten, gingen ineinander über, sie vermischten und überlagerten sich fast wie im Traum, doch träumte er nicht. Gedankensplitter flogen durch sein Hirn, einzelne Worte, ein Halbsatz, eine Strophe des Spottlieds, das Melchior so inbrünstig gesungen hatte, in den Schänken aufgeschnappte Bemerkungen. Schließlich kreisten seine Gedanken, wenn man denn von Gedanken sprechen konnte, nur noch um ein Wort. Das Wort war überall, es hallte von den Mauern wider, es dröhnte ihm in den Ohren, es war völlig sinnlos, es ausgerechnet in dieser Situation um- und umzuwenden, als hinge sein Leben von ihm ab, und doch ging es ihm nicht aus dem Sinn. Ein schwieriges Wort war es, ein gelehrtes Wort, doch Christian hatte es sich gemerkt: Transsubstantiationslehre.

»Was bedeutet Transsubstantiationslehre?«, wandte er sich an den Ritter, der neben ihm kauerte.

»Wie?« Veit von Ribbeck schreckte auf und wusste nicht sogleich, was Christian von ihm wollte.

»Melchior hat davon gesprochen … Was bedeutet Transsubstantiation?«

»Wie kommst du denn ausgerechnet jetzt darauf? Wirst du verrückt? Oder willst du Gelehrter werden, wenn sich deine Seele vom Körper getrennt hat?«

»Erklärt es mir«, bat Eichkatz.

»Verrückt.« Veit schüttelte den Kopf, was Christian natürlich nicht sehen konnte. »Anstatt sich Gedanken über die Henkersmahlzeit zu machen, befällt ihn der Bildungshunger! Dein Hirn wird meine Erklärung nicht lange behalten können.«

»Seid Ihr denn so ganz ohne Hoffnung?«

»Der Ort, an dem wir uns befinden, gibt zu Hoffnungen nicht viel Anlass«, sagte der Ritter. »Um mich alten Bock ist es ja nicht schade … Aber ihr Jungen! Das hab ich nicht gewollt.«

»Also?«, beharrte Christian.

»Transsubstantiation bedeutet die Verwandlung von Wein und Hostie in Blut und Leib Christi beim Abendmahl«, erklärte Melchior mit schwacher Stimme. Sein Kopf lehnte an Veits Schulter, und er wünschte sich nichts sehnlicher, als daheim in Havelberg aus diesem Alptraum zu erwachen. Doch ein solches Erwachen würde es nicht geben; er *war* wach und der Alp kein Traum.

»Und da erfindet man ein so schwieriges Wort für eine so einfache Sache?«, murmelte Christian, der dieser Verwandlung schon sehr oft beigewohnt hatte, allerdings hatten ihm die Geistlichen nur das Panis anglorum gereicht, die Speise der Engel.

»Na, einfach«, meinte der Ritter, »wenn es einfach wäre, könnte man es ja selbst bewerkstelligen.«

»Jetzt habt Ihr die Hussiten verstanden«, sagte Melchior.

Sie sind beide komplett verrückt, dachte der Ritter.

4

Am Morgen des zwölften November 1435 wurde der Rathenower Tagelöhner Hinnerk mit dem langen Bart von Meister Rosenkranz und drei freiwilligen Helfern zum Richtplatz geführt. Vom Schöffengericht, das unter dem Vorsitz des Schulzen Maximilian Schwarz getagt hatte, war er für schuldig befunden worden, vier Kaufleute auf offener Gasse überfallen, beraubt und getötet zu haben. Begleitet wurde er von seinen Komplizen, von Julius Ohnehaar und Hans Bär. An diesem Morgen wurden die Verurteilten, angetan mit Armesünderkitteln, gefesselt durch die Stadt und durch das Steintor zum Richtplatz geführt. Immer mehr Volk schloss sich dieser traurigen Prozession an, aber auch Bürgerliche, ihre Weiber und Kinder folgten dem Zug: Eine Hinrichtung war stets ein aufregendes Spektakel, für Kinder und die Unterschicht außerdem auch ein belehrendes.

Ebenfalls anwesend waren Bürgermeister Wolf, die Konsuln Maes Stroyebier, Einhard Wolf sowie Matthias Porey und Maximilian Schwarz, dem es oblag, den ordnungsgemäßen Verlauf der Exekution zu überwachen. Die Ratsherren hatten sich in Schale geworfen. Sie trugen Kleider, die sie normalerweise nur zu hohen kirchlichen Feiern anlegten, aber da viel Volk auf den Beinen war, wollten sie allen zeigen, was sie hatten. Maximilian Schwarz, der nach seiner Schwester Ausschau hielt, war von diesem ausgestellten Reichtum peinlich berührt; bald sollten drei Menschen sterben, die zwar schreckliche Sünden auf sich geladen hatten, doch war der Tod weiß Gott kein Anlass für eine festliche Stimmung.

Zimmermeister aus der Stadt, ihre Gesellen und Lehrjungen hatten den Galgen instand gesetzt, der, da er täglich Wind und Wetter über sich ergehen lassen musste, schon etwas baufällig geworden war. Einige Balken hatten sie auswechseln müssen. Sie hoben sich hell von dem alten, nachgedunkelten Holz ab und verliehen dem Galgen ein scheckiges Aussehen.

Mit Püffen und Tritten wurden die Delinquenten gezwungen, am Fuße der Richtstatt in einer Reihe Aufstellung zu nehmen. Während ein Priester der Kirche Sankt Marien und Andreas sie aufforderte, ihre Sünden zu bekennen und ihren Frieden mit Gott zu machen, prüften die Gesellen des Scharfrichters, Handwerksburschen, die sich ein kleines Zubrot verdienten, die Festigkeit von Knoten und Schlingen. Die Schaulustigen gruppierten sich um den Richtplatz, schwatzen und schnatterten durcheinander, und manche hatten sogar einen Korb dabei, dem sie, je nach ihrem Einkommen, entweder graues Brot und mit Wasser verdünntes Bier oder Weißbrot und Wein entnahmen. Maximilian Schwarz winkte den Büttel herbei und forderte ihn auf, ein Auge auf die Zaungäste zu werfen und auf Beutelschneider zu achten, die bei Hinrichtungen gern ihrem verbotenen Gewerbe nachgingen, denn das Publikum war abgelenkt und bemerkte erst viel zu spät, wenn ihm jemand an den Gürtel ging.

Hinnerk, Julius und Hans beteten mit dem Priester. Auch wenn sie aus Not gehandelt haben sollten, waren ihre Taten unverzeihlich. Die irdische Gerechtigkeit hatte sie dafür gerichtet. In wenigen

Augenblicken würde man sie der göttlichen übergeben, und angesichts des Todes überkam sie nun doch die Angst, keine Gnade vor Gottes Auge zu finden und für immer in der Hölle schmoren zu müssen. Deshalb wohl, aber auch, um den unausweichlichen Moment ein wenig aufzuschieben, beteten sie nicht nur mit Inbrunst, sondern sie fanden auch kein Ende. Nicht nur der Scharfrichter, auch das Publikum wurde allmählich ungeduldig. Immer mehr Rufe wurden laut, sie endlich aufzuknüpfen.

Die Honoratioren waren nicht besser. Prokonsul Wolf schaute in immer schnelleren Abständen an sich hinab, strich seine Houppelande und seine Beinkleider glatt, die keineswegs Falten warfen oder verrutscht waren, warf dann einen Blick in die Runde, um sich zu versichern, dass man sein elegantes Äußeres bemerkte, bevor er erneut über Houppelande und Hosen fuhr und anschließend seine spitzen Schuhe betrachtete. Ratmann Stroyebier trat von einem Bein aufs andere, nicht nur wegen der Kälte, und dachte sicher an die hungrigen Kinder, für deren Versorgung nun die Stadt aufkommen musste. Die Ratsleute hielten einen gewissen Abstand zu Schwarz, der sich mit seinen Untersuchungen in den besseren Schichten unbeliebt gemacht hatte.

»Ich erwarte um elf einen Geschäftspartner aus Tangermünde«, sagte Konsul Porey nervös. Der Vollzug der Todesstrafe stellte eine willkommene Abwechslung im Alltag dar, aber irgendwann hörte der Spaß auf.

Der Priester von Sankt Marien und Andreas zog sich vom Richtplatz zurück, der Scharfrichter und seine Gehilfen zwangen die Verurteilten auf die Bank unter den Galgenstricken. Für den Mord an Apel Bauchspieß wurden sie nicht gehenkt, was der Rat sehr bedauerte. Leider hatten sie ein Alibi.

Bürgermeister Wolf machte sich darum keine Sorgen, denn die wahren Mörder kannte man dank des Eifers des Schulzen schon. Sobald man ihrer habhaft war, würden auch sie hängen.

Schwarz war davon nicht überzeugt. Zwar hatte der Prokonsul die

Verhaftung des Ritters und seiner Begleiter angeordnet, aber fraglich war, ob man sie zu einem Geständnis bringen konnte. Auch die unsittlichen Verhältnisse in Apels Haus behielt Schwarz nach wie vor im Blick. Der Schöppenstuhl in Brandenburg hatte seinen Antrag auf peinliche Befragung von Daniel, dem unehelichen Sohn des Apel Bauchspieß und der Magd Martha, als eilige Angelegenheit behandelt. Das hatten die Schöffen nicht etwa aus Mitleid getan, sondern weil der Antrag eingegangen war, als sie sich bereits auf dem Weg zu einem Umtrunk befanden. Die Entscheidung wurde also nicht auf der Langen Brücke gefällt, sondern im Wirtshaus. Ohne Gegenstimme hatte der Schöppenstuhl beschlossen, dass das Kind nicht gefoltert werden solle. Man habe gehört, dass die Täter in Brandenburg gefasst worden seien, und damit erübrige sich eine Befragung des Jungen. Eine Brieftaube hatte die Nachricht gebracht. Schwarz hatte das Gefühl, dass ihm die Felle wegschwammen.

Mit dem Strick um den Hals standen die Verurteilten eine Weile da, dann stießen die Gesellen die Bank unter ihren Füßen weg. Sofort hängten sie sich an die Beine der Gehenkten und schaukelte ihre Leiber hin und her, um ihnen das Genick zu brechen. Die Zuschauer applaudierten.

Was vor wenigen Lidschlägen noch lebendige Menschen gewesen waren, das war nunmehr Krähenfraß.

5

Als Hinnerk mit dem langen Bart, Julius Ohnehaar und Hans Bär am Galgen zu Rathenow ihr Leben aushauchten, wurde im Mühlentorturm zu Brandenburg die Falltür aufgerissen. Ein schwacher Lichtschein fiel in das Loch, und der Kerkermeister ließ einen langen Hanfstrick hinab.

»Los, hoch mit euch gemeinem Pack!«, rief er in die Tiefe.

Wie immer hatte man Gewalt anwenden müssen, um die Übeltäter in das Verließ zu befördern, doch wenn man sie wieder herausholen

wollte, griffen sie freiwillig und ohne Lamento nach dem Strick, dabei erwartete sie oben oft auch nichts Besseres. Der Kerker hatte eine heilsame Wirkung noch auf den Widerspenstigsten.
Zuerst wurde Melchior mit den vereinten Kräften des Gefängniswärters und des Büttels hinaufgezogen. Ihm folgten Christian und der Ritter, der einen Augenblick erwog, dagegen zu protestieren, mit gemeinem Pack auf eine Stufe gestellt zu werden, doch ließ er es bleiben. Noch im Turm wurden ihnen Ketten angelegt, und zwar von den Abgesandten aus Rathenow. Anwesend war auch der Schulze Arndt Rauch, der die Verhafteten formell an sie übergab. Die Auslieferung wurde in einem großen Buch vermerkt, das der Schulze mitgebracht hatte. Da der Anführer der Rathenower nicht schreiben konnte, besiegelte er die Übergabe mit einem Daumenabdruck. Rauch schlug das Buch zu, klemmte es unter den Arm, warf einen letzten, abschätzigen Blick auf die Strauchdiebe, zuckte die Achseln und ging wortlos davon.
In Ketten verließen Veit, Melchior und Christian Brandenburg, auf einem anderen Weg als dem, auf dem sie in die Stadt gekommen waren – und mit anderen Empfindungen. Ihre Bewacher begleiteten sie zu Pferde, sie selbst mussten zu Fuß gehen. Einer der Männer ritt voraus, einer folgte ihnen, während sich der Befehlshaber neben ihnen hielt. So ging es zum Mühlentor hinaus und auf dem Mühlendamm über die Oberhavel. Eine Reihe von Mühlen hatten Tor und Damm den Namen gegeben, und es verwunderte nicht, dass die Neustädter hier auf alle Waren, die in die Stadt gebracht wurden, einen Zoll erhoben; auch das übliche Portaticum kassierten sie, aber all das hatte mit den Gefangenen nichts mehr zu tun.
Nachdem sie die Havel überschritten hatten, betraten sie die Dominsel. Sie durchquerten den Neustädter Kiez, in dem vor allem Fischer lebten, und dann den Kleinen Domkiez mit der Petrikirche. Sie diente den Domkiezern als Pfarrkirche, doch da diese lieber zu den Messen in den Dom gingen, verfiel dieses Gotteshaus allmählich.

Dem Ritter von Ribbeck kamen immer mehr Zweifel, ob alles mit rechten Dingen zuging. Weder der Schultheiß Rauch noch die Bewacher hatten irgendeine Erklärung abgegeben, wohin man sie zu bringen gedachte. Wegen des Raubüberfalls auf den Dorfschulzen müsste man sie aber doch in der Nova civitas anklagen und aburteilen, selbst wenn statt des Stadtgerichts der Landvogt zuständig sein sollte, und nicht auf der Dominsel oder irgendwo inner- oder außerhalb der Feldmark. Die Chorherren und der Bischof verfügten zwar über die geistliche Gerichtsbarkeit, der Bischof richtete auch über die Flecken und Dörfer, die dem Kapitel gehörten, aber das Blutgericht durften Kleriker nicht ausüben.
Veit, seine jungen Freunde, die er hatte schützen wollen, die er jedoch ins Elend gestürzt hatte, sowie die Eskorte passierten die Straße zwischen Domimmunität und Großem Domkiez. Linker Hand ragte die Bischofskirche empor, umgeben von den Gebäuden des Prämonstratenserstifts, von denen man nur die Giebel und Dächer sah, und einer hohen Mauer. Christian erinnerte die Anlage an Havelberg, und das gab ihm einen Stich ins Herz. Allerdings befand sich das Kloster nicht wie in seiner Heimatstadt auf einem Berg.
Der Ribbeck wandte sich an den Anführer der Eskorte.
»Wohin führt ihr uns?«, begehrte er zu wissen.
»Wartet ab«, lautete die Antwort. Dann verfiel der Anführer wieder in Schweigen.

6

Die Städte Brandenburg und die Dominsel lagen bereits weit in ihrem Rücken, da gab das Haupt der Bewacher den Befehl abzusitzen. Um sie herum erstreckten sich Bruchwiesen, hinter denen man dunkel die Havel schimmern sah, Grasungen und Äcker mit schwarz glänzender feuchter Erde und ein paar kleinere Gehölze. Krähenschwärme hatten sich auf den Feldern und auf Bäumen niedergelassen, in weiter Ferne wies ein Kirchturm auf die Lage eines

Dorfs hin. Die bewaffneten Männer zwangen die ihnen Anvertrauten, sich auf den Boden zu setzen, umringten sie und öffneten ihre Beutel. Sie nahmen einen Laib Brot, ein Stück harten Käse und eine Trinkflasche heraus, brachen das Brot und schoben Veit, Melchior und Christian ein Stück in den Mund. Den Käse aßen sie selbst. Plötzlich zückte der Anführer sein Schwert und hielt es Veit von Ribbeck an die Kehle. Dem Ritter blieb vor Schreck der Bissen im Halse stecken, er hustete und spuckte. Melchior und Christian Eichkatz erstarrten.

»Wo ist der Rosenkranz?«

»Welcher Rosenkranz?« Der Ritter stellte sich unwissend.

»Den ihr Verbrecher dem Kaufmann Apel Bauchspieß neben seinem ganzen Geld gestohlen habt, als er in seinem Blute lag.«

»Was ist bloß mit diesem Rosenkranz?«, wandte sich Melchior flüsternd an Christian. Doch einer der Männer hörte es und hielt auch ihm ein Schwert an den Hals.

»Du weißt es?«, fragte er.

»Nein, nein, nein«, versicherte der Bäckersohn.

»Also, wo ist er? Und wir meinen nicht den Meister von Streckbank und Richtschwert.« Der Anführer lachte, seine Begleiter fielen ein. »Wo der ist, wissen wir. Ich höre!«

»Wir haben keinen Rosenkranz«, sagte Veit. Nun endlich wusste er, woher der Wind wehte. Mit dem Überfall auf den Dorfvorsteher hatte das Ganze nichts zu tun.

»Unterlasst das Lügen! Wenn Ihr, Ritter, es uns nicht sagt …« Der Anführer gab seinem Untergebenen, der neben Melchior stand, einen Wink. Der Mann holte mit dem Schwert aus und setzte dazu an, dem Jungen den Kopf abzuschlagen. Melchior winselte vor Angst.

»Gut, gut!«, rief der Ritter. »Haltet ein! Ich führe Euch zu dem Versteck, wenn Ihr die Knaben freigebt.«

»Sagt lieber, wo er sich befindet, oder …« Der Anführer deutete auf Melchior.

»Nein!«, schrie der Ritter. »Bitte, löst mir die Armfesseln. Ich gebe Euch das Paternoster.«
»Gefällt mir nicht …«
»Es kann doch nichts passieren, solange meine Füße in Ketten bleiben.«
»Nun, gut.« Der Anführer nahm Veit die Fesseln ab. Der Ritter griff in seinen linken Stiefel.
»Er hat einen Dolch im Stiefel!«, brüllte einer der Männer. Die Bewaffneten stürzten sich mit ihren Schwertern auf die drei Unglücklichen. Der Ritter erhielt einen furchtbaren Hieb gegen den Arm und einen zweiten gegen die Brust. Allein schon von der Wucht stürzte er zur Seite, und im Fallen verlor er das Bewusstsein. Melchior schrie auf.
Das ist der Tod, dachte Christian, bevor er den ersten Streich empfing.
»Ihr verfluchtes Gesindel!«, hörte er noch rufen. Dann kam auch über ihn die Nacht.

7

»Wo sind sie denn nun?« Bürgermeister Wolf ging erregt in der Diele seines Hauses auf und ab. »Wo, Schulze? Das Loch ist leer. Eigentlich sollten doch aber der Ribbeck und diese gottverdammten Bäcker drin sein.«
Maximilian Schwarz setzte seine Gläser auf. Sie waren gut geeignet, die Augen zu verbergen. Man sah sie zwar, aber das eine zu groß und das andere ganz klein.
»Nimm dieses lächerliche Ding ab!«, verlangte der Prokonsul. »Du siehst ja wie ein Gaukler aus.«
Der Gerichtsherr tat, wie ihm geheißen.
»Nun sag schon was!«
»Sie sind uns entkommen«, erwiderte Schwarz.
»Ent-kom-men?« Wolf blieb stehen und starrte ihn an. Seine Augen

durchzogen geplatzte Äderchen, eine Weinfahne wehte dem Schulzen entgegen. Es war noch nicht einmal Mittag. »Du sagst: entkommen?«

»Es ist bedauerlich, jedoch ...«

»Bedauerlich? Nur bedauerlich? Das ist eine Katastrophe.«

»Nun, Prokonsul, was haltet Ihr davon, wenn wir den Casus Bauchspieß auf sich beruhen ließen«, schlug Schwarz vor. »Es wäre nicht der erste ungesühnte Mord.«

»Das aus deinem Munde!« Wolf schüttelte den Kopf. »Aus dem Munde eines Mannes, der als die Zuverlässigkeit in Person gilt. Der aus der Rathenower Bürgerschaft einen aufgeschreckten Hühnerhaufen gemacht hat. Unmöglich!«

»Warum, Prokonsul?«

»Ja, begreifst du denn nicht? Du hast den Ruf meines Bruders ruiniert. Überall in den Gassen heißt es, dass Einhard Wolf des Mordes verdächtig sei. Des Mordes um irgendwelcher lächerlichen Schulden ...«

»Seit wann gebt Ihr etwas auf die Stimme der Straße?«, fragte Maximilian Schwarz.

»Man redet auch in Bürgerhäusern so. Und nicht etwa nur in Rathenow. Bis nach Friesack, Pritzerbe und Tangermünde hat es sich herumgesprochen: Einhard Wolf? Hat der nicht seinen Gläubiger auf dem Gewissen? Nein, Schulze, so einfach kommst du nicht davon. Ich will, dass du mir einen Täter präsentierst. Meinetwegen auch drei oder zehn. Und zwar bald.« Bürgermeister Wolf hatte sich verausgabt und legte eine kurze Pause ein. Dann fuhr er fort: »Wenn nicht, Schulze, sorge ich dafür, dass du deinen Sitz im Rat verlierst.«

8

»Nicht bewegen«, sagte jemand, der sich an seiner Brust zu schaffen machte. Dieser Jemand hatte eine weibliche Stimme, und Christian war überzeugt, dass es sich um einen Engel handelte. Nach den wirren, fiebrigen Träumen, an die er sich nur schwach erinnerte, kehrte sein Bewusstsein Stück für Stück zurück. Auf einer Landstraße, irgendwo zwischen Äckern, Wiesen und dem Fluss, war er von bewaffneten Männer erschlagen und erstochen worden. Trotz seiner Sünden – und ohne Absolution – war er direkt in den Himmel aufgefahren. Die Hände des Engels lösten ein Stück Stoff von seiner Brust, was entsetzlich zwickte. Christian stöhnte auf. Eigentlich hatte er erwartet, dass es im Himmel keine Schmerzen gab.

Und noch etwas stimmte mit seiner Vorstellung vom Paradies nicht überein: der Geruch. Er hatte es weder in dem Erbauungsbuch gelesen, noch hatte jemals ein Priester bei der Predigt verkündet, dass es im Himmel nach Rauch und nach dem Kot von Rindern und Pferden roch.

Im Garten Eden hatten auch Tiere gelebt. Aber kamen Tiere nach ihrem Ableben ins Paradies? Hatten sie überhaupt eine Seele? Vermutlich ja, schließlich waren sie Teil der Schöpfung, und die war doch wohl mit Gottes Odem beseelt.

Schwierige Fragen, dachte Christian und schlief wieder ein.

Als er Stunden später erneut zu sich kam, waren die Fragen sofort wieder da; offenbar hatten sie ihn in seinen Träumen beschäftigt. Diesmal sprach der Engel nicht, aber Eichkatz spürte seine Anwesenheit in der Nähe der Lagerstatt. Was, fragte er sich, hatte ihm eigentlich die Überzeugung eingegeben, Engel würden mit weiblicher Stimme sprechen? Die Erzengel beispielsweise trugen allesamt Männernamen. Verdammt, man wusste einfach zu wenig über Engel. Christian schlug die Augen auf. Sein Blick fiel auf eine rohe, rauchgeschwärzte Balkendecke. Gar nicht weit entfernt brüllten Kühe nach der Melkerin.

Der Geselle hob behutsam den Kopf und stellte fest, dass er sich in einer kleinen Kammer befand. Die Wände waren aus einfachen Brettern zusammengefügt, auch sie hatte der Rauch gebeizt, der im Übrigen in den Augen brannte. Ein Holzfeuer schwelte in einem Becken, das auf einem Dreifuß stand. Das schiefe Fenster, das er als Nächstes wahrnahm, war mit grobem Sacktuch verhängt. Unter dem Fenster saß auf einer Truhe ohne jeglichen Zierrat ein junges Mädchen. Es hatte rötlich-blondes Haar, das sich bis auf die Schultern wellte, es lächelte, und seine Augen waren von unbestimmbarer Farbe, vielleicht grau, vielleicht grün, vermutlich beides.
Christian seufzte. Er musste doch im Paradies sein. Allerdings war es nicht so herrlich und lichtdurchflutet wie auf den Deckenfresken in der Kirche, sondern schlicht wie der Ort, an dem der Herr Jesus zur Welt gekommen war. Und der Engel hatte keine Flügel.
»Na, da sind wir ja wieder!« Noch ein weibliches Wesen befand sich in der Kammer. Dessen Stimme war alles andere als lieblich, sondern rau. Eichkatz blickte zur Tür. An dem Pfosten lehnte ein Weib mit breiten Schultern, das die starken Arme vor der Brust verschränkt hielt. Schmutz klebte auf der Haut, auch an den Beinen und selbst im Gesicht. Die bäuerliche Tracht tat ein Übriges, um Christian davon zu unterrichten, wo er sich befand. Seine Seele war keinesfalls zum Himmel aufgefahren, sie hatte ihre sterbliche Hülle nicht einmal verlassen, und Christian war unendlich froh darüber: Er lebte!

9

»Wir haben eure Todesschreie gehört«, berichtete der Landmann Niklas. Er hatte sich zu Christian auf das Lager gesetzt. Seine Tochter Gretlin, das Mädchen mit dem rotblonden Haar und den mal grünen, mal grauen Augen, fütterte den Kranken mit Rübensuppe. »Weißt du, mein Junge, wird sind es leid. Das geht nun schon seit den Zeiten meines seligen Urgroßvaters so, oder gar noch länger, dass dieses heruntergekommene adlige Pack und seine Spießgesellen unsere Dörfer brandschatzen und ausplündern. Wir verstecken unsere Vorräte in den Wäldern und Gehölzen, und als wir gerade nachschauen wollten, ob noch alles beisammen ist, da hörten wir euch. Du und der Ritter, ihr wart ja gleich ohnmächtig. Aber dieser Jüngling, der brüllte wie am Spieß.«

Gretlin führte den Löffel an Christians Mund. Eichkatz schüttelte den Kopf.

»Was ist mit den anderen?«, wollte er wissen.

»Nun, sie leben. Den Ritter hat es am schwersten getroffen. Ob er jemals wieder aufsteht?« Niklas machte eine bedenkliche Miene. »Aber Melchior, der ist längst wieder auf den Beinen. Er zieht im Dorf umher, futtert sich überall durch und hält Reden.«

»Über die Hussiten?« Christian rang sich ein schwaches Lächeln ab.

Niklas nickte. »Über die Hussiten, über den Kelch, über einen Prediger namens Johannes … oder Jonas? – Gretlin?«

»John Wiclif, Vater. Der Kirchspielpfarrer nennt ihn einen Ketzer.«

»Was?« Christian fuhr auf. Das hätte er nicht tun sollen, denn ein starker, kaum auszuhaltender Schmerz durchfuhr seine Brust und seinen rechten Arm. Eichkatz ließ den Kopf sinken. »So weit ist es gekommen, dass man Melchior einen Ketzer heißt?«

»Nein, nicht ihn.« Gretlin setzte die Suppenschüssel auf den Boden und trocknete Christians Stirn mit einem Tuch. »Den Wiclif.«

»Ja, dann …« Der ehemalige Bäckergeselle war beruhigt.

»Sogar vom Papst redet er«, sagte der Bauer. »Was ein so junger Mensch alles weiß! Wenn man ihm zuhört, bekommt man den Eindruck, er sei schon in Rom gewesen.«

»Er spricht *wider* den Heiligen Vater«, ergänzte Gretlin. Ihr war anzuhören, dass solche Reden ihr nicht gefielen.

»Schon«, Niklas kratzte sich am Kopf, »doch was geht's uns an. Martin ist weit weg …«

»Aber, Papa!« Das Mädchen war arg entrüstet angesichts solcher

Unwissenheit. »Martin der Fünfte ist im Februar gestorben. Unser Heiliger Vater heißt jetzt Eugen.«
»Eugen, so?« Der Landmann hielt die Hände an das Feuer. »Mag er Eugen heißen ... Hilft er uns beim Melken, fährt er unsere Ernte ein, mäht er Gras? Nein. Aber Geld will er von uns.«
»Er betet für unser Seelenheil«, meinte Gretlin.
»Sehr freundlich von ihm.«
»Bitte, lieber Niklas, erzähle weiter«, verlangte Christian, »erzähle die Geschichte unserer wundersamen Rettung.«
»Ach was, Wunder! Wir haben uns gedacht: Schon wieder Raubgesindel, das ehrbare Reisende überfällt. Da nahmen wir alles, was wir an Waffen bei uns hatten, als stärkste Waffe unseren Mut – und den Hass ... Wir haben die Männer, die euch Böses wollten, in die Flucht geschlagen.« Bauer Niklas strahlte. »Sie haben eine Tracht Prügel bezogen, an die sie sich bis an ihr Lebensende erinnern werden.«
»Dann trugen sie euch ins Dorf«, fügte das Mädchen hinzu. Ihre Wangen waren gerötet. »Mein Gott, war das eine Aufregung! Zuerst brachte man euch in unser Haus, und alle heilkundigen Frauen versammelten sich. Der Schmied sprengte eure Ketten, und seitdem pflegen wir euch.«
»Seitdem«, murmelte Christian. »Wie lange habe ich gelegen?«
»Gestern feierten wir die Klemensmesse«, erwiderte Niklas, der sich an Sonnenauf- und Sonnenuntergang sowie an den kirchlichen Festen zu orientieren pflegte. Eines genaueren Maßes bedurfte er nicht.
»Die Klemensmesse?« Christian rechnete nach, was ihm nicht leicht fiel. Einen Tag nach Martini hatte man ihn niedergehauen. Das war also der zwölfte November gewesen. Die Messe zu Ehren des hl. Klemens feierte man am dreiundzwanzigsten Tag des Nebelmonats. Den musste er um eins vermehren, dann etwas abziehen, um die Zahl der im Fieber verbrachten Tage festzustellen. Aber was musste er abziehen von der Vierundzwanzig? Die Zwölf? Wahrscheinlich.

»So lange?«, sagte er nach einer Pause. »Gar nicht mehr weit bis zum …« Er suchte nach dem Ausdruck, den die Domherren benutzten, wenn sie von der Ankunft des Herrn sprachen, um Gretlin ein wenig zu imponieren. »Bis zum Adventus Domini.«
»Du kannst ja quasseln wie dein heißhungriger Freund«, sagte Niklas ohne eine Spur von Bewunderung. »Na, ihr seid Städter. Aber wenn du damit meinst, dass ihr den Weihemonat bei uns verbringen müsst: du und der Ritter ganz gewiss. Doch wir teilen gern mit euch, was wir haben. Das ist gottgefälliger als alle Gebete Roms.«

ZWEITER TEIL
Vierzehnhundertzweiunddreißig

ERSTES KAPITEL
Wer Geld verdienen will, braucht Geld

1

Die Witwe Mechthild Gesang musste nicht mit jedem Pfennig rechnen, dennoch rechnete sie auch in Pfennigen. Sie war keineswegs geizig, sondern gab gern für die Armen und die Kirche, für die Spitäler, für Waisenkinder und für Frauen, die ihren Ehemann unversorgt überlebt hatten. Und das tat sie nicht etwa nur, weil Geiz eine Todsünde war und mit Höllenqualen bestraft wurde. Mechthild hatte einfach Mitleid mit Menschen, die es nicht so gut getroffen hatten wie sie.

Gerade hatte sie dem Armenhospital nicht weniger als fünf Rheinische Gulden für die Versorgung der Kinder überschrieben, die der vor einigen Wochen hingerichtete Mörder Hinnerk hinterlassen hatte. Die Kinder konnten nichts für die Untaten ihres Vaters, und wenn ihnen auch durch die Geburt unter einem Unstern das Verbrechen im Blut lag, gehörte es zu den Aufgaben der Bürgergemeinde, alles zu tun, damit die Saat nicht aufging. Das war schwierig und misslang oft. Trotzdem durfte man nichts unversucht lassen, dem allgegenwärtigen Bösen die Stirn zu bieten.

Mit Groschen und Gulden rechnete Mechthild Gesang häufiger als mit Pfennigen. Fünf Rheinische Gulden konnte auch sie nicht ohne Weiteres verschmerzen.

Mechthild Gesang war eine *mercatrix*, eine Groß- und Fernhändlerin, mit Kram gab sie sich nicht ab. Das bedeutete nicht, dass sie Krämerinnen verachtete. Einige von ihnen hatten es zu einem beachtlichen Wohlstand gebracht, weil sie ebenso geschickt wirtschafteten wie sie. Viele Frauen waren erfolgreich im Handelsgeschäft tätig, im Kleinen wie im Großen. Aber einem Kaufmann, der sein Unternehmen gewinnbringend führte, wurde noch immer größere Achtung zuteil als einem Weib, das nicht minder gut oder ihm sogar überlegen war.

Mechthild Gesang stand haushoch über den meisten Kaufleuten Rathenows. Sie leitete eines der größten Handelshäuser der Stadt. Dass sie es geerbt hatte, tat nichts zur Sache, geerbt hatte es auch ihr verstorbener Gatte. Johann Heinrich Gesang hatte zeitlebens dafür gesorgt, dass sich das weit verzweigte Unternehmen immer mehr ausdehnte. Mechthild hatte das Wachstumstempo verdoppelt. Keine Rathenowerin war so reich wie sie. Doch sie stand außerdem noch auf eigenen Füßen.

Die Kauffrau tunkte die Feder in die Eisengallustinte, strich in dem Vertrag, den ihr die kurfürstliche Kanzlei geschickt hatte, einen Passus aus und überschrieb ihn mit ihren Forderungen.

Nachdem Kurfürst Friedrich I. von Brandenburg, als Friedrich VI. auch Burggraf von Nürnberg, im Juni Anno 1431 zum Hauptmann des Kreuzheeres gegen die Hussiten ernannt worden war, war sein Geldbedarf um ein Vielfaches gestiegen. Seine Schlachten gegen die Ketzer waren bisher nicht vom Glück gesegnet gewesen, aber kapitulieren wollte er nicht. Man gab ihm allein die Schuld an der Schlappe von Taus, worüber der unentschiedene, ewig lavierende König Sigismund mehr als froh war, denn es lenkte von seiner Mitschuld ab. Diese Schmach konnte der Kurfürst nicht auf sich sitzen lassen, zumal die Taboriten im Oktober 1433 eine schwere Niederlage bei Waldhofen an der Thaya erlitten hatten: ohne Mitwirkung Friedrichs. Auch das musste dem brandenburgischen Landesherrn wie ein Wurm am Herzen fressen.

Mechthild wusste nicht, was er vorhatte. Sie befasste sich durchaus mit den Vorgängen im Reich und an seinen Grenzen, ja sogar mit allem, was im nahen Ausland vor sich ging, jedoch nur insoweit, als es ihre Unternehmungen betraf. Und das Geschäft war von den Zeitläuften stets betroffen.

Wie auch immer, das neue Jahr war keine Woche alt, da bekam sie Besuch von zwei Herren, die zu Friedrichs Kurie gehörten. Diese Herren, einer von weltlichem, einer von geistlichem Stand, hatten nicht nur ihr die Aufwartung gemacht; so vermessen, das zu glauben, war sie nicht. Sie waren auch nicht nur nach Rathenow gekommen, sondern sie reisten im ganzen Land herum, um dem Reichsfürsten bare Mittel zu beschaffen. Um hundert Gulden hatten sie bei Mechthild nachgesucht. Das war das Vierfache dessen, was der Reichstag Anno Christi 1427 als Hussitensteuer für einen Grafen, und das Hundertfache dessen, was er für einen Juden festgesetzt hatte. Keiner außer dem Klerus hatte diese Steuer jemals bezahlt.
Die Kauffrau Gesang war bereit, dem Kurfürsten einen Kredit zu gewähren. Viele bedeutende Männer standen bei ihr in der Kreide: der Markgraf Johann, den sein Vater als Verwalter des Landes eingesetzt hatte und von dem es hieß, er ziehe die Alchimie der Beschäftigung mit der Mark vor; Stefan Bodeker, in ihrer Heimatstadt geborener Bischof zu Brandenburg, ein außerordentlich gebildeter, kluger und rechtschaffener Mann, der ein paar bedeutende Schriften verfasst hatte, die Mechthild kalt ließen; der Havelberger Bischof, der Erzbischof von Magdeburg, sogar ein Kardinal. Keiner von ihnen war zuverlässig, was die Rückzahlung der geliehenen Summen anbelangte, aber das verlangte Mechthild auch gar nicht. Sie verwahrte die Anleihezertifikate an einem Ort, den nur sie kannte, und sie wusste, eines Tages würden sie ihr mehr nutzen als die pünktliche Tilgung der Schuld.
Vor drei Tagen hatte ihr die Kanzlei des Kurfürsten die Verträge per Boten zugesandt. Mechthild hatte lachen müssen über den angebotenen Zinsfuß. Zwölf vom Hundert, das war unannehmbar. Sie wollte zwanzig, also immer noch weitaus weniger, als die Juden forderten. Mechthild Gesang verkehrte nicht mit den Verrätern Jesu, aber *das* war allgemein bekannt.
Die Gedanken der Kauffrau schweiften ab.
Seit geraumer Zeit gab es in der besseren Gesellschaft der Stadt so

etwas wie ein moralisches Kesseltreiben gegen ihren Bruder. Maximilian hatte nur seine Pflicht getan, doch man bezichtigte ihn des Rufmords. Hinter dem Treiben standen die Geschwister Wolf. Noch immer konnte Maximilian dem Rat, der Bürgerschaft und den Beisassen nicht die Mörder von Apel Bauchspieß vorführen. Das aber wurde von ihm erwartet, nicht weil der Tod des Kaufmanns noch jemanden berührte, sondern weil alle höher gestellten Verdächtigen nur eines im Sinn hatten: Sie wollten ein für allemal rein gewaschen werden.

Es musste schnell etwas geschehen, damit Bruder Maximilian wieder ruhig schlafen konnte.

2

Ritter Veit von Ribbeck war geheilt, aber leider nur zur Hälfte. Alles, was seine Seele verdorben hatte, diese Sucht nach Wein und Weibern, hatte ihn verlassen, und das war im christlichen Sinne der wichtigste Teil einer Heilung. Sein Körper aber existierte immer noch nur in Bruchstücken. Veit fühlte sein linkes Bein nicht. Er konnte seine rechte Hand nicht zur Faust ballen, und die große Wunde über seinem Nabel brach immer wieder auf.

»Ach, Kind!«, stöhnte er. Mit dem Kind war Melchior gemeint, der sich nicht nur bester Gesundheit erfreute, er kümmerte sich auch jeden Tag um den Ritter. Das bedeutete nicht, dass er ihm das Essen brachte, sein Zimmer im Hause des Bauern Wilmar lüftete oder ihm das Bettzeug aufschüttelte, nein, Melchior wollte mit ihm *reden*. An diesem Tag war der flämische Augustiner Jan van Ruysbroeck dran.

»Ja, ja«, sagte Veit. Es war ein Flehen.

Bei Wilmar war er außerordentlich gut untergekommen, denn bei ihm handelte es sich um einen sehr wohlhabenden Landmann. Veit ahnte, dass man ihn wegen seines Standes hier einquartiert hatte: Ein Ritter sollte nicht zwischen Schweinen, Kühen, Ziegen und Gänsen

genesen. Sehr viel hätte Veit darum gegeben, in einer Mistlake gesund zu werden, wenn man ihm nur Melchior erspart hätte.
»Schonungslos«, sagte der besessene Bäckersohn.
»Ja, ja«, wiederholte Veit.
»Schonungslos hat Ruysbroeck die Verderbtheit des geistlichen Standes angeprangert«, dozierte Melchior.
Gott, nimm mich zu dir, bat der Ritter. Immer hatte er darunter gelitten, statt ein Kämpfer mit dem Schwert nur ein Landwirt zu sein. Nun sehnte er sich nach seinen Gut. Er hatte zwei Bauern gebeten, nach Ribbeck zu reiten und sich dort nach dem Stand der Dinge zu erkundigen; natürlich sollten sie dafür später ein Salär erhalten. Veits Knechte hatten sich erboten, ihren Herrn mit einem Wagen abzuholen, doch der Ritter fühlte sich noch nicht im Stande, eine Reise zu unternehmen, nicht einmal liegend.
»Er schrieb: ›Päpste, Fürsten und Prälaten beugen ihre Knie vor dem zeitlichen Gut und haben nicht die Besserung und Zucht der Seelen, sondern den Beutel im Auge. Auch die Kirche selbst ist dem Reichtum verfallen und bietet für Geld ihre Gaben, Ablassbriefe für die Strafe des Fegefeuers und für alle Sünden.‹«
»Ja, das klingt sehr überzeugend. Aber das oder etwas Ähnliches zitierst du jeden Tag.«
»Weil viele so denken …«
»Mag sein, mag sein. Nur, Melchior, sag mir, was willst *du*?«
Der Bäckersohn schaute beschämt auf des Ritters Füße, die Veit von Ribbeck gern wieder bewegt hätte. Noch war es ihm nicht vergönnt, aber dass es ihm gelungen war, Melchior in Verlegenheit zu bringen, erfreute ihn, denn davon versprach er sich ein paar Augenblicke Ruhe.
»Ein Mädchen«, sagte der Junge.
Die ehrliche Antwort erweckte sofort des Ritters Lebensgeister. Von Mädchen, glaubte er, verstand er etwas.
»Ach? Ein bestimmtes?«
»Sie heißt Gretlin«, sagte Melchior.

»Ein Bauernmädel? Aus dem Dorf hier? Darum mach dir keine Sorgen«, erklärte der Ritter fröhlich. Veit von Ribbeck hatte größere Nöte erwartet, die Liebe zu einer Schönen etwa, die nur in der Einbildung des Bäckersohns existierte.
»Aber sie liebt Christian«, sagte Melchior.
Damit war die Not doch ziemlich groß.

3

»Was denn nun schon wieder, um des Himmels willen?«, fragte Heinrich Wohlgemuth aufgebracht. Der Stadtschulze Maximilian Schwarz hatte soeben seine Schreibkammer betreten, ihm aber nicht einmal einen Gruß entboten.
»Ihr gabt den Auftrag, nicht wahr?«
»Ich gebe täglich Aufträge«, erwiderte Wohlgemuth selbstbewusst. Zugleich fühlte er sich sehr unwohl in seiner Haut.
»Den Auftrag, Euren Gläubiger Bauchspieß zu töten.«
»Ich dachte, Ihr habt noch immer den Ritter und seine zwei Knaben unter Verdacht?« Warum der Schulze auf eine seiner ersten Vermutungen zurückgekommen war, begriff Heinrich nicht. Was wollte dieser Mann bloß von ihm, und das jetzt noch? Es gab nicht einmal Angehörige, die vor Gericht klagen konnten.
»Ihr werdet Eure Tochter bald verheiraten?«
Dieser Schwarz war wie ein Raubtier, das eine Beute belauerte. Wohlgemuth zuckte die Achseln. »Ja. In einem Monat soll die Hochzeit sein.«
»Und sie heiratet einen Kaufmann aus Tangermünde?«
»Warum sollte sie nicht?« Heinrich Wohlgemuth schloss sein Handlungsbuch, in dem er eine Eintragung hatte vornehmen wollen. Wenn dieser Schulze so weitermachte, würde er noch im Narrenhaus landen.
»Ich bring dich auf die Richtstatt«, drohte Schwarz. Der Kaufmann lachte. Aber es war ein gequältes Lachen, denn er hatte Angst.

4

Dass sich seine Tochter in den früheren Havelberger Bäckergesellen verliebt hatte, sah der Bauer Niklas mit Wohlgefallen. Einen solchen Schwiegersohn hatte er sich immer gewünscht. Christian war zwar kein Landmann, aber er konnte zupacken, und allein darauf kam es an.
Niklas wusste noch genau, wann sich der junge Mann zum ersten Mal erboten hatte, ihm zur Hand zu gehen. Es war zum Fest der Unschuldigen Kindlein gewesen, das den Opfern des Kindermords in Bethlehem geweiht war, also am achtundzwanzigsten Dezember. Ob Kirchenfest oder nicht, ein Bauer musste immer schuften, selbst wenn die Äcker brach lagen; das Vieh feierte nicht mit. Die Frau des Niklas, die nach der Mutter Mariä genannt wurde, hatte Christian frisch gebackenes Brot, Ziegenkäse und Molke gebracht, eine der Gesundheit dienende Nahrung. Christian hatte das Brot gebrochen, an ihm gerochen und dann zu Anna etwas gesagt, das Niklas noch heute das Herz wärmte: Euer Brot ist das beste, das ich jemals gekostet habe. Und vom Brot verstand er was.
Dann war Christian aufgestanden, hatte Niklas' Frau auf beide Wangen geküsst – sie wurde immer noch rot, wenn sie davon erzählte –, war in den Kuhstall gekommen, hatte wortlos die Mistgabel ergriffen und Niklas dabei geholfen, den Stall auszumisten. Dergleichen hätte Niklas nie verlangt. Christian hatte es von sich aus getan.
Vielleicht auch für Gretlin. Denn Gretlin war dabei gewesen. Sie hatte gerade Barbe gemolken, des Bauern beste Milchkuh, doch als Christian aufgetaucht war, hatte sie sofort innegehalten und nur noch den Jungen angeschaut. Mit ihren Augen – womit sonst?, dachte Niklas amüsiert –, deren Farbe nicht einmal ihr Vater bestimmen konnte. Waren sie grün? Waren sie grau? Man wusste es nicht zu sagen.
»Niemals werde ich abarbeiten können, was ihr für mich getan habt«, hatte Christian gesagt, später am Abend, als Niklas mit ihm

über einem Becher selbst gebrauten Biers hockte. Da waren Niklas doch tatsächlich die Tränen gekommen. Und sie kamen ihm auch jetzt, einen Monat danach, als er sich daran erinnerte. Den ganzen Tag hatte Christian kein Wort gesagt, sondern nur gearbeitet. Christian war kein Schwätzer wie Melchior. Aber den mochte Niklas auch. So war das nun mal mit den Menschenkindern, der eine war so und der andere war anders. Gott hatte sich etwas dabei gedacht, die Menschen verschieden zu machen. Sogar Muselmanen hatte er geschaffen. Und Hussiten. Dahinter musste ein Plan stecken, aber den hatte Niklas noch nicht herausbekommen.

»Christian!«, rief Niklas in den Hof.

»Ja, Vater?« Seit einigen Tagen nannte ihn der Junge so. Er war gerade damit beschäftigt, eine schadhafte Tür auszubessern. Das konnte er nicht so gut wie ein Schreiner, aber Niklas ließ ihn gewähren. Gretlin reichte Christian, was er benötigte.

»Kommt essen!«

»Ja, Vater.«

Der Bauer Niklas war glücklich. Christian war es auch.

Melchior hingegen war höchst unzufrieden.

5

»Ich will weg«, sagte Semmelmann junior zu Ritter Veit. Sie hatten soeben die Mahlzeit am Tisch des Bauern Wilmar eingenommen, der auch Schulze des Dorfs war. Veit von Ribbeck konnte gehen, wenn auch unter Qualen. Seitdem er wieder gehen konnte, hatte sich seine verlorene Seele zurückgemeldet: Wenn Veit mit Melchior auf dem Platz inmitten des Dreiseitenhofs saß, umgeben von Hühnern, Gänsen, Katzen und Enten, hatte er bloß noch einen Blick für die Mägde. Allerdings nur für kurze Zeit, denn es war Anfang Februar und dementsprechend kalt.

»Wohin? Zu den Hussiten?«

»Vielleicht erst einmal auf Gut Ribbeck?«, schlug Melchior vor.

»Was willst du dort?«
»Gibt's da Weiber?«
»In rauen Mengen. Sogar welche, die noch fetter sind als Griseldis.«
»Eine Dicke will ich nicht.« Melchior schüttelte vehement den Kopf. »Ich will ein Mädchen, das wie Gretlin ist.«

ZWEITES KAPITEL
Aufbruchstimmung

1

Der Dorfschulze Wilmar war schon seit langem im Zweifel, ob es sich bei seinem adligen Gast um einen redlichen und rechtschaffenen Mann handelte. Die Gemeinschaft der Bauern hatte zwar beschlossen, die Verletzten aufzunehmen und sich um sie zu kümmern, und das war ein gottgefälliges Werk. Aber seitdem Veit von Ribbeck Morgenluft witterte, mochte Wilmar ihn nicht mehr.

Der Ritter hatte ein Auge auf die Frauen geworfen, die zum Hof des Dorfschulzen gehörten, seine Gattin und die älteren Töchter eingeschlossen. Das gefiel Wilmar ganz und gar nicht.

Hinzu kam, dass Veit stundenlang mit diesem Melchior disputierte. Wilmar hatte das eine und andere Wort aufgeschnappt und hielt ihre Gespräche für gotteslästerlich. Der Kirchspielpfarrer war derselben Ansicht. Dieser Melchior war ein Anhänger der Hussiten. Und die, hatte der Pfarrer gesagt, waren Ketzer. So schlimme Ketzer, dass man einen ihrer Anführer auf dem Konzil von Konstanz den Flammen übergeben hatte.

Es traf sich gut, dass der Dorfschulze Mitte Februar nach der Neustadt Brandenburg reisen musste, wo er auf dem Wochenmarkt Rinder, Ziegen und Gänse verkaufen wollte. Da er sehr großen Wert auf ein gutes Verhältnis zum Herrn legte, begab er sich vom Markt über den Mühlendamm zum Dom, um dort zu beichten; eine Bischofskirche, glaubte er, war der beste Ort, um Gott besonders nahe zu sein. Sogar einer der Weißen Mönche nahm ihm die Beichte ab und erteilte ihm die Absolution. Wilmar wünschte den Prämonstratenser danach sozusagen privat zu sprechen, weil er ihm etwas anzuvertrauen hatte, das nicht dem Beichtgeheimnis unterliegen sollte. Der Mönch bat ihn in das Gastzimmer des Klosters. Wilmar erleichterte sein Herz. Ein wenig rechnete er auch mit Lob oder gar mit einer Belohnung. Er bekam nichts von beidem, und das, was er mit seinem Wink in Bewegung setzte, bedauerte er noch lange. Wilmar war kein Denunziant, jedenfalls kein großer. Er hatte nur etwas tun wollen für die Obrigkeit.

2

Bischof Stefan Bodeker wurde als Erster informiert, da er gerade in Brandenburg weilte. Der Dompropst, der ihm vortrug, hatte schon herausgefunden, dass das gewisse Dorf nicht dem Kapitel gehörte, sondern vermutlich unter markgräflicher Kuratel stand. Bodeker, gerade mit einer Schrift gegen die Juden befasst, war ohnehin nicht interessiert. Er schickte einen Boten zum Advocatus terrae Brandenburgensis, den er für zuständig hielt.

Der Bote musste lange suchen, bis er den Landvogt im Hause der Griseldis fand. Der Betrieb im Frauenhaus hatte unter dem Eingriff der städtischen Macht nicht gelitten, er lief so fort wie ehedem. Advocatus von Prützke legte ein Tuch über sein steifes Ding, wie der Bote später in der Schänke am Kuhmarkt berichtete, hörte sich an, was dieser zu sagen hatte, und verwies ihn an den Rat: Das Dorf gehöre der Neustadt. Und so landete die Sache bei Ratmann Vincenz Becker.

Der fackelte nicht lange und verfügte sie an Arndt Rauch.

3

»Lebt wohl!« Christian umarmte zuerst Melchior, dann den Ritter, was nicht der Sitte entsprach, doch Veit sah generös darüber hinweg. Am Tag zuvor hatte er Melchior in einer theatralischen Zeremonie zu seinem Knappen geschlagen. Das ganze Dorf hatte tief beein-

druckt zugeschaut, als er mit dem Messer eines Landmanns auf Melchiors Schulter getippt und ihm den Treueschwur abgenommen hatte. Natürlich war das nur Schall und Rauch, aber das wussten die Dörfler nicht.
Alle Weiber des Dorfs hatten geweint, junge wie alte. Nur Gretlin nicht. Fast jedes Mädchen konnte Melchior haben, worum ihn Veit beneidete, aber ausgerechnet die eine begehrte er, die seinen Freund Christian liebte. Es war Zeit, in die Sättel zu kommen. Ritter Veit hatte auf seinen guten, zumindest halbwegs guten Namen einen Kredit beim Bauern Niklas aufgenommen und dafür zwei Pferde gekauft. Darüber, dass ihm Wilmar, der viel reicher war als Niklas, kein Darlehen gewährt hatte, dachte Veit nicht nach.
»Melchior?«
»Christian?«
»Ich hoffe, du vergisst mich nicht.«
»Wie könnte ich ... nach alldem, was wir zusammen erlebt haben.«
Und noch einmal fielen sich die beiden Burschen um den Hals.
Himmel, dachte der Ritter, das ist ja zum Heulen. Wie, um alles in der Welt, kamen denn Bäcker zu so edlen Freundschaftsgefühlen? Sie machten doch nur Brot.
»Vielleicht sehen wir uns wieder«, sagte Melchior.
O Gott!, dachte der Ritter, wandte sich ab und schnäuzte sich.
»Das hoffe ich«, erwiderte Christian.
Melchior schwang sich endlich auf den Rücken seines Gauls. Sein Gesicht war feucht.
»Denke an Jan Hus«, ermunterte ihn Veit. »Wie hätte der sich in dieser Lage verhalten?«
»Er war nie in einer solchen«, sagte Melchior.
»Aber er hat doch sicher von Freunden Abschied nehmen müssen.«
»Ja, von Freunden. Aber von Mädchen ...«
»Hatte er keins?« Veit von Ribbeck gab seinem Pferd die Sporen.

»Natürlich nicht. Er ist ein Heiliger. Anno 1410 schrieb er …«
Was habe ich mir bloß aufgeladen?, dachte der Ritter. Aber er lächelte, weil er Melchior liebte wie einen Sohn.

4

Mechthild Gesang hielt inne. Soeben hatte sie ihre Barschaft durchgezählt, die sie in einer mit Eisen beschlagenen Truhe verwahrte, und wollte die Summe in das Rechnungsbuch eintragen, als heftig an das Tor geklopft wurde. Ein Dienstmann eilte herbei und öffnete es. Wenig später trat Mechthilds Bruder in das Arbeitszimmer.
»Maximilian!«, rief sie überrascht. Eigentlich hatte Schwarz in Nauen sein wollen, um dort irgendetwas zu kaufen, Holz vermutlich.
»Ich weiß jetzt, wo sich der Ritter und seine Kumpane aufhalten«, sagte er.
»Und was zögerst du?« Mechthild kniff die Augen zusammen.
»Es kostet Geld. Meine Männer arbeiten nicht umsonst.«
»Aber du bist nicht arm, Maximilian.«
»Du hattest versprochen, mich so gut du kannst zu unterstützen, damit die Suche nach den Mördern von Bauchspieß endlich ein Ende hat.«
»Also gut, wie viel?«
»Drei Groschen.«
»Die sollst du haben.« Mechthild Gesang stand auf und öffnete die Truhe noch einmal. »Und ich will an deiner Seite sein, wenn du den Ritter und diese beiden Burschen endlich fängst.«

5

Am fünfundzwanzigsten Februar des Jahres 1432 nach der Ankunft des Herrn traf sich in der Neustadt Brandenburg eine erkleckliche Anzahl bedeutender Männer. Die meisten von ihnen hofften, dass diese Zusammenkunft nur eine Willenserklärung und ein anschließendes Besäufnis hervorbringen würde, weil die Geschichte sie gelehrt hatte, dass Treffen bedeutender Männer immer auf dieses Ziel hinausliefen. Völlig überrascht nahmen sie zur Kenntnis, dass ein Weib anwesend war.

»Es ist allgemein bekannt, und davon dürfen wir getrost ausgehen, und das will auch das Volk, wie wir wissen, dass nämlich der Landfriede unbedingt geschützt werden muss«, sagte der Gesandte des Markgrafen. Ohne Unterlass starrte er auf die verschleierte Frau. Sie hatte ihren Bruder, einen gewissen Schwarz, zu dem Treffen begleitet.

»Und wie?«, wollte sie wissen.

»Na ja, wir haben das schon oft erklärt.«

»Wie wollt Ihr vorgehen … zum Schutze des Landfriedens?«

Das Weib, es stammte aus Rathenow, wie man dem Gesandten zugeraunt hatte, war nicht zu ertragen. Solche Fragen stellte man nicht. Der Markgraf hatte nichts beschlossen, und die Kanzlei führte es aus. So machte man es seit Jahren, sehr zur Zufriedenheit Johanns und der Kanzlisten.

»Im vorliegenden Fall«, meldete sich Vincenz Becker zu Wort, »dürfte es keinen Zweifel geben, was zu tun ist.«

Ihm war diese Zusammenkunft äußerst lästig, und Schuld war dieser gottverdammte Dorfschulze. Nicht Wilmar, der hatte nur seine Pflicht getan, sondern der andere. Nachdem Becker ihn mit Geld ruhig gestellt glaubte, war der Mann nach der Teilnahme am bischöflichen Gerichtstag in sein Kuhdorf zurückgekehrt. Dort hatte sich aber sein Weib in die Angelegenheit eingemischt, wohl weil sie hoffte, noch mehr herausschlagen zu können. Sie hatte ihrem Mann Zunder gegeben und an seine Mannesehre appelliert, die sie durch den Raubüberfall verletzt glaubte. Insbesondere dass man ihn mit seinem eigenen Gürtel in demütigender Haltung an einen Baum gefesselt hatte, erschien ihr als Ehrverletzung. Aber, um des lieben Herrgotts willen, was hatte ein gemeiner Dorfschulze schon für Ehre? Doch war dieser Adam den Einflüsterungen seiner Eva erlegen, hatte sich sogar einen Schreiber geleistet und Briefe aufsetzen lassen an die Kanzlei in Spandau, an den Rat der Neustadt Brandenburg und an den Landvogt. Und nun saß man in der Tinte.

»Also sagt, was so Naheliegendes getan werden kann«, forderte die Frau aus Rathenow. Becker fragte sich, welches Interesse sie an der Ergreifung des Raubgesindels haben mochte.

»Ihr wisst, dass jeder Bürger verpflichtet ist, Waffen zur Verteidigung der Stadt im Haus zu haben«, erklärte er. »Wir werden eine Schar von Neustädtern auffordern, sich unter der Führung unseres verehrten Stadtrichters«, er verbeugte sich gegen Arndt Rauch, »auf den Weg zu machen, um den Ritter von Ribbeck und diese ... diese Bäcker aus ihrem Nest zu holen. Ja, das werden wir tun.«

»Ich stelle auch ein paar Mann«, erbot sich der Vogt, obwohl von Prützke nicht zuständig war für neustädtische Ratsdörfer. Er wollte aber einen guten Eindruck beim Gesandten aus der Residenz machen, schließlich war er markgräflicher Vogt. Bei Johann einen Stein im Brett zu haben konnte nichts schaden.

Nur der Gesandte wusste, dass man den Markgrafen nicht mit dieser Bagatelle behelligt hatte. Johann hörte nicht gern Hiobsbotschaften aus dem von ihm verwalteten Land, wenn er in seiner Alchimistenküche Experimente machte, und das tat er immer häufiger, je schlechter die Lage wurde. Der Überfall auf einen Schulzen war aber wirklich etwas, mit dem sich ein Markgraf nicht zu befassen brauchte. Allerdings sollten dieser Ribbeck und seine Kumpane auch einen Rathenower Kaufmann getötet haben, wie die Frau behauptete. Am Ende würde man sich wohl gar darum streiten, wo man den drei Lumpen den Prozess machte, ob in der Nova civitas oder in Rathenow.

Der Kanzlei war es gleichgültig. Sie verfasste Schriften und legte Akten an, und Pergament ist geduldig. Freilich war der Anfall an Schreibkram in den letzten Jahren immer mehr gestiegen, die Kanzlei immer mehr verstärkt worden, nachdem sich durchgesetzt hatte, jeden Furz zu verschriftlichen.

»Also sind wir uns einig?«, fragte Becker, der nach Hause wollte, zur Familie und den Geschäften.
»Was bleibt uns anderes übrig«, maulte der Stadtschulze Rauch, an dem wie üblich die ganze Arbeit hängen blieb.
»Wir haben auch ein paar gute Männer dabei, über die Ihr verfügen könnt«, sagte die Rathenowerin und schaute zu ihrem Bruder, der es bestätigte.
Die schießt mit Geschützen auf Spatzen, befand Ratmann Becker. Ein Dutzend Bürger aus der Stadt, denn daran hatte er gedacht, die Leute des Vogts und dann auch noch die Mannen aus Rathenow, bloß um drei Ganoven zu fangen, das war lächerlich. Wenn einem die Bösewichter dann vielleicht noch durch die Lappen gingen – und das war ja schon einmal geschehen –, dann würde man sich zum Gespött all jener machen, die von der Obrigkeit nicht viel hielten. Die Zahl solcher Spötter und Widerspenstigen stieg unaufhaltsam, seitdem das Reich in seinem lauen Kampf gegen die Anhänger des Hus immer wieder gescheitert war.
Nun ja, über Becker würde man nicht lachen, er zog schließlich nicht mit aus.
»Wir danken Euch für dieses Angebot«, sagte er zu der Frau und erhob sich. »Das war's doch, oder?«
Der Abgesandte der markgräflichen Kanzlei nickte. Der Vogt nickte. Arndt Rauch starrte vor sich hin.

6

Christian Eichkatz war dabei, die Pferde zu striegeln, als Gretlin sich durch die Diele in den Stall schlich und ihn von hinten umfasste. Er drehte sich lachend um, nahm sie in den Arm, beugte sich zu ihr hinab und gab ihr einen Kuss auf die Stirn. Gretlins mal grüne, mal graue Augen schaute ihn spitzbübisch an.
»Wann heiraten wir?«, wollte sie wissen. Diese Frage stellte sie Christian mehrmals am Tag. Und er war bereit. Den Heiratstag je-

doch sollte Niklas festlegen, der Brautvater. Niklas wünschte sich ein großes Fest, an dem das ganze Dorf teilnehmen sollte, und stellte sich ein Gelage im Freien mit Tanz auf dem Hof vor. Noch war es zu kalt, also würde man wohl erst im späten Frühling vor den Traualtar schreiten.

Sophie Semmelmann hatte der ehemalige Havelberger Bäckergeselle fast vergessen und auch seinen Plan aufgegeben, in Berlin erfolgreicher Kaufmann zu werden. Die Landwirtschaft gefiel ihm; man spürte, wenn man abends ins Bett sank, was man getan hatte, und der Umgang mit Tieren war nach seinem Geschmack. Und wenn er einmal Brot backen wollte, erlaubte es die Bäuerin gern, obgleich es ihre Arbeit war, die sie glänzend beherrschte.

Auf dem Land hatte er alles, Kost, Logis und ein Mädchen, das er liebte. Er konnte sich nützlich machen, und Niklas lobte ihn und schlug ihm anerkennend auf die Schulter. Wegen seines Fleißes und seiner Hilfsbereitschaft war Christian beliebt im Dorf, man sagte ihm und Gretlin eine glückliche Zukunft voraus. Mehr konnte er nicht wollen.

»Bald werden wir heiraten, Gretlin«, sagte er und strich seiner Braut übers rötlich-blonde Haar. »Bald.«

»Und Kinder haben?«

»Aber sicher. Zehn, wenn du willst.«

»Ja, mein großer, starker Mann.« Gretlin lächelte. Noch war Christian zwar nicht ihr Gatte, aber sie nannte ihn schon so. »Gehen wir ins Heu?«

Auch das gefiel Christian. Eigentlich war der Geschlechtsgenuss vor der Ehe Brautleuten untersagt, aber Gretlin nahm es damit nicht so genau, während sie in allen anderen Dingen eine redliche Christin war.

»Gehen wir ins Heu«, sagte Christian und gab seiner Liebsten einen leichten Klaps auf den Hintern.

7

Landmann Niklas hatte sich zum Schulzen Wilmar begeben, den er um einen Kredit für die Austragung der Hochzeitsfeier bitten wollte. Obwohl er damit rechnete, den Brautleuten nicht vor dem Wonnemonat seinen Segen zu erteilen, war doch allerhand zu tun. Die Tochter benötigte eine Aussteuer, für die Niklas und Anna zwar bereits einiges zurückgelegt hatten, aber es kam dem Bauern doch zu wenig vor. Christian und Gretlin würden einen eigenen Hof und Hausstand begründen wollen, und dafür sollten sie von Niklas Vieh und Ackergerät bekommen. Beim Schmied hatte er bereits das eine und andere in Auftrag gegeben, Vieh konnte er überall erwerben. Nur brauchte er dafür mehr Geld, als er vor der Aussaat hatte.

Wilmar plagte mittlerweile ein schlechtes Gewissen, obwohl seit seinem Besuch in Brandenburg noch nichts geschehen war. Christian hatte sich gut in die Dorfgemeinschaft eingefügt, der Ritter und Melchior hatten sie verlassen. Nur diesen beiden hatte das Misstrauen des Schulzen gegolten. Denn der Ritter war ein windiger Tunichtgut und selbsternannter Weiberheld, während der Bäckersohn für die Ketzer gesprochen hatte, also vermutlich selbst einer war. Wie würde Wilmar dastehen, wenn Vertreter der Obrigkeit auftauchten und nur noch Christian vorfanden, um den es obendrein schade war? Er hatte nichts anderes getan, als Freundschaft mit dem Rüpel von Ribbeck und dem jungen Semmelmann zu pflegen. Ihr rührender Abschied war auch Wilmar nahe gegangen.

Ohne zu zögern gewährte der Schulze dem Landmann Niklas ein Darlehen, das er erst nach dem Verkauf der Ernte zurückhaben wollte, ohne Zins und Zinseszins. Niklas hatte gewusst, dass Wilmar ein anständiger Kerl war und ihm seine Bitte nicht abschlagen würde. Im Dorf musste man zusammenhalten, in guten wie in schlechten Zeiten.

Bevor er sich bedanken konnte, war draußen auf dem Hof Hufgetrappel zu vernehmen. Niklas' gutes und geschultes Gehör unter-

schied vier oder fünf Pferde. Man hörte lautes Rufen, und Wilmar wurde blass.
»Warte hier«, sagte er und verließ die Stube.
Vier Männer hatten die Diele betreten. Sie waren bewaffnet, trugen aber keine Rüstung.
»Bist du Wilmar, der Schulze dieses Dorfes?«, fragte ihn der größte der Männer. Er trug Gläser vor den Augen, was Wilmar zutiefst beeindruckte, denn nur hohe Herren konnten sich so etwas leisten.
»Das bin ich, Herr.«
»Der Schulze eines Dorfes, das Raubgesindel versteckt?«
»Nun, Herr, ich …«
Niklas horchte auf. Welche Räuber mochten wohl gemeint sein? Im Dorf gab es keine.
»Einen Augenblick, Herr«, sagte Wilmar, »ich will mir einen Umhang holen, denn es ist kalt.«
»Eile dich!«, befahl der große Mann.
Der Schulze stürzte in die Stube.
»Niklas, bitte … Ich kann dir jetzt nicht erklären … Nimm den Ausgang zu den Feldern und gehe über die Wiesen zu deinem Haus. Sage Christian, dass er sofort alles stehen und liegen lassen soll … Er muss fliehen! Bitte! Ich halte sie eine Weile auf.«
»Ich verstehe nichts.« Niklas war wie vor den Kopf gestoßen.
»Später«, sagte Wilmar gehetzt.
»Wie lange dauert denn das?«, rief der Mann aus der Diele.
»Ich flehe dich an, Niklas. Vielleicht kann Christian in ein paar Wochen zurückkehren. Ich … ich habe einen Fehler gemacht, der mich bitter reut.«
»Du hast ihn als Räuber denunziert?« Nun ging Niklas ein Licht auf.
»Nicht als Räuber und nicht ihn. Bitte, Niklas!«
Der Landmann hatte verstanden. Mit Wilmar würde er später abrechnen, jetzt galt es erst einmal, den künftigen Schwiegersohn zu retten. Wie ihm von Wilmar geheißen, verließ er dessen Haus durch

den Hintereingang. »Durchsucht das ganze Dorf«, hörte er jemanden sagen. Niklas schüttelte den Kopf, dann lief er los.

8

Zwei Wochen waren seit der Trennung von Veit und Melchior vergangen, als Christian auf dem Rücken eines Pferds, das dem Bauern Niklas gehörte, auf das Gut derer von Ribbeck galoppierte. Er rief laut nach dem Gutsherrn, aber es dauerte einige Zeit, bis Veit auf die Treppe gestürzt kam, deren Stufen zum Eingang seines Hauses führten. Es war kein Bauernhaus, natürlich nicht, aber auch kein Schloss, sondern irgendetwas dazwischen. Ritter Veit trug ein Nachtgewand und kotige Stiefel an den nackten Beinen, er schwankte gewaltig und musste die glasigen Augen zusammenkneifen, um den Besucher zu erkennen.

»Christian? Ja, der Christian!«, rief der Herr von Ribbeck überschwänglich. »Melchior, komm herab!«, brüllte er zum Haus. Dann machte er einen unbedachten Schritt, strauchelte und schlug der Länge nach in den Dreck. Mit einem anhaltenden Lachen quittierte er sein Missgeschick.

Auch Melchior war fürchterlich betrunken. Er trug eine Art Hausrock, der mit Ornamenten bestickt war, die etwas Blumenähnliches darstellten. Seine Füße waren nackt und unglaublich schmutzig. Überhaupt machte der Junge einen heruntergekommenen Eindruck: Vierzehn Tage in der Obhut des Ritters hatten ihn ganz verdorben.

»Ist das …? Das ist Christian!«, jubelte Semmelmann junior. Veit hatte sich inzwischen wieder aufgerappelt. »Unsere Männergemeinschaft ist wieder komplett«, lallte Melchior begeistert.

So ganz konnte das Wort nicht zutreffen, denn in der Tür erschienen nun auch zwei Mädchen, nicht minder unsauber wie Melchiors Füße und des Ritters Stiefel. Offenbar hatten sich alle vier in der Gosse gesuhlt. Angewidert sprang Christian vom Pferd, das auf den wendischen Namen Pribislaw hörte und ein sehr kluges Tier war. Da es das Ziel der Reise erreicht glaubte, stolzierte es von selbst in den Stall, aus dem es so angenehm nach Hafer, Stroh und Stuten roch.

»Was treibt dich her?«, begehrte Ritter Veit zu wissen. Er hatte seinen Arm um Christian gelegt und schob ihn sanft in das Haus. Genauer gesagt, er hielt sich an Eichkatz fest, während sie die ritterlichen Gemächer betraten. Auch sie waren in schlimmster Weise verlottert. Nur eines hatte in diesem Chaos eine gewisse Ordnung gefunden: die Weinfässer.

»Ksch, ksch«, machte Veit und schickte die Mädchen mit einer Handbewegung weg wie Hühner. Seine Frage hatte er vergessen. Christian beantwortete sie trotzdem. Nachdem er seinen Bericht beendet hatte, sprach niemand ein Wort. Der Ritter schaute bedenklich drein, während Melchior kaum etwas begriffen zu haben schien. Er lag ausgestreckt auf einem Bett mit schwungvoll verzierten Pfosten, hob einen Becher und prostete Christian schweigend zu. Als er den Wein in sich schüttete, ergoss sich ein rotes Rinnsal über seine Mundwinkel auf den Hausrock.

»Tja«, sagte der Ritter schließlich. Das war nicht viel, und tröstlich war es am wenigsten.

9

Bereits während der Ratssitzung hatte Maximilian Schwarz gespürt, dass sich etwas gegen ihn zusammenbraute, obwohl es nur um den Schoss, die Bierbrauerei und die Sauberkeit in den Gassen gegangen war. Es war ein Vorschlag des Schulzen, das Halten von Schweinen und anderem Nutztier, das größere Mengen an Kot verursachte, auf eine bestimmte Zahl zu begrenzen, dennoch hatte ihn niemand nach seiner Meinung gefragt. Die meisten Konsuln taten so, als wäre er Luft. Am Ende hatte Schwarz seine Gläser nicht mehr abgenommen: Er wollte gar nicht sehen, was die Mienen der Ratmannen ihm gegenüber ausdrückten. Natürlich hatte sich längst herumgesprochen, dass der Ritter und seine Kumpane wieder einmal Fersengeld gegeben hatten.

Nach der Zusammenkunft forderte der Bürgermeister ihn auf, ihm in die Kämmerei zu folgen. An dem mit grünem Tuch bedeckten Tisch, an dem die Bürger ihre Steuerzahlung leisteten, nahm Wolf dem Schulzen gegenüber Aufstellung; genauer gesagt, er bezog Stellung. Mit vor der Brust verschränkten Armen musterte er Schwarz eine Weile.

»Du bist wieder bei Wohlgemuth gewesen?«, sagte er schließlich.

»Warum?«

»Ich kann ihn noch immer nicht von der Liste der Verdächtigen streichen«, rechtfertigte sich der Schultheiß.

»Doch, du kannst. Hör zu, Schwarz! Da ist doch irgendetwas mit einem Rosenkranz?«

Der Schulze nickte, deutete dieses Nicken aber nur an, weil er nicht wusste, worauf der Prokonsul hinaus wollte.

»Den man möglicherweise Bauchspieß gestohlen hat?«

»Möglicherweise«, bestätigte Schwarz schwach. Seine Lage empfand er als ausgesprochen unangenehm, da eigentlich er die Fragen stellte.

»Und da Wohlgemuth angeblich dem Toten ein Pergament abgenommen hat … Angeblich, sage ich, denn das hat nur dieser Ritter behauptet oder einer von diesen Teigknetern … Kurzum, du denkst, Heinrich könnte sich auch das Paternoster angeeignet haben? Obgleich niemand sagen kann, dass Bauchspieß überhaupt eines besaß?«

»Ich gebe zu, es ist alles sehr verzwickt«, erwiderte Schwarz.

»Ist es nicht. Für mich ist die Sache eindeutig. Hier!« Wolf zog einen Rosenkranz aus seinem Gewand und warf ihn auf den grünen Tisch.

»Verzeiht, Prokonsul, aber mir ist nicht ganz klar, was Ihr bezweckt.«

»Ganz einfach. Vergiss den Ritter und die beiden Bäckerburschen

und lass vor allem Wohlgemuth in Frieden. Ich will, dass unsere Stadt zur Ruhe kommt. Keine Gerüchte, kein Gerede mehr. Mein Bruder spendiert dir dieses Stück. Es ist nicht sehr kostbar, aber immer noch wertvoll genug, dass man behaupten könnte, es habe Bauchspieß gehört. Jubelt es jemandem von seinem ehemaligen Gesinde unter. Am besten dem Knecht, diesem ... ach ja, Rupert.«
Schwarz sagte nichts. Er nahm das Paternoster in die Hand und ließ es durch die Finger gleiten. Die Kugel bestanden aus Ebenholz und waren auf eine silberne Kette gefädelt.
»Schick deine Leute los und lass Ruperts Habe durchsuchen«, fuhr Wolf fort. »Einhard ist bereit zu bezeugen, dass er den Rosenkranz an Bauchspieß verkauft hat. Dann wird Rupert hängen, und ein Komplize findet sich auch.«
»Ihr seid ein Genie«, sagte der Schulze, obwohl er an genau diese Möglichkeit bereits seit langem dachte.
»Nun übertreibe nicht«, entgegnete der Prokonsul, doch war ihm anzusehen, dass ihn das Lob schmeichelte. Schwarz war auf dem besten Weg, sich mit ihm zu versöhnen.
»Nur eine Nuss könnte schwer zu knacken sein«, merkte er an.
»Welche?«
»Rupert und die Magd Martha haben Rathenow verlassen.«
»Aber, lieber Freund!« Bürgermeister Wolf gab sich nunmehr leutselig. »Ihr seid ein ... Ihr seid unser Richter, diese beiden Leute werdet Ihr doch zu finden wissen.«
Maximilian Schwarz registrierte befriedigt, dass ihn der Prokonsul nicht mehr duzte.

10

Am Abend ließ der Herr zu Ribbeck eine Mahlzeit kochen. Melchior schlief, Veit hatte sich nüchtern gesoffen. Immer wieder nötigte er Christian, sich Wein einzuschenken, was der in dieser niederdrückenden Umgebung gern getan hätte, doch blieb er standhaft.

Das Essen wurde von vier halbnackten bäuerlichen Grazien aufgetragen, die offenbar die Aufgabe von Mägden ausübten, und zwar im umfassendsten Sinne. Ohne dass Veit sie dazu auffordern musste, machten sich zwei von ihnen an Melchior zu schaffen, augenscheinlich ein alltägliches Ritual. Sie massierten den Jungen so lange an allen erdenklichen Körperstellen, bis er halbwegs zu sich kam.

»Wein, Weib und Gesang will ich ein Leben lang«, krähte er.

»Und die Hussiten?«, fragte Christian.

»Ach, vergiss sie! Solange es Weiber gibt, halten sie uns Männer vom Krieg ab.«

Welche Männer?, dachte Christian und schüttelte den Kopf. Ich sehe nur zwei Säufer, die an ihrer Sinnenlust ersticken. Und dass die Weiber Männer vom Krieg abhielten, kam nur in Gaukelspielen vor; einmal hatte Christian auf dem Markt in Havelberg einer Schauspieltruppe zugeschaut, die etwas aufgeführt hatte, von dem sie behauptete, ein alter Grieche habe es geschrieben. Christian wusste nichts von Griechen, weder von alten noch von neuen. Nur dass einige der Domherren, denen er immer die Semmeln an die Pforte gebracht hatte, neben dem Latein auch des Griechischen mächtig waren, war ihm nicht entgangen: Sie lasen irgendwelche schwierigen Schriften in dieser Sprache. Arestolis oder so ähnlich. Melchior kannte sie sicher, aber der hatte ja seinen Verstand vertrunken.

»Ich bin ein Stier, meine Süßen!«, erklärte der Junge und tätschelte den Weibern die Brüste. »Kommt, ich stoße euch!«

»Melchior«, sagte der Ritter streng, »wir haben einen Gast.«

»Aber das ist doch bloß Christian.«

»Unser Freund immerhin. Und er hat einiges durchgemacht.«

»Will er ein Mädchen?«, fragte Melchior und kicherte. »Davon haben wir mehr als genug. Und Wein? Will er keinen Wein?«

»Benimm dich, Knappe!«

»Ja, Ehrwürden!«

»Ich bin doch kein Geistlicher ...«

»Nein, Ehrwürden!« Melchior lachte und lachte.

Der Ritter fiel in das hysterische Gelächter ein und sprang zu Melchior aufs Bett. Die Speisen ließ er kalt werden, und auch Christian rührte sie nicht an. Obwohl er Hunger hatte, brachte er keinen Bissen hinunter. Der Anblick der beiden geilen Saufgesellen hatte ihm den Appetit verschlagen.

DRITTES KAPITEL
Das Haupt der Mark

1

Markgraf Johann von Brandenburg, seines Vaters unwürdiger Vertreter, hasste Berlin. Er mochte diese hochnäsigen Städter nicht, die Ansprüche an ihren Landesherrn stellten, dabei sollten sie nur Steuern zahlen und gefälligst das Maul halten. Das taten sie aber nicht. Weil sie Krämerseelen waren. Wenn sie ihrem Landesherrn Geld gaben, erwarteten sie eine Gegenleistung. Man sollte ihre Privilegien bestätigen. Ständig war man als Markgraf mit dem Bestätigen von Privilegien beschäftigt.

Nun gut, dafür hatte man seine Kanzlei. Die Kanzlei fabrizierte Gnadenbriefe ohne Unterlass. Man musste nur seinen Johann von Gottes Gnaden druntersetzen und das Siegel. Der Markgraf von Brandenburg liebte sein Siegel. Es machte nicht nur etwas her, es gab ihm auch das Gefühl von Macht.

Das Siegel also liebte der Markgraf, aber die Städte mochte er nicht. Sein Vater galt als großer Städtefreund, dem man nachsagte, er teile König Sigismunds Auffassung, das Reich seien die Städte. Sicher, bei den Krämern und Pfeffersäcken konnten sie das meiste Geld schnorren, *die* hatten es. Markgraf Johann hatte leider viel zu wenig davon, also musste auch er versuchen, sich mit den Städten gut zu stellen. Das misslang ihm häufig, denn zu tief saß sein Hass.

Einige seiner ungeliebten Städte gehörten sogar dem mächtigen Bund der Hanse an. Wenn man sich mit denen anlegte, bekam man sofort Post aus der Reichsstadt Lübeck. Sich mit Lübeck zu streiten, vermied selbst ein hochwohlgeborener Herr; das Haupt der Hanse war nur dem Kaiser untertan oder, wenn man keinen hatte, und man hatte gerade keinen, dem König. Sigismund war ein Nichtsnutz. Das meinte selbst Johanns Vater, obwohl er einst mit dem König eng befreundet gewesen war. Ihre Freundschaft hatte aber einen gewaltigen Sprung bekommen, als Friedrich mit seinen polnischen Ambitionen den Trottel auf dem Thron zu sehr herausgefordert hatte. Und was hatte der Herr Vater davon gehabt? Nur Schmach, Schmach, Schmach!

Ja, Anno incarnacionis domini 1411, als Johann fünf Jahre alt gewesen war, da hatte der Lützelburger seinen Vater noch mit salbungsvollen Worten zum Verweser der Mark ernannt. Sehr auf Wirkung bedacht, aber die markgräfliche Kanzlei war fähig, ebenso große Worte in Masse zu verfertigen; dazu waren Kanzleien schließlich da.

»Da wir zu der sorgenvollen Bürde und Arbeit, die uns die Regierung unserer Königreiche, Länder und Leute auferlegte, auch noch zum Oberhaupt des Heiligen Römischen Reiches berufen sind, tritt an uns die Notwendigkeit heran, Fürsten zu berufen, durch welche die Länder, die wir in eigener Person nicht regieren können, gleichwohl versehen und unsere Sorgen und Bürden einigermaßen verringert werden. Und da wir die Mark Brandenburg, die uns etwas abgelegen ist, desto aufmerksamer in unserer Betrachtung haben, da sie unser väterliches Erbe und unser erstes Fürstentum sind, erschien es uns geraten, dass wir sie mit einem solchen Verweser und Hauptmann versehen, der es versteht, sie mit Weisheit und Redlichkeit zu verwalten und ihr den Frieden zu geben.«

Damit war der jetzige Kurfürst gemeint. Johann war der Sohn dieses Kurfürsten und litt dennoch Geldmangel. Aber das würde sich ändern. Der Markgraf musste nur noch die richtige Erde finden, aus der sich Gold machen ließ.

Ein grauer Kanzlist huschte in das Laboratorium und brachte einen Akt. Akte und Vorgänge liebten diese Kanzlisten über alles, da konnte man nichts machen. Wenn die Akten wichtig waren, durfte man den Markgrafen auch in seiner Alchimistenküche stören, aber meistens waren sie nicht wichtig, und man störte ihn trotzdem.

Im Übrigen war der Kanzlist keineswegs grau. Er trug ein prächtiges Gewand, also musste er einen gewichtigen Posten einnehmen. Oberkanzlist vielleicht? Gab es so etwas? Wenn nicht, konnte man es einführen. Aber das würde nur noch mehr Geld verschlingen.
Für Markgraf Johann waren alle Kanzlisten graue Mäuse.
»Was willst du?«, herrschte Johann den Schreiberling an. Er verbrannte gerade Magnesium und erfreute sich an der hellen Flamme.
»Gnädiger Herr sollten seine Untertanen an ihre Lehnspflichten erinnern«, sagte der Kanzlist.
»Warum?«
»Die Hussiten sind in die Mark eingefallen.«
»Oh.« Magnesium verbrannte viel zu schnell.
»Wir haben natürlich schon etwas vorbereitet, gnädiger Herr.« »Ich habe nichts anderes erwartet. Her damit!«
Der Kanzlist reichte seinem Herrn das Schreiben.
»Aber das sind ja vier Seiten!«, bemerkte der Markgraf erschrocken.
»Ihr müsst sie gar nicht lesen, gnädiger Herr. Wenn Ihr nur Eure allergnädigste Unterschrift und das Siegel ...«
»Siegel? Gern!«
Damit war der Gestellungsbefehl in der Welt.

2

»Wir leben in verrückten Zeiten«, sprach der Ritter in seinen Becher. Melchior schnarchte. Seit drei Tagen war Christian nun auf Gut Ribbeck und wurde täglich Zeuge, wie Veit seinen Knappen zur Unzucht verführte. Doch den Sechszehnjährigen traf ein erkleckliches Maß an Mitschuld, denn er ließ sich gern verführen. Er schlief mit den so genannten Mägden und sogar mit den Frauen der Pächter und Abhängigen, die sich gegen den Ritter, der die Gerichtsbarkeit über sie ausübte, nicht aufzulehnen wagten. Veit schaute ihnen zu. Einmal hatte er Christian dazu bringen können – nach einem Appell an ihre alte Freundschaft, die so alt noch gar nicht war –, bei diesem Treiben dabei zu sein, das unweigerlich in die Hölle führte. Seitdem fühlte sich Christian noch schlechter als ohnehin. Seine Liebe zu Gretlin hatte wegen ihrer vorehelichen Ausflüge ins Heu durchaus auch einen Anflug von Sünde gehabt, aber er war durch tiefe Empfindungen geadelt worden. Auch Christian war schließlich kein Brett. Was er auf Gut Ribbeck erlebte, war schlimmer als Sodom und Gomorrha, denn es war bar jeglichen Gefühls und ohne Menschlichkeit.

»Wie meint Ihr das?« Aus Verzweiflung hatte auch Christian einen Becher genommen.

»Die Hussiten kommen immer näher«, sagte der Ritter und lachte. »Vielleicht weht bald die Fahne mit dem Kelch über Ribbeck ... ein kleiner Weltuntergang.«

»Ihr habt keine Angst?«

»Doch, habe ich. Aber ich saufe sie weg. Ich saufe alles weg, was tiefer in meine Seele dringen könnte.« Veit wurde ernst, todernst. »Selbst mein Rittertum beerdige ich im Wein.«

Eine Zeit lang schwieg Veit und starrte vor sich hin. Christian musterte ihn und erkannte einen Zug von Trauer im Gesicht seines Gegenübers. Der Ritter Veit von Ribbeck war offensichtlich ein unglücklicher Mensch.

»Bereits für meinen Vater war alles, was man von den Rittern erzählte, nur noch ein Ammenmärchen«, sagte Veit schließlich. Er hielt den Kopf gesenkt und betrachtete seinen Becher. »Gewiss, auch er wurde Herr und Ihr genannt und nicht Gesell und du wie ein Knecht. Er hatte einen Schild und ein zweischneidiges Schwert, einen Harnisch, ein Kettenhemd und Panzerstrümpfe, aber wofür, frage ich dich? Und zu welchem Zweck habe ich es geerbt? Meine Altvorderen haben an den Kreuzzügen teilgenommen. Sie ritten zu Turnieren und maßen ihre Kräfte mit anderen Rittern, indem sie diese entweder mit der Lanze vom Pferd stießen, oder ihr Speer drang in die Rüstung des Gegners ein und zersplitterte – mit beidem errang man den Sieg! Und wenn ihnen jemand zu nahe trat, warfen sie ihm den Fehdehandschuh zu. Ehre war damals ein großes und bedeutungsvolles Wort. Ehre, Treue, Mut, so lautete der Ritterkodex. Und dann der Frauendienst ... Schau dir an, was davon übrig geblieben ist. Meine Ehre ist die eines besseren Bauern, mein Schwert ist schartig geworden, und für wen soll ich einen Minnegesang verfassen? Für eine Magd mit schmutzigen Füßen? Nur einen Vorteil habe ich davon, dass ich Herr auf Gut Ribbeck bin. Meine Vorfahren waren arme Schlucker. Ich habe mehr Geld, als ich jemals verbrauchen kann, und seitdem ich Pferde züchte, vermehrt es sich unaufhaltsam.«

»Aber das ist doch ...«

»Gar nichts ist das! Geld ist nichts wert ... Kann ich mir bei den Krämerseelen Ehre kaufen? Welchen Mut verlangt es mir ab, die Pacht zu kassieren? Und wo ist das Edelfräulein, um dessen Hand ich anhalten könnte? Nein, Christian, du siehst vor dir einen einsamen, verbrauchten Dummkopf, der niemandem nützt. Die Kohlköpfe wachsen ohne mein Zutun, und die Stuten werfen Fohlen selbst dann, wenn ich wochenlang betrunken bin.«

Melchior kam für einen Augenblick zu sich, hob den Kopf und stierte aus glasigen Augen in den Raum. Ob er überhaupt etwas wahrnahm, war zweifelhaft. Er seufzte, murmelte in seinen Flaum, drehte sich um und schlief wieder ein.

»Verschwinde von hier, Christian«, sagte der Ritter mit plötzlicher Leidenschaft. »Du bist ein anständiger und redlicher Kerl. Du hast eine Zukunft. Dein Freund Melchior, der ist im tiefsten Herzen noch viel älter als ich. Er hat sich die Taschen voll gelogen mit diesem Hussitenkram ... Geh, Christian! Sofort! Rette wenigstens deine Seele.«

»Ohne Melchior gehe ich nicht.«

»Die Hussiten kommen!«, rief Ritter Veit und brach erneut in ein irres Gelächter aus.

»Unser Kurfürst Friedrich wird sie schon aufhalten«, sagte Christian, ohne davon überzeugt zu sein.

»Was weißt denn du vom Kurfürsten? Ich werde dir jetzt einen Witz erzählen, der gar nicht komisch ist. Einen Treppenwitz ...«
»Den will ich nicht hören.«
»Du bist ein wacher Bursche, Christian.« Der Ritter leerte seinen Becher auf den von Essensresten und Urin glitschigen Boden. »Aber du hast immer noch Illusionen ... Ich hätte auch gern welche, ja, wirklich! Etwas, woran ich glauben kann ... Hör zu!«
»Nein!«
»Unser geliebter Kurfürst ... Ich habe ihm mal einen Eid geleistet, vor tausend Jahren, mindestens ... Friedrich der Erste hat einen seiner Söhne, der auch Friedrich heißt, im zarten Alter von sieben Jahren an den polnischen Hof gegeben. Warum, willst du wissen? Weil er auf die polnische Krone spekulierte. Friedrich junior sollte die Königstocher Hedwig heiraten, zuvor allerdings die Sprache ... sie besteht ausschließlich aus Zischlauten ... also die Sprache lernen und die Hofsitte. Tja, elf Jahre hat der arme Kerl in Krakau ausgehalten, wollte Papa alles recht machen. Und nun? Hedwig ist tot, vergiftet von ihrer Stiefmutter, die die Krone für ihren Sohn beanspruchte. So ist die Welt, Christian! Sie ist ein Schweinestall. Nein, falsch, Schweine haben mehr Seele als die Menschen. Vielleicht ist auch Gott ein Schwein. Das würde ihn mir sehr sympathisch machen ...«
»Ihr versündigt Euch!« Christian schrie es. »Und es gibt auch Güte! Es gibt sie.«
»Wo?«

3

Ein Markgraf war nur von Verbrechern umgeben. Alle hingen sie an ihm und saugten ihn aus, weil sie glaubten, er hätte Geld. Er hatte aber keins. Jedenfalls nur wenig. Zumindest nie genug.
Die größten Verbrecher waren die Klosterbrüder. Soeben hatte Johann eine Wagenladung Kalkstein aus Rüdersdorf erworben, und

das Kalkbergwerk gehörte dem Zisterzienserkloster Zinna. Der Cellerar, verantwortlich für die Geschäfte der sauberen Brüder, hatte Johann über den Tisch gezogen; davon war der Markgraf überzeugt. Doch er benötigte den Kalkstein dringend. Wenn man ihn mit Schwefelsäure aufkochte, kam vielleicht Gold dabei heraus. Oder zumindest Silber. Auch aus Silber konnte man Münzen prägen. Und wenn man an den Geldstücken ein bisschen feilte, hier ein Stäubchen und da ein Stäubchen abtrug, konnte man sich endlich einmal an den Untertanen rächen und die Betrüger betrügen.

Markgraf Johann feixte. Diese Klöster waren doch verdammt wohlhabend. Den Zisterziensern von Zinna gehörte auch das Hammerwerk in Scharfenbrück, und mit ihren Getreideexporten bis nach Hamburg verdienten sie Unsummen. Vielleicht konnte man ihnen etwas abzwacken.

Als Johann an Hamburg dachte, war der Frohsinn dahin. Das war auch so eine verflixte Hansestadt: wie Perleberg, Stendal, Havelberg, die beiden Brandenburg, Frankfurt an der Oder, wie Berlin und Cölln. Und das waren nicht einmal alle im Machtbereich des Markgrafen, der sich bis Hamburg natürlich nicht erstreckte – Gott sei Dank! Diese Städte waren reich, reich und nochmals reich. Johann nagte am Hungertuch.

Irgendwie sah der Kalkstein nicht danach aus, als ob sich aus ihm Gold oder zumindest Silber machen ließe. Nichts sagend sah er aus. Gewöhnlich. Der Markgraf tippte pessimistisch gegen die Flasche mit der Schwefelsäure.

Nächste Woche wollte er nach Tangermünde reisen, um Hofgericht zu halten. Tangermünde war auch Hansestadt, aber Johann liebte es. Es war seine zweite Residenz neben Spandau, wohin er seine Kanzlei von Berlin aus hatte verlegen lassen, um die Berliner zu ärgern. Deren Ärger war aber nur sehr mäßig ausgefallen; es schien den frechen Stadtbürgern ganz egal zu sein, wo ihr Landesherr residierte.

Tangermünde, dachte Johann, dort war König Sigismund aufgewachsen, der Sohn Kaiser Karls IV., der Anno 1356 mit der Goldenen

Bulle ein für allemal die Versuche der Päpste zurückgewiesen hatte, sich in die deutsche Königswahl einzumischen. Das beeindruckte sogar Johann von Brandenburg. Gesetze, die sich jegliche Einmischung in seine Politik verbaten, hätte auch er liebend gern erlassen, obwohl sie nicht notwendig waren, schließlich machte er keine Politik. Aber pro forma – schaden konnte es nicht. Er war noch jung, vielleicht würde er eines fernen Tages doch Politik machen, womöglich sogar Reichspolitik wie sein Vater.

Jetzt machte er erst einmal Gold.

Mit Silber wäre er auch zufrieden. Und auf Tangermünde freute er sich. Ein bisschen Hofgericht halten über den Adel, der genauso selbstbewusst auftrat wie die Städte, obwohl der Vater diesen Herren auf den Schädel gehauen hatte, aber das war schon lange her. Und vor allem: sich endlich von den Staatsgeschäften erholen.

Eine graue Maus huschte ins Laboratorium. Sie hatte einen beachtlichen Akt dabei, also würde es wohl wieder viel zu siegeln geben.

»Was ist?«

»Gnädiger Herr, die Vorstädte Frankfurts brennen.«

»Und wer hat sie angesteckt?«

»Die Hussiten, Herr.«

»Ich dachte, wir klopfen ihnen auf die Finger …«

»Nun ja, Euer Gnaden, die Euch durch Lehnseide verbundenen Untertanen … mehr natürlich Eurem Herrn Vater verbunden, wenn Gnaden gestatten …«

»Gnaden gestatten«, sagte der Markgraf, obwohl ihn diese Bemerkung zwiebelte: Der Kurfürst kümmerte sich seit Jahren um die Mark noch weniger als er selbst.

»Also sie wollen nicht ins Feld ziehen«, sagte der Kanzlist.

»Aber die Eide …«

»Hat man Eurem Vater geleistet, mit allergnädigster Erlaubnis, und der erlauchte Kurfürst scheint … wenig bereit.«

»Hast du ein Schreiben vorbereitet?«, fragte der Markgraf, obwohl er die Antwort kannte.

»Selbstverständlich, Herr.«
»Wie viele Seiten?«
»Zehn, Euer Gnaden. Und sehr dringlich formuliert.«
»Das ist gut.« Aus Kalkstein konnte man bestimmt kein Gold machen. Aber man konnte Magnesium verbrennen, und das machte Spaß. »Wo soll ich siegeln?«
»Dort, Herr.« Der Kanzlist wies auf Seite zehn. »Es ist immer dieselbe Stelle.«

4

»Niklas«, sagte Christian, »mein Schwiegervater ... mein künftiger Schwiegervater, so Gott will, seine Frau Anna und Gretlin, das sind gute Menschen.«
»Immer? Von Sonnenauf- bis Sonnenuntergang?«
»Kann man das verlangen?«
»Nein.« Ritter Veit erhob sich unter großen Mühen von der Lagerstatt. »Kann man nicht. Gott hat die Niedertracht in unsere Herzen gesenkt, um uns zu prüfen. Ich habe die Prüfung nicht bestanden. Na und? In der Hölle ist es warm.«
»Aber bei Gott ist die Herrlichkeit«, sagte Christian.
»Wie langweilig!« Der Ritter von Ribbeck legte seine Hand auf Christians Schulter.
»Mehr Wein!«, rief Melchior, der erwacht war, sich jedenfalls in einem Zustand befand, der Wachheit ähnelte.
»Ich habe lange keinen Menschen so geliebt wie ihn«, sagte Veit. »Er ist mir wie ein Sohn, und deshalb nimm ihn von mir. Nimm ihn mit!«
»Ja, aber wie?«
»Du hast selbst gesagt, dass du ohne ihn nicht gehen wirst. Also lass dir etwas einfallen ...«
»Herr! O Herr!« Eine der Mägde oder Bauersfrauen, die dem Ritter zu Diensten stehen mussten, kam eilig in den Saal gelaufen. »Da ist ein Bote für Euch. Ein Bote vom Markgrafen.«

»Ach herrje! Was will er?«
»Er hat ein Schreiben für Euch, Herr.«
»Na, da bin ich aber gespannt«, sagte der Ritter und straffte seinen Körper.

5

Kurfürst Friedrich I. hatte Mechthild Gesangs Forderung akzeptiert. Er hatte sich sogar in höchsteigener Person mit der Kreditsache befasst und Mechthild einen Brief geschrieben, in dem er den Wunsch zum Ausdruck brachte, dass sie ihn doch, wenn er sich in seiner Mark aufhalte, besuchen möge. Der Brief war blabla, Friedrich würde nie wieder in die Mark kommen, weil sie ihm verleidet war und weil er andere Ambitionen hegte. Es hieß allgemein, dass ihn die Krone interessiere. Ein Schreiben von einem Mann zu besitzen, der auf die Krone spekulierte, war Gold wert.
Und doch war Mechthild unzufrieden. Sie schloss den Brief in den Wandschrank und rief nach dem Knecht. Wein sollte er ihr bringen, guten Rheinwein. Den hatte sie sich verdient.
Noch immer war es ihrem Bruder nicht gelungen, der Öffentlichkeit den Mörder von Apel Bauchspieß zum Fraß vorzuwerfen.
Mechthild hatte den Markgrafen dafür bezahlt, dass er Maximilian mit dem Schulzenamt belehnte, und das hatte nicht wenig gekostet. Der Einsatz reute sie nicht. Einen Richter in der Familie zu haben, war nie ein Fehler. Aber die Sache ging einfach nicht voran. Im Gegenteil, es sah aus, als ob sie schief ginge.
Mechthild Gesang hatte Apel Bauchspieß geliebt. Mit ihrem verstorbenen Mann, mit Johann Heinrich Gesang, war sie von ihrem Vater aus geschäftlichen Gründen verheiratet worden, aber in den acht Jahren ihrer Ehe hatte sie sich an ihn gewöhnt. Leidenschaft war nicht im Spiel gewesen, aber freundschaftliches Gefühl. Gesang hatte sie in seine Geschäfte eingeweiht, bis er auf ihre Mithilfe nicht mehr verzichten konnte. Mechthild hatte sehr rasch begriffen, wie

man ein Unternehmen führt. Immer mehr Entscheidungen hatte Johann Heinrich ihr überlassen; er repräsentierte die Handelsgesellschaft nach außen, sie erledigte den Großteil der Arbeit. Dann war er plötzlich auf den Tod erkrankt.

Man hatte den Stadtphysikus hinzugezogen, eine Heilkundige und am Ende sogar Meister Rosenkranz. Keiner von ihnen hatte eine Diagnose stellen können, wenn man die allbekannte Diagnose *Gottes Wille* überging. Am ersten Tag der Karwoche hatte sich Gesang ins Bett gelegt, und am nächsten Morgen hatte es ihn nicht mehr gegeben.

Aber das Geschäft, das gab es weiterhin.

Und das Geschäft würde es immer geben, wenn Mechthild es nicht fremden Händen überließ.

6

»Die Hussiten verwüsten den Ostteil der Mark«, sagte Ritter Veit und wedelte mit dem markgräflichen Schreiben. Zehn Seiten hatte sich der Landesherr abgerungen, um seine adligen Untertanen an ihre Lehnseide zu erinnern. Wie üblich begann der Brief mit »Wir, Johann, von Gottes Gnaden Markgraf von Brandenburg, tun hiermit kund«, und dann folgte ein ellenlanges Lamento über Untreue im Allgemeinen und die Untreue der Landeskinder im Besonderen, die so wenig Lust verspürten, sich gegen die Ketzer zur Wehr zu setzen. Nicht einmal die Hussitensteuer wollten sie entrichten, weil die Ketzer ja weit weg waren, in Böhmen und Mähren, in Ungarn und Schlesien oder in der Lausitz. Aber nun waren sie in der Mark! Doch dort waren sie im Frühjahr Anno 1428 schon einmal gewesen. Auch damals hatte sich niemand bereit gefunden, das Hussitengeld zu zahlen, aber irgendwie waren die Ketzer doch wieder verschwunden. Warum also sollte man ein Fähnlein Kämpfer aufstellen und es mit Kriegsgerät ausrüsten, wenn die Vorstädte Frankfurts brannten? Damit konnte Frankfurt selbst fertig werden, oder auch

nicht. Was ging denn einen märkischen Landedelmann diese Oderstadt an? Außerdem kosteten bewaffnete Männer Geld.
Der Ritter war hin- und hergerissen. Er erinnerte sich, bereits ein ähnliches, aber weniger eindringliches Schreiben aus Spandau erhalten und es sofort zerfetzt zu haben. Jetzt mahnte der Markgraf aber nicht nur die Treuepflichten seiner Lehnsnehmer an, er drohte sogar mit dem Hofgericht. Das war nicht weiter wichtig, vor dem Hofgericht konnte man sich freikaufen. Aber Veit von Ribbeck sah endlich eine Möglichkeit, sich für einige Zeit nicht mit Rüben, Gerste, Kohl und Pferden befassen zu müssen. Auch hatte er sich vom Waffenschmied in Nauen ein nagelneues Schwert machen lassen, das blinkte und glänzte und aussah, als wolle es Blut saufen.
Vielleicht konnte Veit das absterbende Rittertum neu beleben, indem er tat, was der Markgraf verlangte, und zu den Waffen griff. Zuerst einmal griff er nach dem Becher.
»Melchior!«, rief er. Der Bäckersohn blinzelte unter einem Berg von Weiberkleidern hervor. »Vielleicht ziehe ich in den Krieg. Gegen deine Freunde …«
»Jetzt?«
»Ich muss erst einmal eine Mannschaft ausrüsten.« Veit von Ribbeck fühlte sich wie neugeborenen.
»Ach so.« Melchior wühlte sich wieder in die Kleider.
»Gegen die Hussiten«, sagte der Ritter.
»Mhm, ja …«
»Hus-si-ten!«
»Ich bin müde.«
»Vielleicht kannst du mich begleiten«, schlug Veit vor.
»Müde … schlafen …«
Mit Melchior war überhaupt nichts anzufangen.

7

Die Dienstleute Rupert und Martha hatten bei einem Kaufmann in Friesack eine Arbeit gefunden. Den Handelsherrn Friedhelm Prignitzer störte nicht, dass er ein in Sünde lebendes Paar anstellte, das obendrein noch zwei – wie er annahm – gemeinsame Söhne versorgen musste. Schließlich handelte es sich nur um Gesinde. Da Rupert und Magda offenbar eine Vergangenheit hatten, über die sie nicht sprechen wollten, konnte Prignitzer den Lohn auf ein Mindestmaß herunterschrauben. Die beiden bekamen für zwanzig Stunden täglicher Arbeit Kost und Unterkunft. Um die Bälger mussten sie sich selber kümmern.

Zum ersten Mal seit längerer Zeit hatte Prignitzer zumindest in Bezug auf sein Personal das Gefühl, sich ebenso ausgekocht verhalten zu haben wie die Handelsherren der großen Städte.

Das Gefühl hielt zwei Tage an. Dann standen plötzlich drei bewaffnete Männer vor seiner Tür, die nicht aussahen, als wäre mit ihnen gut Kirschen essen.

»Wo sind sie?«, fragte ihr Anführer.

»Wer?«

»Prignitzer«, sagte der Anführer betont gelangweilt, »du beherbergst Verbrecher. Wo?«

»Im Kuhstall.«

»Kennst du das?« Der Anführer hielt Friedhelm Prignitzer einen Rosenkranz vor die Nase. Das Paternoster bestand aus Ebenholzperlen, die man auf eine silberne Kette gefädelt hatte. »Haben wir soeben bei deinem neuen Gesinde gefunden.«

»Aber Ihr wart doch noch gar nicht in meinem Haus«, sagte der Kaufmann, der eigentlich nur ein zu Wohlstand gekommener Krämer war und entsetzliche Angst hatte.

»Jetzt schon.« Der Anführer schob ihn zur Seite.

8

Die Zwiespältigkeit des markgräflichen Schreibens wurde Veit von Ribbeck erst klar, als er nüchtern war. Offenbar wusste in der Spandauer Kanzlei die eine Hand nicht, was die andere tat. Die linke suchte Veit als Räuber, die rechte forderte ihn zum Waffengang. Eine Methode war in dem Irrsinn nicht zu erkennen.
Ritter Veit war fröhlich, denn er hatte sich entschieden. Der erste Teil seines Beschlusses bestand darin, den Wein in den Keller zu verbannen. Dann ließ er sein Haus auf Vordermann bringen, und er verwies jeden Rock zu Heim und Herd zurück, die Mägde ausgenommen. Er gab bei seinem Hofschmied und in Nauen Schwerter und Lanzen in Auftrag, er wählte zwölf der stärksten Männer zu Angehörigen seiner Schar und veranstaltete täglich Waffenübungen, wobei ihm ein Buch seines Großvaters über die anfängliche Unkenntnis hinweghalf. Veit befahl, die Pferde mit einer doppelten Ration Hafer zu versorgen, denn als Ritter wollte er natürlich hoch zu Ross an der Seite seines Lehnsherrn in den Kampf ziehen; das war er seiner Ehre schuldig. Gut Ribbeck war nicht wieder zu erkennen. Ein neuer, frischer Geist war eingezogen. Unter dem einer besonders litt: Melchior. Und der einem ausnehmend gut gefiel: Christian.
Aber Melchior war jung und anpassungsfähig. Nachdem der Ritter ihm Wein und Weib verboten hatte, grollte er noch ein paar Tage, dann war er der Alte. Sogar Reden hielt er wieder und erzählte den Bauern, die über Nacht zu Kriegern geworden waren, was sie nicht hören wollten und nicht hören sollten. »Ich danke dir, Christian«, sagte Melchior eines Abends an der Tafel des Herrn von Ribbeck. Seitdem der Ritter den Drang in sich spürte, höheren Staatsaufgaben zu dienen, wurde auf Gut Ribbeck wieder regelmäßig gegessen.
»Wofür?« Christian griff auf die Platte mit der gebratenen Fasanenbrust.
»Dass du mir geholfen hast, diesem Lotterleben zu entkommen.«

»Lotterleben? War das ein Lotterleben?« Veit legte sich gesottene Ochsenzunge auf und zwinkerte Christian zu. »Und wenn du schon jemandem danken willst, dann danke dem Markgrafen. Zehn Seiten hat er fabriziert oder fabrizieren lassen, um an meine Ehre zu appellieren.«
»Eure Ehre ist zehn Seiten wert?« Melchior kicherte.
»Sie ist ein ganzes Buch wert«, sagte der Ritter und hieb seinem Knappen auf die Schulter.

9

»Ein Veit von Ribbeck hat sich erboten, Euer Gnaden mit einem Dutzend Berittener zur Seite zu stehen«, erklärte der Kanzlist.
»Wobei?« Markgraf Johann hatte nach einem äußerst peinlichen Zwischenfall die Versuche aufgegeben, Gold zu machen. Seine derzeitigen Experimente dienten allein dem Zweck, ein Mittel für die ewige Jugend zu finden, und das galt noch viel mehr als Gold oder Silber.
»Wir verteidigen die Mark.«
»Wir?«
»Ihr, Gnaden.«
»Gegen Ketzer, nicht wahr?«
»Euer Gnaden sagen es.«
»Das ist doch aber sehr nett von diesem Ritter, dass er sich Uns anschließen will.«
»Sicher. Nur, da gibt es eine Akte …« Der Kanzlist wand sich. Das gefiel dem Markgrafen. Irgendetwas war im Busch.
»Akten gibt es immer«, erwiderte Johann und zerstampfte sieben Krötenherzen im Tiegel. Das roch nicht gut.
»Eine Akte … Ich habe sie Euer Gnaden nicht mitgebracht, weil sie achtundvierzig Seiten umfasst … Also eine Akte sagt, dass dieser Ritter womöglich … Gott, er ist ein Herr, vielleicht irrt man sich … Er soll ein Räuber sein!« Der Kanzlist atmete aus.

»Muss ich etwas siegeln?« Markgraf Johann gab ein paar Tropfen vom Blut eines Hingerichteten auf die zerstampften Krötenherzen, das er einem Rathenower Scharfrichter abgekauft hatte. Das Blut war zähflüssig und roch noch schlechter.
»Ihr werdet ... eine Entscheidung fällen müssen.«
»Wir halten in zwei Tagen Hofgericht.«
»Aber dann ist es zu spät.«
»Was soll ich denn entscheiden?«
»Wie einem Landesherrn von Gottes Gnaden beliebt.«
»Wo stehen die Hussiten?«
»In der Nähe von Bernau.«
»So nahe schon?«
»So nahe, Gnaden.«
»Na, dann ... weist den Ritter an, dass er sich zur Verteidigung von Bernau einfinden soll.«
»Eine wahrlich landesherrliche Entscheidung«, sagte der Kanzlist. »Aber da ist noch diese Akte ...«
Markgraf Johann starrte in den Tiegel. Nichts geschah, rein gar nichts.
»Verbrennt sie!«
»Was?«
»Verbrennt die Akte«, sagte der Markgraf, den dieses ganze Gerede nervös machte. Seine Experimente scheiterten, und nur darauf kam es an.
»Das geht nicht, Herr!«
»Was geht nicht?« Nichts ging, aber das begriff ein Schreiberling natürlich nicht.
»Akten werden archiviert«, sagte der Kanzlist mit einem Anflug von Stolz.
»Dann, im Namen des Herrn, archiviert sie!«, befahl Markgraf Johann, dem nichts gleichgültiger war als ein Akt, den er nicht siegeln musste.

10

An einem sonnigen, aber kühlen Märzmorgen ging es abermals ans Abschiednehmen. Christian schwang sich auf den Rücken seines Hengstes Pribislaw, Melchior auf eine schwarze Stute, die der Ritter ihm geschenkt hatte und die auf den französisch klingenden Namen Charlotte hörte. Veit von Ribbeck hatte seinen so genannten Knappen nicht bewegen können, an seiner Seite gegen die Hussiten zu Felde zu ziehen. Der Bäckersohn war zu seinen ursprünglichen Absichten zurückgekehrt. Am Abend zuvor hatte Veit von Ribbeck Christian beiseite genommen und ihm einen Beutel mit fünf Gulden überreicht. Das war eine Menge Geld.

»Die Vorstellung, Melchior auf dem Schlachtfeld gegenüberzustehen, gefällt mir nicht«, hatte Veit gesagt. »Nimm ihn mit dir nach Berlin und sorge für Ablenkung. Melchior tut zwar so, als würden ihn die Frauen und der Wein nicht mehr interessieren, aber ich traue dem Frieden nicht. Er ist auf den Geschmack gekommen … Lieber Christian, tue alles, um ihn von seiner Wahnidee abzubringen. Kaufe ihm Huren und fülle ihn randvoll ab, bis der Waffengang beendet ist.«

Das hatte Christian dem Ritter versprochen.

Melchior sah ganz munter aus auf dem Rücken von Charlotte. Es würde schwer werden, seinen Plan zu durchkreuzen, aber Christian war bereit, es zumindest zu versuchen. Melchior war sein Freund, er sollte nicht auf dem Schlachtfeld verbluten, von der Hand eines Gefolgsmanns des Ritters schon gar nicht.

Abschiede waren immer betrüblich. Als Christian und Melchior ihren Pferden in die Seite traten, um sie zum Galopp anzuspornen, wandte Veit sich ab. Auch Christian hatte einen Kloß im Hals. Aber er freute sich auf die große Stadt Berlin.

11

Die beiden jungen Männer nahmen die Handelsstraße, die von Magdeburg kommend über die Neustadt Brandenburg sowie über Nauen und Spandau nach Berlin und weiter nach dem Osten führte, über Frankfurt bis nach Posen. Sie überholten mehrere Kolonnen von Planwagen, mit denen Kaufleute ihre Handelsgüter in das Haupt der Mark brachten, wobei nicht ganz sicher war, ob sie dieses Ziel tatsächlich hatten: Einen Markt gab es auch in Spandau.

Die markgräfliche Residenzstadt bekamen die munteren Reisenden nur aus der Ferne zu sehen. Christian hätte sich gern in dem Ort umgeschaut, in dem die Kanzlei des Johann von Brandenburg ihren Sitz hatte und wo sich der Markgraf häufig und wohl auch am liebsten aufhielt, sah man von Tangermünde ab. Allerdings hätte das Betreten der Stadt bedeutet, ein Portaticum entrichten zu müssen, und die Gulden des Ritters wollte Christian für Wichtigeres einsetzen. Melchior hatte er von dem Geld nichts erzählt, das er in seinen Mantel eingenäht hatte, jede Münze einzeln, damit ihr Klang sie nicht verriet.

Ein wenig erinnerte Spandau ihn an Havelberg. Die Stadt lag ebenfalls auf einer Insel, gebildet von der Havel und dem Mühlengraben, die Stadtpfarrkirche Sankt Nikolai überragte alle anderen Gebäude, doch Spandau schützte sich mit einer Stadtmauer, mit Wehrtürmen und Toranlagen gegen unerwünschte Gäste; insofern gemahnte es eher an Rathenow. An Rathenow aber dachte Christian nicht gern.

Melchior und er schlugen einen Bogen um den für die Geschicke Brandenburgs so wichtigen Ort. Als sie die Havel überquerten, entdeckten sie flussabwärts die Mündung der Spree. Die Spree, das klang bereits nach der Doppelstadt Berlin und Cölln. Für Christian war dies ein erhebender Moment. Am meisten beeindruckte ihn jedoch der Umstand, soeben an der Residenz des Markgrafen vorbeigeritten zu sein. Der ehemalige Geselle wusste nicht allzu viel über die politischen Verhältnisse in der Mark, obwohl auch die Geschicke seiner Heimatstadt von ihnen bestimmt wurden. Der Vater des Markgrafen war immerhin Kurfürst und verkehrte mit dem König. Auch über die Gepflogenheiten am Hof des Königs war Christian nicht unterrichtet. Die Kurien von Kurfürsten und Königen, ja selbst der Hof des Bischofs von Havelberg, der sich in Wittstock befand, waren weiter entfernt von ihm als Gott. Gott konnte man im Herzen tragen, und das konnte man nicht bloß, das sollte man auch. Bischöfe, Fürsten oder gar der König waren Personen, die jenseits des Erfahrbaren ihre unerforschlichen Kreise zogen, höchstwichtige Würdenträger, von denen das Wohl und Wehe aller abhing, und dennoch Wesen aus einer unbekannten und unerreichbaren Welt. Sie existierten irgendwo im Nirgendwo.

Was Christian, der gern die Gespräche gebildeter Männer belauschte, allerdings begriffen hatte: Das Heilige Römische Reich hatte keine Hauptstadt. König Sigismunds Vater, der von vielen bewunderte Kaiser Karl, hatte von Prag aus regiert. Auch seinem Sohn Wenzel, den man allgemein für unfähig hielt, hatte Prag viel gegolten, obwohl es ihm nach und nach verleidet worden war wegen seines unmöglichen Spreizschritts zwischen den Hussiten und dem Papst. Sigismund hingegen liebte Prag nicht. Er hielt sich am liebsten in Ofen auf, so fern vom Reich wie möglich. Ofen lag irgendwo in Ungarn, denn König von Ungarn war Sigismund auch. Deshalb hatte dieses Ofen einen ungarischen Namen.

»Melchior?«, rief Christian. Der Bäckersohn ritt voraus, am Ufer der Spree entlang, die wegen ihres geringen Gefälles zur Ausbildung von Mäandern und seenartigen Buchten neigte. Der belesene Hussitenfreund musste es doch wissen.

»Ja?« Melchior schaute über die Schulter.

»Wie heißt Ofen auf Ungarisch?«

»Also du kommst auf Gedanken …«

»Das geht mir gerade durch den Kopf«, sagte Christian ein wenig beschämt und streichelte den Hals von Pribislaw. Der Hengst schnaubte zufrieden. »Weil unser König doch so oft in Ofen ist …«

»Unser König!« Melchior spie auf den Boden. Er hielt Sigismund für ebenso ungeeignet wie dessen Bruder. Christian bewunderte ihn, einfach weil er König war – *das* wurde man nicht durch Bücherwissen. »Christian Eichkatz, der meine Schwester entjungfert hat und darüber tief gefallen ist, ist ja so was von bildungsbeflissen … Am Ende wird er noch Magister«, flachste Melchior.
»Du weißt es nicht.«
»Doch. Die Ungarn nennen Ofen Buda.«
»Wie?«
»Bu-da!«
»Komischer Name«, sagte Christian.
»Ist ja auch ein komischer König«, erwiderte Melchior.

12

Der Brandenburger Schöppenstuhl, dem die Rathenower Angelegenheiten mittlerweile ebenso lästig waren wie dem Rat der Stadt, hatte die peinliche Befragung von Rupert und Magda bewilligt. Am meisten freute sich Meister Rosenkranz über diesen Beschluss. Er zog alle Register. Martha starb am dritten Tag.
Stadtschulze Maximilian Schwarz wohnte den Verhören nicht bei. Er hatte einen Schöffen beauftragt, das Protokoll zu führen, und sich in seinem Haus versteckt, das er tagelang nicht verließ. Die Schreie der Gefolterten wollte er nicht hören.
Aber Rosenkranz war ein Meister seines Fachs. Ganz Rathenow hörte sie.
Schließlich gestand Rupert, seinen ehemaligen Herrn Apel Bauchspieß wegen eines eher billigen Paternosters getötet zu haben.
Bürgermeister Wolf war zufrieden. Der Rat war zufrieden. Heinrich Wohlgemuth atmete auf.
Ende März Anno Christi 1432 tagte das Schöffengericht unter dem Vorsitz des Stadtschulzen und verurteilte den Dienstmann Rupert zum Tode. Das Urteil wurde öffentlich verkündet, aber nicht sofort

vollstreckt, da der Verurteilte beim Landesherrn ein Gnadengesuch eingereicht hatte.

Zwei Dinge fielen den Rathenower Bürgern und Beisassen bei der Urteilsverkündung auf. Der Mörder konnte nicht gehen, weil er keine Füße mehr hatte – sie waren verbrannt. Und der Schulze hatte ein Gesicht, das grau war wie Asche.

13

Vor dem Spandauer Tor mussten Christian und Melchior lange warten. In Berlin war offenbar Markttag, denn anders waren die vielen Kaufleute und Krämer, Bauern und Fuhrleute, die allesamt Einlass begehrten, nicht zu erklären. Auch Gesindel trieb sich vor dem Tor herum, Bettler ohne Marke, die eine milde Gabe notfalls stehlen würden, Beutelschneider, Wahrsager, Tagediebe und halbnackte Knaben, die nur ein Ziel kannten: Unwissenden oder Unvorsichtigen das Geld aus der Tasche zu ziehen.

Melchior und Christian wirkten sicher nicht wohlhabend, aber da sie Pferde besaßen, hielt man sie immerhin für zahlungskräftig. Das war der Grund, dass ein Kaufmann, der zwei Planwagen begleitete, sich an Christian wandte. Ihn langweilte das Warten vor dem Tor, und er suchte ein Gespräch.

»Wohin des Wegs, Jünglinge?«, fragte er.

»Nach Berlin«, antwortete Christian.

»Das sehe ich.« Der Kaufmann lachte.

»Und weiter noch«, sagte Melchior. »Ich will ...«

»Bitte, sei still!«, zischte Christian ihm zu.

»Was will er?«

»Wir wollen hier in Berlin unser Glück versuchen«, sagte Christian schnell.

»Das ist genau der richtige Ort für unternehmungslustige junge Burschen«, meinte der Kaufmann. »Hier liegt das Glück fast auf der Straße. Man muss es nur erkennen ... und sich bücken.«

VIERTES KAPITEL
Bernauer Bier und heißer Brei machen die Mark hussitenfrei

1

Nachdem Melchior und Christian das Torgeld bezahlt hatten, durften sie Berlin betreten. Eine hohe Mauer umgab die Stadt. Wie Christian beim Warten vor dem Spandauer Tor festgestellt hatte, bestand die untere Schicht der Mauer aus Feldsteinen, während die Krone aus Backstein gemauert worden war. Ein hölzerner Wehrgang befand sich auf der Stadtseite. Auf der Feldseite umliefen zwei breite Wassergräben die Stadt, zwischen denen ein Erdwall aufragte. In Berlin war man offensichtlich ebenso sicher wie in Abrahams Schoß.

Ein paar Klafter hinter dem Tor lag rechter Hand das Heilig-Geist-Spital, in dem die beiden jungen Männer um ein Quartier nachsuchten. Doch im Spital waren nicht nur alle Betten belegt, selbst auf dem Boden ruhten Menschen, die vor allem aus den östlichen Teilen der Mark stammten. Sie waren entweder vor den Hussiten geflohen oder unternahmen eine Wallfahrt nach Wilsnack, wo sie Gott um Beistand gegen die böhmischen Ketzer anrufen wollten. Das konnte man zwar auch in jedem beliebigen Gotteshaus, aber da viele die Heimsuchung durch das Hussitenheer als Strafe des Herrn auffassten, hofften sie durch eine Pilgerreise mit ihren Sünden auch diese Strafe loszuwerden.

Der Pförtner des Heilig-Geist-Spitals verwies Christian und Melchior an den Gasthof *Zum heiligen Nikolaus* in der Kirchgasse bei Sankt Nikolai. Es gäbe zwar noch zwei weitere Spitäler außerhalb der Stadt, das Georgenspital vor dem Oderberger und das Gertraudenhospital vor dem Teltower Tor der Schwesterstadt Cölln, die seit

Anno Domini 1307 mit Berlin eine Union bildete, doch in diesen Herbergen sähe es nicht besser aus als im Haus des Heiligen Geistes. Der Gasthof in der Kirchgasse sei zwar nicht billig, aber man nächtige dort ohne die lästige Gesellschaft von Läusen und Wanzen, und die Küche könne sich sehen lassen.

Mit ihren Pferden am Zügel machten sich die Havelberger auf den Weg. Sie gingen die Spandauer Straße entlang und erreichten den Neuen Markt mit dem Kramhaus. Der Turm der Marienkirche, der eingerüstet war, begrüßte sie mit einem Fingerzeig in Richtung Gottes. Einen Block weiter stießen sie auf das Berliner Rathaus, einen rechteckigen Backsteinbau mit zwei Obergeschossen. Spitzbogige Fenster sorgten für Licht im Inneren. Dem Rathaus war eine quadratische Gerichtslaube vorgesetzt, und zwar an der westlichen Stirnseite, sodass man sie von der Spandauer Straße aus sehen konnte. Christian wusste nicht, wie er es auffassen sollte, dass er eine Viertelstunde nach Eintritt in die Stadt die Stätte des Gerichts zu sehen bekam – ob als Zeichen weltlicher Gerechtigkeit oder als Drohung.

Zweierlei fiel dem ehemaligen Bäckergesellen auf. Der Teil Berlins, den sie bisher durchquert hatten, war nach einem streng geometrischen Prinzip angelegt worden: Parallel zur Spree verliefen die großen Straßen, die von kürzeren Gassen in beinahe rechtem Winkel geschnitten wurden. Fast wie ein Schachbrett kam ihm dieses Stadtviertel vor. Beim Rathaus wiederum kreuzten sich die Fernhandelswege, die Straße, auf der sie von Nordwesten gekommen waren, mit jenem Weg, der nach Osten führte und innerhalb der Stadt Oderberger Straße hieß. Er führte auf ein Tor mit einem mehrstöckigen Torturm zu, der selbst aus einiger Entfernung wuchtig und nahezu bedrückend wirkte.

Außerdem bemerkte Christian, dass die meisten Häuser, die wenigen aus Stein und die vielen aus Fachwerk erbauten, recht neu wirkten. Keines schien älter zu sein als ein halbes Jahrhundert. Aber Berlin war eine alte Stadt. Waren die Berliner so reich, dass sie sich alle fünfzig Jahre neue Häuser bauten?

Dann war Christian in dieser Stadt richtig. Als aufgeweckter und lernbegieriger Bursche würde er seinen Schnitt machen, um Gretlin eine bessere Zukunft bieten zu können, eine Zukunft mit Gesinde in einem großen Haus.
»Nein, junger Freund, so reich sind nicht mal wir«, sagte der Herbergsvater des Gasthauses *Zum heiligen Nikolaus* und lachte. Das kleine Nikolaiviertel unterschied sich von der übrigen Stadt wie die Nacht vom Tag. Hier gab es kurze, enge und verwinkelte Gassen, und ein Plan schien dem Bau des ältesten Berliner Stadtquartiers nicht vorangegangen zu sein. Christian fühlte sich auf Anhieb viel wohler als in der ausgeklügelt angelegten neuen Stadt, die längst mit der alten verwachsen war und von einer gemeinsamen Mauer geschützt wurde. »Zwei Stadtbrände haben Berlin – und auch Cölln – im letzten Säkulum übel mitgespielt. Ich weiß davon nur aus den Erzählungen meiner Eltern, die damals selbst noch Kinder waren … Anno 1376 und Anno 1380 brannten beide Städte fast vollständig nieder. Es muss eine Katastrophe gewesen sein. Aber wir Berliner lassen uns nicht so leicht unterkriegen. Na ja, die Cöllner auch nicht … Aber schaut euch die Nikolaikirche an. Sie ist noch immer eine Ruine. Und was für eine schöne Kirche war das mal!«
Der Wirt schloss das Zimmer auf, in dem Christian und Melchior die nächsten Tage verbringen wollten. Christian hatte es für eine Woche im Voraus bezahlt, und nachdem der Wirt den Gulden gesehen hatte, war aus dem unverbindlichen ein verbindlich freundlicher Mensch geworden. Das Zimmer kostete nicht einen Gulden pro Woche, aber Christian hatte dem Herbergsvater das Geldstück dennoch überlassen, für Übernachtung, Speise und Trank.
Das Zimmer war den Gulden wert. Normalerweise vermietete es der Wirt Hermann Kreyenfoet nur an reiche Kaufherren und an Edelleute. Da die jungen Burschen Geld hatten, konnten auch sie es haben.
Der große Vorteil des vom Herbergsvater »Herrenstube« genannten Raums bestand darin, dass ihn sich Christian und Melchior nicht

mit Fremden würden teilen müssen. Es gab nur ein großes Bett mit Vorhängen, in dem schon Prinzessinnen geschlafen hatten, wie Kreyenfoet behauptete – eine Lüge, um den Preis ein wenig zu erhöhen. Außerdem rechnete er damit, dass es die Fantasie von Jünglingen reizte, sich vorzustellen, in einem Bett zu schlafen, dass nach der Haut einer Prinzessin roch. Den Widerspruch zur Bezeichnung »Herrenstube« würden sie gewiss nicht bemerken.

»Welche Prinzessin?«, wollte Melchior wissen. Der Wirt zuckte zusammen.

»Die, äh, Tochter des Kurfürsten?«, schoss Kreyenfoet ins Blaue.

»Hat er eine? Und darf sie sich Prinzessin nennen?«

»Nun ja …« Kreyenfoet wusste nichts zu erwidern.

Christian war an einer Antwort nicht interessiert. Melchiors inquisitorisches Verhalten störte ihn. Das Zimmer war wunderbar. Es gab nicht nur das große Bett, sondern auch Schränke, Truhen, einen Tisch, Stühle und eine Waschschale neben einem Krug mit frischem Wasser. Sogar einen Hausaltar hatte der Herbergsvater aufstellen lassen.

Christian stach mit dem rechten Zeigefinger in die Bettdecke. Sie war mit Daunen gefüllt. So komfortabel hatte er in seinem Leben noch nie geschlafen.

»Himmlisch«, lobte er.

»Nicht wahr?« Der Wirt war froh, das Thema wechseln zu können. »Was wünscht ihr zu essen?«

»Kommt drauf an, was deine Küche bietet.« Melchior spielte wieder einmal den hochmütigen Herrn. Christian zuckte die Schultern. Er hatte Melchior weinen und wimmern gesehen, die Rolle passte nicht zu ihm.

»Gesottene Ochsenzunge mit Rosinen. Gespickter Feldhase und gerösteter Biberschwanz. Hammelhoden in saurer Soße. Verschiedene Kuchen.«

»Klingt viel versprechend«, meinte Melchior.

»Ihr möchtet euch sicher frisch machen«, sagte der Wirt. »Ich küm-

mere mich ums leibliche Wohl.« Kreyenfoet verließ die Stube. Christian warf sich auf das Bett.
»Woher hast du das Geld?«, fragte Melchior.
»Was das Auge nicht sieht, ficht das Herz nicht an«, zitierte Christian den alten Spruch, den er von Ritter Veit zum ersten Mal gehört hatte.

2

Frauen hatten keine Ehre.
Wenn jemand eine Frau beleidigte, verletzte er immer nur die Ehre eines Mannes: des Vaters, des Ehegatten, der Brüder oder anderer männlicher Verwandter. Die Ehre einer Frau konnte nicht verletzt werden, denn sie hatte keine.
Schon seit langem war Mechthild Gesang anderer Auffassung. Sie war eine erfolgreiche Kauffrau, die mehr leistete als etliche Männer. Selbst wenn sie die erste Frau in der Geschichte der Christenheit sein sollte, die Ehre für sich in Anspruch nahm: *Sie* hatte welche. Und wenn man sie angriff, verletzte man nicht die Ehre irgendeines Mannes, man verletzte *ihre* Ehre.
Wie Bauchspieß.
Apel hatte nicht zu den beliebtesten Bürgern Rathenows gehört. Er hatte den Ruf gehabt, verschlagen und hinterhältig zu sein, aber sie hatte immer geglaubt, Seiten von ihm zu kennen, die nicht für jeden offen lagen. Dann war sie auf brutale Weise eines Besseren belehrt worden.
Nach dem Tod von Johann Heinrich Gesang hatte Bauchspieß die Trauerfrist verstreichen lassen und ihr dann den Hof gemacht. Sehr gefühlvolle Briefe hatte er geschickt. Jetzt wusste sie, dass er einen Schreiber beauftragt hatte, sie zu verfassen. Für Mechthild hatte er nie etwas empfunden. Auf ihr Geld war er erpicht gewesen. Bekniet hatte er sie, zweihundert Gulden in seine Handelsgesellschaft zu stecken. Damals war er noch nicht auf das Wuchergeschäft verfallen und hatte Geld nötig gehabt. Sogar zu Liebesschwüren war er bereit

gewesen, um es ihr abzuschwatzen. Und Mechthild war auf seine Schwüre hereingefallen. Ihre Gefühle waren ehrlich gewesen, und sie hatte die Warnungen ihres Bruders in den Wind geschlagen.
Maximilian war von Anfang an gegen diese Verbindung gewesen, weil er Apel misstraute. Er, der an Mechthild hing, wie ein jüngerer Bruder an seiner Schwester nur hängen konnte, widersprach ihr äußerst selten. Normalerweise hörte er auf ihren Ratschlag und tat, was sie ihm empfahl. So war es immer gewesen, bereits in der Kindheit. Doch als sich Mechthild zu sehr auf Bauchspieß einließ, hatte er die Rollen getauscht und ihr geraten, auf dessen Beteuerungen keinen Pfifferling zu geben. Maximilian hatte die Zeichen am Horizont erkannt, Mechthild war verblendet gewesen in ihrer Sehnsucht nach Zweisamkeit. Das konnte sich die Kauffrau nie verzeihen.
Sie war sogar zu einem großen Opfer bereit gewesen. Ihr Mann hatte sie in seiner Ehestiftung mit mehr als dem Drittel bedacht, das einer Witwe nach dem Gesetz zustand. Mit Kindern war die Ehe nicht gesegnet, also konnte Mechthild über das Geld frei verfügen – bis zu einer neuerlichen Heirat. Dann wäre ein Teil der Erbmasse an die Verwandten ihres verstorbenen Gatten gefallen, die schon gierig darauf lauerten. Es wäre Mechthild nicht schwer gefallen zu verzichten – um der Liebe willen. Allein schon deshalb war Bauchspieß nur an einer heimlichen Verbindung interessiert: Er wollte an ihr gesamtes Erbe gelangen.
Mechthild schalt sich selbst einfältig und dumm. Noch als in Rathenow längst die Runde machte, dass Bauchspieß ein Auge auf Wohlgemuths schöne und junge Tochter geworfen hatte, war sie der Überzeugung gewesen, er würde das ihr gegebene Eheversprechen einlösen.
Bauchspieß hatte mit ihr und ihren Empfindungen gespielt. Das war ein Verbrechen, unverzeihlicher als Mord. Es war eine Verletzung der Ehre, so tief, dass sie nur mit Blut gesühnt werden konnte. Denn öffentliche Genugtuung konnte Mechthild nicht verlangen, weil es keine Zeugen gab.

Blut war geflossen. Mechthild glaubte ihre Ehre, die sie nach allgemeiner Auffassung gar nicht haben konnte, wieder hergestellt. Glücklich war sie nicht.

3

»Einen Handlungsgehilfen?« Der Kaufmann Peter von Hameln schüttelte den Kopf. »Ich habe schon zwei. Aber einen Pferdeknecht könnte ich gebrauchen.«

So ging das nun schon seit der Morgenmesse. Christian suchte bereits den fünften Kaufherrn auf, um sich um eine Stelle zu bewerben. Als Handlungsgehilfen wollte ihn niemand haben, entweder weil man seine Ausbildung als unzureichend erachtete oder weil einfach kein Gehilfe gebraucht wurde. Als Knecht hätten ihn auch andere der Fernhändler eingestellt. Christian wollte kein Knecht sein. Ihm schwebte wieder vor, Kaufmann zu werden, und der erste Schritt dazu war das Erlernen der Grundbegriffe dieses Berufs. Das jedoch wurde ihm unmöglich gemacht, wenn man ihm keine Chance einräumte. Lernwillig war er ja, aber er war ein Bäckergeselle, dem man offenbar nur zutraute, Brot zu backen.

Christian Eichkatz verließ das Haus des Peter von Hameln, das sich gegenüber dem Hof des Bischofs von Brandenburg befand. Ein paar Schritte weiter, beim Kalandshof, hatte der Händler Albrecht Belitz sein Domizil. Mit nur geringer Hoffnung klopfte der Havelberger an dessen Tor: Wenn er nicht zu viel erwartete, konnte er nicht enttäuscht werden. Und er tat recht daran, denn auch Belitz wollte ihn nicht, nicht einmal beim Gesinde.

Nachdem er stundenlang durch die Stadt gelaufen war, stieß Christian in der Heiliggeiststraße auf eine Weißbäckerei. Er beabsichtigte, sich eine Semmel zu kaufen, und betrat die Backstube. Der Meister und ein Lehrjunge standen vor dem Ofen, aus dem es nach frischem Brot duftete. Christian fühlte sich auf Anhieb zu Hause.

»Nun, junger Mann, was willst du?«, erkundigte sich der Meister.

»Eine Semmel«, erwiderte Christian.
»Ja, gleich. Aber sie sind noch heiß.«
»Ich verstehe Euer Handwerk, Meister«, erklärte Eichkatz.
»Wer bist du denn?«
»Ein Bäckergeselle auf Wanderschaft«, sagte Christian rasch.
»Suchst du eine Anstellung?«
Ja, eine Anstellung suchte er, wenn auch nicht bei einem Bäcker. Doch irgendwann würden die Gulden des Ritters verbraucht sein, und das bedeutete, dass Christian würde arbeiten müssen. Wenn ihn die Kaufleute gar nicht oder nur als Knecht haben wollten, sollte er vielleicht seine Ansprüche herunterschrauben. Das Bäckerhandwerk war hoch angesehen, denn es ernährte die Städter. Auch in Berlin gehörten die Bäcker daher den Viergewerken an.
»Braucht Ihr jemanden, Meister?«, wollte Christian wissen.
»Wo hast du gelernt?«
»In Havelberg. Beim Dombäcker Semmelmann.«
»Bei einem Dombäcker? Nun, die Domherren essen sicher nur weißes Brot?«
»So ist es, Meister.«
»Hast du Zeugnisse?«
»Das nicht. Aber ich zeige Euch gern, was ich kann.«
»Nun gut, Geselle. Dort ist der Trog. Mache mir einen Teig, der Bischöfe und Markgrafen zufrieden stellt. Dann sehen wir weiter.«

4

»Und du bist dir sicher?«, fragte Christian. Er saß mit Melchior zum vorerst letzten Mal in der Gaststube der Herberge *Zum heiligen Nikolaus*, denn der Bäckermeister Herwig Langbein war von Christians Backwerk so angetan gewesen, dass er ihn um Kost, Logis und einen Halbpfennig pro Woche eingestellt hatte. Eichkatz würde in das Haus des Bäckers ziehen müssen, um sich dort wie gewohnt eine stickige Kammer mit dem Lehrjungen zu teilen; einen weiteren Gesellen gab es nicht, seitdem der alte auf Wanderschaft gegangen war. Christian hatte großes Glück gehabt, doch zufrieden war er nicht. Er hielt nur einen Spatzen in der Hand, während die Tauben auf dem Dach weiterhin unerreichbar blieben.

»Ja, ich bin mir sicher.« Melchior trank einen Schluck von dem guten Hopfenbier, das Christian zur Feier des Tages bestellt hatte. Nach und nach trugen der Wirt und eine Magd Schüsseln voller Köstlichkeiten auf: Gebackene Schweinslende, geröstetes Gekröse, frischen Fisch und Aniskonfekt. »Morgen früh verlasse ich Berlin. Wie ich von Kreyenfoet gehört habe, muss ich nur einen Fluss namens Panke entlangreiten, um nach Bernau zu gelangen. Vor den Toren dieser Stadt liegen die Hussiten.«

Christian überlegte fieberhaft, wie er den Freund von seinem Vorhaben abbringen konnte. Das hatte er dem Ritter versprochen, aber selbst ohne dieses Gelübde wollte er alles daransetzen, Melchior in Berlin zu halten. Der Bäckersohn langte in eine der Schüsseln und legte sich ein Stück Schweinslende auf den hölzernen Teller.

»Gehen wir zum Abschied in ein Frauenhaus?« Etwas Besseres fiel Christian nicht ein. Er hoffte, dass sich Melchior am Wein und an den Hübschlerinnen berauschen und an Morgen nicht aus den Federn kommen würde. Doch wie lange würde er selbst solche Eskapaden aushalten? Als Bäckergeselle musste er früh aufstehen.

Melchior schüttelte den Kopf.

»Ich durchschaue deine Absicht und weiß sie als Freundesdienst zu schätzen«, erklärte er. »Es wird dir nicht gelingen, mich umzustimmen. Morgen Abend hoffe ich das Lager der Hussiten zu erreichen. Das ist stets mein Ziel gewesen, auch wenn ich manchmal von diesem Weg abgewichen bin. Sag selbst, muss sich ein Jüngling wie ich nicht die Hörner abstoßen? Ich muss meine eigenen Erfahrungen machen. Von fremden und angelesenen kann man nicht leben ...«

»Ja, das verstehe ich.« Christian nickte traurig vor sich hin. »Aber muss es denn der Krieg sein? Das ist ein grausames Geschäft.«

»Bei dem man sich rasch eine blutige Nase holen kann«, stimmte

Melchior zu. »Aber es geht nicht nur um mich. Ich teile die Ideale der Hussiten, und wer für seine Ideen nicht kämpft, ist ein Schwätzer.«
»Es sind ketzerische Ideen.« Auch Christian griff in die Schüssel. Der Herbergsvater eilte an den Tisch und erkundigte sich, ob alles zur Zufriedenheit der jungen Herren sei. Eichkatz bestätigte es. Kreyenfoet goss Bier nach und begab sich mit dem leeren Krug zum Fass.
»Ich hoffe, dass wir uns nach siegreicher Schlacht wieder sehen werden«, sagte Melchior. »Was haben wir nicht alles erlebt in den vergangenen Wochen und Monaten. Wir haben es überstanden, Christian. Ich schätze mich glücklich, in dir einen guten, treuen Freund gefunden zu haben. Bete für mich! Schließe mein Wohlergehen in deine Zwiesprache mit Gott ein. Darum bitte ich dich inständig.«
»Das werde ich tun«, schwor Christian. »Ich werde immer an dich denken, wenn ich ein Gotteshaus betrete.«
»Der Herr ist auf unserer Seite«, sagte Melchior und ließ offen, wen er damit meinte: Christian und sich oder das Hussitenheer.
»Hoffentlich«, murmelte Eichkatz und schob sich ein Stück Hecht in den Mund.

5

Als sich Veit von Ribbeck mit dem Dutzend berittener Kämpfer, die er selbst ausgebildet hatte, Bernau von Südwesten näherte, holte sie ein Bote aus Spandau ein. Sumpfiges Gelände schützte die Stadt nach Westen und Süden, aber zusätzlich gab es auch eine Stadtmauer. Veit von Ribbeck ritt auf das Berliner Tor zu, der Bote begleitete ihn ein kurzes Stück. Er übergab ein Schreiben des Landesherrn, das mit dem markgräflichen Siegel verschlossen war. Veit erbrach es noch vor dem Tor. Der Gesandte hatte schon kehrt gemacht, denn mit Kampfhandlungen wollte er nichts zu tun haben. Krieg war lebensgefährlich, doch in Spandau glaubte sich jedermann sicher.

Dort hatte der Markgraf Truppen konzentriert, die allein seinem Schutz und dem Schutz seines Hofs dienten. Allerdings hielt sich Johann gar nicht in Spandau auf. Er hatte sich nach Tangermünde zurückgezogen und wartete fernab vom Schlachtgetümmel die Entwicklung der Ereignisse ab. Nur die Kanzlei war in Spandau geblieben. Sie produzierte unablässig Papiere, die erst einmal nach Tangermünde befördert werden mussten, damit Johann sie unterschrieb und siegelte. Das komplizierte Prozedere führte dazu, dass die Schriften veraltet waren, wenn sie ihre Adressaten erreichten.

Veit von Ribbeck ließ seine Männer absitzen, um den Brief in Ruhe studieren zu können. Wie üblich war er in der hochtönenden Kanzlistensprache abgefasst.

»Wir, Johann, von Gottes Gnaden Markgraf von Brandenburg, lieben alle Unsere Untertanen und stehen ihnen in schwerer Stunde mit Unserer Huld zur Seite«, bekam Veit mitgeteilt. Schlachten ließen sich mit markgräflicher Huld leider nicht gewinnen. »Um dir, Ritter Veit von Ribbeck, meinem geliebten Sohn und Landeskind, den rechten Weg, den du eingeschlagen hast, mit Unserer Zuneigung zu versüßen, sei dir hiermit kundgetan, wie es um Unsere geliebte Mark bestellt ist.«

Veit von Ribbeck fühlte sich fast beleidigt, von dem jungen Markgrafen als Sohn und Kind angesprochen zu werden. Außerdem war ihm zu viel von Liebe die Rede. Johann kannte ihn überhaupt nicht, und er wusste auch nichts von seiner Truppe. Wenn sich Veit seine Männer anschaute, diese Hörigen und Pächter im Waffenrock, wurde ihm eher mulmig zumute. Alle zwölf wünschten nichts sehnlicher, als sofort zu ihren Höfen, ihren Familien und ihren Äckern zurückzukehren. Veit von Ribbeck hatte sie zwar das Kriegshandwerk gelehrt, aber er bezweifelte, dass sie auch nur einen geringen Teil ihres Wissens anwenden würden, wenn er sie nicht ständig in den Hintern trat.

»Nun sind die böhmischen Ketzer mit ganzer Macht in die Mark gefallen und haben gleich wie in anderen Ländern mit Raub und

Mord, Brand und Verheerung niemand schonenden großen Schaden getan. Sie haben ihren Grimm feindselig und grausam ausgegossen, sie haben am Sonntage Judica die Gubensche Vorstadt von Frankfurt an der Oder samt der Kartause abgebrannt, und ob sie wohl von den Bürgern abgetrieben und zu Müllrose zwei Meilen davon geschlagen, sind sie doch am Palmsonntage wieder vor Frankfurt gerückt, haben die Stadt belagert, haben aber ungeschafft davonziehen müssen und folgenden Tages das Städtlein Lebus mitsamt dem Schlosse geplündert. Sind danach weitergezogen und haben in der Marterwoche Müncheberg, Strausberg und Landsberg samt vielen Dörfern verwüstet und eingenommen.«

Das war alles Schnee von vorgestern. Veit von Ribbeck zerriss das Schreiben. Die geschwätzige Zuneigung des Landesherrn und seine weitschweifigen, aber von der Zeit überholten Ausführungen konnten ihm nicht helfen. Er zog in den Krieg, weil er ein Ritter war. Um der Ehre willen würde er sich und seine Leute dem Bernauer Rat als Verteidiger der Stadt zur Verfügung stellen. Das allein war sein Antrieb.

»Zum Rathaus!«, befahl Veit. Dann ritten sie zum Markt, der Ritter voller Tatendrang, sein Fähnlein ohne Begeisterung, sondern mit Angst.

6

Die Hussiten waren nicht nur für ihre Schlachtgesänge berühmt und gefürchtet, mit denen sie kurfürstliche und königliche Heere in die Flucht geschlagen hatten, sondern auch für ihre Wagenburgen. Vor den Toren von Bernau hatten sie sich in einer solchen Wagenburg verschanzt. Melchiors Herz hüpfte in die Höhe. Er hatte sein Ziel erreicht. Leicht war es nicht gewesen.

Auf dem Weg von Berlin nach Bernau hatte er mehrmals markgräflichen und kurfürstlichen Truppen ausweichen müssen. Die Landsknechte ritten dort Patrouille, und sie waren nicht wählerisch – alles, was sich vergewaltigen ließ, nahmen sie sich vor, auch Knaben.

Melchior, dem die Gegend um Berlin völlig fremd war, hatte sich mehrfach im Unterholz verbergen müssen, um nicht von den Reichstruppen aufgegriffen zu werden. Dass Krieg war, konnte man riechen. Je näher er Bernau kam, desto stärker roch es nach den Holzkohlenfeuern im Hussitenlager.

Nun sah er es vor sich. Und war enttäuscht. Er hatte mit einer ganzen Armee gerechnet, aber was er zu sehen bekam, war höchstens Teil eines Heers. Da sich die Hussiten zwischen ihren Wagen verbargen, konnte er ihre Zahl nicht schätzen, aber das Lager war so klein, mehr als zweihundert Mann bot es sicher keinen Schutz. Doch Melchior beruhigte sich; vielleicht war das nur die Vorhut. Das Heer war schon im Anmarsch, und wenn es eintraf, würde er als Kämpfer für die Sache der Gerechtigkeit und des Glaubens gegen Bernau ziehen.

Der Bäckersohn trat der Stute in die Weichen. Charlotte bäumte sich auf und raste auf das Lager zu.

7

Melchior hatte sich noch in Berlin ein Banner mit dem Kelch angefertigt, das zwar ein wenig verunglückt war, aber mit gutem Willen ließ sich der Kelch erkennen. Das Banner hielt er in die Höhe, während er auf dem Rücken von Charlotte der hussitischen Wagenburg entgegenpreschte.

Drei Männer, bewaffnet mit Morgensternen, traten aus dem Schatten eines Kampfwagens und stellten sich ihm in den Weg.

»Ich bin Melchior Semmelmann aus Havelberg«, rief der Bäckersohn. »Ich bin gekommen, um an eurer Seite gegen die Mächtigen dieser Welt zum Kampf anzutreten.«

Niemand antwortete ihm.

»John Wiclif und Jan Hus«, rief Melchior, dann saß er ab. »Ihre Vorstellungen von einer Rückkehr zur apostolischen …«

Der größte und stärkste der Männer sagte etwas. Melchior verstand

ihn nicht. Er hatte nicht bedacht, dass die meisten der Hussiten aus dem böhmischen Volk stammten und daher Tschechisch sprachen.
»Ich Freund«, sagte Melchior eifrig.
»Spion?«
»Nein, Freund!«, beteuerte der Junge. Aber es half ihm nicht. Ihn traf ein Faustschlag ins Gesicht, der so gewaltig war, dass er in Ohnmacht fiel.

8

Veit von Ribbeck war vom Bernauer Bürgermeister, der die Verteidigung seiner Heimatstadt organisierte, mit offenen Armen empfangen worden: Jeder Mann wurde gebraucht, denn wie gefährlich die Hussiten waren, die auf dem Roten Feld in Sichtweite der Stadt biwakierten, wusste man nicht. Man kannte nur ihren Ruf. Der reichte aus, um Angst und Schrecken zu verbreiten.
Der Ritter erhielt den Auftrag, die Angreifer vom oberen Wehrgang des Steintors aus zu bekämpfen. Seine Männer nahmen ihre Position vor den Schießscharten ein, legten Pfeile zurecht und spannten die Armbrüste. Dann wartete man.
Es regnete. Das überraschte nicht, schließlich war April. In langen Schnüren fiel der Regen zu Boden. Veit von Ribbeck starrte hinunter zu den Wassergräben und dem Erdwall. Alles wirkte friedlich.
Die Glocke der Bernauer Marienkirche läutete die zehnte Morgenstunde ein.
Auf der Stadtseite vor Tor und Mauer loderten Feuer. Die ganze weibliche Einwohnerschaft schien auf den Beinen zu sein. Sie kochte in großen Kesseln einen Brei, der nicht für das leibliche Wohl der Verteidiger bestimmt war. Der Brei brodelte und sah nicht sehr appetitlich aus. Das sollte er auch nicht.
Sankt Marien verkündete, es sei nun elf. Der Ritter gähnte. Seine Männer schauten durch die Schießscharten in den Regen.
Um zwölf hörte der Regen auf.
Und dann rückten sie an.

9

Als Melchior wieder zu sich kam, lag er gefesselt in einem Käfig, in dem man normalerweise Geflügel hielt. Seine Hände waren mit den Füßen zusammengebunden, und diese unnatürliche Körperhaltung verursachte einen schneidenden Schmerz. Melchior stöhnte. Er war den Tränen nahe. So hatte er sich den Willkommensgruß seiner hussitischen Freunde nicht vorgestellt.

Die Hussiten beachteten ihn nicht. Sein Leiden war ihnen gleichgültig. Sie hockten um ein Kohlenfeuer und brieten Hühner in der Glut. Es nieselte.

»Ich bin auf eurer Seite«, sagte Melchior. Der Schmerz war unerträglich. Aber viel Aussicht auf Linderung hatte er nicht – er war als Helfer gekommen und wurde als Spion behandelt. Etwas Dümmeres hätte ihm nicht geschehen können. Die Fahne mit dem verunglückten Kelch hatten die Männer verbrannt.

»Hus«, stöhnte der Junge. »Jan Hus.« Das mussten sie doch verstehen.

Der Mann, der ihm ins Gesicht geschlagen hatte, stand auf. Er nahm einen glühenden Spieß aus dem Feuer und kam näher.

»Spion?«, fragte er. Immer wieder war Melchior mit dieser Frage gepeinigt worden. Die Hussiten wollten einfach nicht begreifen, dass er ehrliche Absichten hegte und ein Verbündeter war.

»Ich Freund«, sagte Melchior. Auch das hatte er schon Dutzende Male wiederholt. Der glühende Spieß kreiste vor seinen Augen.

»Du Spion von Reich. Du arbeiten für König?«

»Nein, nein, nein! Ich Freund!«

»Spion«, sagte der Mann. Er öffnete den Käfig und zerrte Melchior heraus. Seine Kumpane schürten die Glut. Offenbar hatten sie vor, den Bäckersohn zu braten.

»John Wiclif«, brüllte Melchior. »Jan Hus. Das Ideal der apostolischen Armut!« Er schrie um sein Leben.

»Nix verstehen. Wir machen Krieg. Für reiche Beute.« Der Mann schleuderte den Spieß ins Feuer und löste Melchior die Fesseln. Der Bäckersohn massierten seine Wunden und streckte sich.

»Könnt ihr lesen?«

»Nein.«

»Die Schriften von Wiclif und Hus …?«

»Wer ist das?«

»Du weißt nicht, für wen du in den Krieg gezogen bist?« Melchior war völlig konsterniert.

»Doch. Für Beute. Und Bräute. Alles Mädchen zwischen Lausitz und Bernau ich habe zu meine Braut gemacht. Ich tausend Mädchen haben. Erst nehmen, dann berauben, dann töten.«

»Aber …«

»Wieso aber, Spion? Da kein Aber!«

»Die Ideale! Apostolische Armut. Evangelisches Leben. Das Abendmahl in beiderlei Gestalt.«

»Sprichst wie Pfaffe, Junge. Ich verstehe nicht. War Bauer. Dann kam Krieg. Machen alles kaputt. Also ich mir sagen: Muss ich auch Krieg machen. De-ale? Was ist das?«

»I-de-a-le«, berichtigte Melchior. »Daran glaubt man.«

»Nicht an Gott?«

»Doch, an den natürlich auch.«

»Na, egal. Wir machen Krieg für Geld. Und du bist Spion.«

»Nein!«, schrie Melchior. Aber es war zwecklos. Er musste zurück in den Käfig, nur ungefesselt diesmal.

Der Käfig war ihm lieber, als in die Glut geworfen zu werden. Und er bekam sogar ein Huhn.

10

»Was sollen wir tun, Herr?«, fragte der Pächter Markus den Ritter. Die Hussiten hatten sich dem Tor auf einen Steinwurf genähert. Sie kamen auch über die Gräben und den Wall, wobei ihnen Leitern und provisorischen Brücken das Überqueren der Vorbefestigung

erleichterten. An etlichen Stellen der Stadtmauer hatten sie bereits Leitern angelegt. Das Tor nahmen sie mit Steinschleudern unter Beschuss.
»Keine Ahnung«, sagte der Ribbeck.
»Ihr wisst es nicht?«
»Es ist mein erster Krieg.«
»Aber Ihr seid unser Feldherr!«
»Na ja, schießt erst mal.«
Das taten Veits Männer. Die meisten der von ihnen abgefeuerten Pfeile gingen über die Köpfe der Angreifer hinweg, aber gelegentlich trafen sie. Dann war der Jubel groß. Am meisten frohlockte der Ritter.
Die Bernauer hingegen wandten eine äußerst viel versprechende Technik an. Die Kessel mit dem heißen Brei wurden mit vereinten Kräften auf den Wehrgang gehoben, der die Stadtseite der Mauer umlief, und über die Mauerkrone auf die Belagerer ausgegossen. Ständig fielen schreiende Männer von den Leitern hinab. Meistens waren die Verbrennungen so stark, dass sie starben. Der heiße Brei erwies sich als wirksame Waffe.
Veit und seine Leute trugen zur Rettung Bernaus nicht allzu viel bei. Auch sie töteten den einen oder anderen, aber als bedeutenden Erfolg konnte man ihre Aktionen nicht verkaufen.
Das war auch nicht notwendig. Als die Glocke der Stadtpfarrkirche allen, sowohl Verteidigern als auch Angreifern, davon Mitteilung machte, es sei nunmehr drei, zogen sich die Hussiten zurück. Allerdings nicht in ihr Lager. Sie konzentrierten sich auf dem Roten Feld und hielt dort eine Beratung ab.
Veit von Ribbeck atmete auf. Außerdem spürte er, dass der Krieg durstig machte, also schickte er den Pächter Markus los, ihm einen Krug Bier zu beschaffen.
Das Bernauer Bier war in der ganzen Mark berühmt. Es galt als wohl schmeckend, aber man wusste auch, dass es sehr stark war. Den größten und kräftigsten Mann haute es um, wenn er nicht Maß hielt.

Als Markus den Krug gebracht und der Ritter an der würzigen Blume gerochen hatte, kam ihm plötzlich ein Einfall, den er für glänzend hielt. Er schaute hinaus aufs Rote Feld, sah die Hussiten beratschlagen, nahm den ersten Schluck – und berauschte sich nicht nur am Gerstensaft, sondern auch an seiner Idee.

»Hole den Prokonsul, Markus«, befahl er.

Der Bürgermeister, der den Ritter für einen ausgezeichneten Kriegsmann hielt, erschien sofort.

11

»Das ist eine Kriegslist«, erklärte Veit von Ribbeck dem Bernauer Bürgermeister. »Eine Art trojanisches Pferd, nur dass dessen Bauch nicht mit Kämpfern, sondern mit Bier gefüllt ist.«

»Ich weiß nicht recht ...« Der Prokonsul war skeptisch.

»Es ist doch bekannt, dass Kriegsknechte gern saufen«, sagte Veit. Er war beim zweiten Krug Bernauer Biers angekommen und hatte bereits Schwierigkeiten, die Entfernung zwischen sich und dem Ratsvorsteher einzuschätzen.

»Davon können wir ein Lied singen«, sagte der Bürgermeister. »Wir hatten mal für drei Tage markgräfliche Truppen in der Stadt. Die haben jedes Fass geleert.«

»Seht Ihr! Und deshalb laden wir zwei große Wagen voll mit allen Bierfässern, die in Bernau aufzutreiben sind. Nur das Fass für mich halten wir zurück.«

»Mhm.«

»Die Wagen schieben wir vor das Steintor. Wir müssen das Tor dafür öffnen, aber noch sind die Hussiten weit genug entfernt, sodass keine Gefahr entsteht. Und dann warten wir einfach ab.«

»Aber unser Bier ist sehr gut, das soll doch nicht durch deren Kehlen rinnen.«

»Prokonsul!« Veit nahm noch einen Schluck. »Wenn Ihr entscheiden

müsst, was in die Hände der Hussiten fällt, Bernauer Bier oder die Stadt … wie entscheidet Ihr?«
»Ja. Ich hab schon verstanden. Also gut, wir versuchen es.«

12

Sie waren misstrauisch. Misstrauisch waren auch die Verteidiger von Troja gewesen. Und neugierig.
Denn da standen die Wagen. Auf den Wagen befanden sich Bierfässer. Und in Bierfässern war normalerweise Bier.
»Was machen sie?«, fragte Ritter Veit den Pächter Markus. Er lehnte an der Wand des Wehrgangs und trank.
»Sie klopfen dran.«
»Würde ich auch machen. Erst mal sehen, ob was drin ist.«
»Jetzt nehmen sie den Pflock in die Hand, den Ihr neben die Fässer habt legen lassen.«
»Weise Voraussicht«, lobte Veit sich selbst.
»Sie schlagen ihn ein.«
»Und?«
»Es sprudelt Bier heraus.«
»So war es vereinbart.« Veit von Ribbeck sah bereits den Grund des Bechers, was ihm gar nicht gefiel.
»Jetzt spannen sie Pferde vor die Wagen«, berichtete Markus.
»Großartig.«
»Ich glaube, die schaffen das Bier in ihr Lager.«
»Na, dann kannst du in zwei Stunden unsere Truppe wecken«, ordnete der Ritter an. Seine Männer hatten sich, da seit langem nichts geschehen war, auf dem Boden des Wehrgangs zur Ruhe gelegt.
»In zwei Stunden?«
»Ja, mein Lieber. In zwei Stunden greifen wir an.«

13

Ob der Sieg der Bernauer über die Hussiten in die Geschichte eingehen würde, konnte Veit von Ribbeck nicht wissen. Er hoffte nur, dass künftige Generationen seine List zu würdigen wussten. Und er spekulierte auf das Fass guten Biers, das er dem Bürgermeister als Lohn abgerungen hatte.
Die ganze Stadt machte sich auf nach der Wagenburg, nachdem ein Kundschafter gemeldet hatte, die Ketzer würden ihren Rausch ausschlafen. Fünfmal schlug die Glocke von Sankt Marien.
Veit von Ribbeck ritt wie ein Caesar durch das Lager und teilte Hiebe mit dem Schwert aus. Die Bernauer benutzten jeden nur vorstellbaren Gegenstand, um die Hussiten zu verprügeln. Die Böhmen wussten nicht, wie ihnen geschah. Mit allem hatten sie gerechnet, aber nicht damit, dass Hausfrauen ihnen Kochlöffel um die Ohren schlugen. Die Schlacht nahm Züge einer Volksbelustigung an.
Der Ritter durchbohrte den Rücken eines Ketzer, der in seiner trunkenen Fantasie ein Hussitenoberst war. Das neue Schwert kam zu seinem Recht und soff Blut.
»Herr Veit!«, rief jemand, der in einem Käfig saß. Der Ritter von Ribbeck musste die Augen zusammenkneifen, um den seltsamen Vogel erkennen zu können. Offenbar handelte es sich um den Bäckersohn Melchior, der als Gefangener in einem Käfig ausgestellt wurde. Veit von Ribbeck musste lachen. Aber er lachte unter Tränen: Dass Melchior lebte, machte ihn glücklich.
Auf dem Weg zu ihm schlug der Ritter links und rechts ein paar Köpfe ab. Das glaubte er zumindest.
Die Hussiten gaben Fersengeld. Sie ließen alles stehen und liegen und flohen aus ihrer Wagenburg. Ihr Rückzug verlief ungeordnet, und immer wieder fiel einer der Torkelnden zu Boden. Sofort machten sich Bernauer Bürger über ihn her und verabreichten ihm Prügel, die er sein Lebtag nicht vergessen würde.

Die Bernauer schlugen alles kurz und klein. Und manchen schlugen sie auch tot.
Veit gab Befehl, Melchior aus dem Käfig zu befreien. Die üble Lage, in die ihn sein ungestümer Drang nach Abenteuern gebracht hatte, gereichte dem Havelberger nun zum Vorteil. Man hielt ihn für ein Opfer der Hussiten, und der Ritter verriet ihn nicht. Melchior wurde unter dem Jubel der Bevölkerung nach Bernau gebracht. Alle waren der Meinung, ihn aus den Fängen der Ketzer gerettet zu haben. Der Bäckersohn war klug genug, nicht zu widersprechen.
Als die Glocke der Marienkirche sieben schlug, war die Schlacht gewonnen. Die Hussiten hatten Reißaus genommen. Veit von Ribbeck bekam auf dem Markt der Stadt Bernau ein Fass mit Bier.
Er musste es mit den Einwohnern teilen, die ihn, seine Kriegslist und den geretteten Melchior feierten. Trotzdem war er noch vor Einsetzen der Dämmerung betrunken.

FÜNFTES KAPITEL
Das Ende jeder Liebe

1

»Von den großen Gedanken eines Wiclif und eines Hus war bei den Kämpfern nichts mehr übrig«, fasste Melchior seine enttäuschenden Erfahrungen im Hussitenlager zusammen. Er ritt an der Seite des Ritters die Panke entlang nach Berlin; bevor er auf sein Gut zurückkehrte, wollte Veit von Ribbeck noch einmal Christian treffen. Das Dutzend Pächter und höriger Bauern, das sich in Bernau den Ruf einer schlachterprobten Truppe erworben hatte, folgte ihnen.
»Wir wollen Ruysbroeck nicht vergessen«, lästerte der Ritter.
»Ja, ja, wer den Schaden hat, braucht um den Spott nicht bange zu sein«, erwiderte Melchior.
»Ist doch alles glimpflich verlaufen«, sagte Veit, als sie in das Dorf Kare ritten. Jetzt musste der junge Semmelmann nicht mehr auf der Hut sein.
»Dass sie ihren besten Freund für einen Spion hielten!« Melchior schüttelte den Kopf.
»Ich hoffe nur, dass du kuriert bist«, sagte Veit.
Die Herrn von Kare, Ritter wie er, erwiesen ihm ihre Reverenz, indem sie ihm hoch zu Ross entgegenkamen und ihn durch das Dorf begleiteten. Auch die zinspflichtigen Bauern winkten Veit von Ribbeck zu.
Sein Ruhm als Kriegsherr war ihm also vorausgeeilt.

2

Markgraf Johann war beim Fischen. Da es ihm auf der Burg Tangermünde langweilig geworden war, hatte er zwei Männer aus seinem Gefolge beauftragt, ein Schiff auszurüsten, mit dem er auf der Elbe in See stechen konnte. Es war natürlich eine gewisse Übertreibung, bei diesem Fluss davon zu sprechen, in See zu stechen. Johann wollte angeln. Aber nicht einmal das durfte er. Der Teil der Elbe, den er sich als Fischgewässer ausgesucht hatte, gehörte angeblich dem Erzbischof von Magdeburg. Der hatte umgehend einen Einspruch geschickt. Man konnte als Markgraf nicht einmal fischen gehen, ohne mit Papieren belästigt zu werden.
Mit dem Schreiben des Erzbischofs hatte Johann zwei Hechte gefangen. Erzbischöfe gossen irgendwelche Duftstoffe auf ihre Briefe, die zwar die Weiber nicht geil machten, aber die Hechte.
Auf seinen Fang war Johann stolz. Den Fisch würde er sich zum Abendessen braten lassen.
Auch an Bord des Schiffs, das eher den Namen Kahn verdiente, ließ man ihn nicht in Ruhe. Ein Ruderboot war zu ihm unterwegs. Irgendein höheres Tier seines Hofs kam vom Ufer herüber. Es hatte ein Schriftstück bei sich. Johann betrachtete die Hechte.
»Gnädiger Herr?«
»Halte rasch deinen Vortrag!«
»Ich habe hier ein Gnadengesuch.«
»Abgelehnt.«
»Wollt Ihr gar nicht hören …?«
»Muss es sein?«
»Es geht um ein Menschenleben, Herr!«, sagte der Hofbeamte.
»Mir geht's um die Fische. Die beißen gerade, also mach schnell!«
»In Rathenow ist doch dieser Bauchspieß ermordet worden …«
»Ist diese lästige Sache immer noch nicht geklärt?«
»Doch, ist sie. Der zum Tode verurteilte Mörder bittet Euch um Gnade.«

»Warum?«
»Er behauptet, dass durch die Folter …«
»Hat der Schöppenstuhl sie genehmigt?«, fragte Johann.
»Das ja. Aber es gäbe berechtigte Zweifel …«
»Abgelehnt!«
»Wie, Herr?«
»Das Gnadengesuch ist abgelehnt. Ich will fischen.«

3

Veit von Ribbeck und Melchior erreichten das Spandauer Tor in der Abenddämmerung. Sie befanden sich in bester Stimmung und nahmen sich auf Kosten des Ritters jenes Zimmer in der Herberge *Zum heiligen Nikolaus*, in dem Melchior und Christian dank der Ribbeck'schen Gulden bereits einige Tage verbracht hatten.
Veit wollte nicht allzu lange in Berlin bleiben, also suchten sie noch am Tag ihrer Ankunft den Weißbäcker Langbein auf. Christian trafen sie nicht.
»Der Junge ist ein hervorragender Bäcker«, sagte der Meister, »aber er hat es hier nicht lange ausgehalten. Weil er verliebt ist. Ich bedaure sehr, einen so begabten Gesellen verloren zu haben … Aber da gibt es ein Mädchen, an dem sein Herz hängt. Irgendwo auf dem Lande. Nach zehn Tagen hat er mich um den Abschied gebeten, und ich stehe einer großen Liebe nicht im Weg.«

4

»Oh, mein Gott! Herr Ritter!« Der Dorfschulze Wilmar wieselte um Veit von Ribbeck herum. »Ich habe Schuld auf mich geladen. Vergebt mir!«
»Was ist denn passiert?«, wollte der Ritter wissen.
»Zuerst kamen Gewappnete aus Rathenow. Vor ihnen konnte Christian fliehen.«

»Mir bekannt«, sagte Veit.
»Aber dann … Plötzlich wimmelte es in unserem Dorf von Truppen. Truppen des Bischofs, des Landvogts, der Neustadt Brandenburg. Dreißig, vierzig Männer, die unbedingt einen Erfolg erzielen wollten. Sie haben Niklas, seine Frau und auch Gretlin nach Brandenburg mitgenommen. Weil sie Räuber beherbergt haben. Also Euch, Herr Ritter! Ich habe Schuld auf mich geladen.«
»War Christian unlängst hier?«, fragte Melchior.
»Vor ein paar Tagen«, sagte Wilmar. »Er war sehr verzweifelt.«
»Lass uns keine Rast einlegen, Melchior!« Der Ritter schwang sich in den Sattel. »Wenn wir Christian finden wollen, müssen wir uns beeilen.«

5

»Ach, der Räuber Veit von Ribbeck höchstpersönlich«, sagte Arndt Rauch und lachte. »Aber Ihr wisst sicher, dass der Markgraf uns Schulzen angewiesen hat, von der Verfolgung eines Kriegshelden abzusehen. Außerdem haben wir die Räuberbande des Hartmann vom Schwarzen Berg endlich erwischt. Seit Jahren suche ich nach ihr. Letzte Woche starb das Gesindel auf dem Rad. Unser Bedarf an Hinrichtungen ist erst einmal gedeckt.«
»Was ist mit Niklas?«, fragte Veit.
»Wer ist Niklas?«
»Der Bauer, der unserem Freund Christian Eichkatz Unterschlupf gewährte.«
»Ja, das ist eine traurige Geschichte.« Der Schulze Rauch strich sich übers Kinn. »Das Schöffengericht der Nova civitas hat ihn für schuldig befunden, Wegelagerer unterstützt zu haben. Er wurde gehängt. Ebenso seine Frau.«
»Was?«
»Wir konnte doch nicht wissen, dass aus dem Buschklepper Veit von Ribbeck der Retter Bernaus wird.«

»Und die Tochter«, fragte Melchior, »Gretlin?«
»Von ihr heißt es, sie habe sich bei Mutter Griseldis verdingt«, sagte der Schulze.

6

»Hallo, mein Süßer«, gurrte die Puffmutter und strich Melchior über den Schopf. »Wollen wir es noch einmal miteinander versuchen?«
»Wo ist Gretlin?«, fragte Veit von Ribbeck.
»Das wollte Euer Freund, Herr, das wollte dieser Christian auch wissen.«
»Er war hier?«
»Vorgestern.«
»Und was hast du ihm geantwortet?«
»Nach dem Tod ihrer Eltern benötigte das Mädchen Geld«, erklärte Griseldis. »Ein trauriges Schicksal: plötzlich ohne Mutter und Vater dazustehen … Nun, ich nahm sie auf. Aber das war nicht der richtige Beruf für sie. Nur drei, vier Tage hielt sie durch, dann verließ sie uns. Und die Neustadt. Es heißt, sie sei nach Rathenow gegangen, um dort ihr Glück zu suchen.«
»Und das hast du auch Christian gesagt?«, fragte der Ritter.
»Natürlich. Der Junge ist ja fast verrückt vor Liebe.«

7

Zwei Tage nach Christi Himmelfahrt wurde der Knecht Rupert zur Richtstatt gekarrt, da er nicht mehr gehen konnte. Rupert jammerte und rief Gott zum Zeugen seiner Unschuld an. Die Zuschauer buhten ihn aus. Maximilian Schwarz ergriff die Hand seiner Schwester. Immer hatte er getan, was sie verlangte; bereits als Kind. Mechthild war ihm heilig. Er liebte sie. Wenn er etwas Dummes angerichtet und sein Vater ihn gezüchtigt hatte, war er stets zu seiner Schwester ins Bett gekrochen. Dort hatte er Zuwendung gefunden, dort war sein Platz.

»Na, Schulze!« Bürgermeister Wolf hieb ihm auf die Schulter. »Guten Tag, Mechthild. Heute findet der Casus Bauchspieß endlich seinen gerechten Abschluss.«

»Ja«, sagte Mechthild und drückte die Hand ihres Bruders.

»Nein«, schrie Rupert, »ich bin unschuldig.«

Niemand wollte es hören.

8

»Ich habe alles versucht, um seine Stimmung aufzuhellen«, sagte der Wirt der Herberge *Zu den Askaniern*. »Aber er sitzt nur da, trinkt Wein und bläst Trübsal. Ich weiß nicht einmal, ob er denn überhaupt Geld hat.«

»Das regeln wir schon«, sagte Veit. »Geh zu ihm, Melchior.«

»Christian?« Der Bäckersohn legte die rechte Hand auf die Schulter seines Freundes.

»Nein.«

»Ich bin es, Melchior.«

»Vergiss mich. Ich bin tot. Wo ist Gretlin?«

»Nicht in Rathenow?«, fragte der Bäckersohn.

»Nicht hier«, sagte Christian und brach in Tränen aus.

»Er sucht sein Mädchen«, erklärte der Wirt Veit.

»Ich weiß«, sagte der Ritter.

»Sie ist aber nicht in unserer Stadt«, wusste der Wirt.

»Nein?«

»Er wird sie wohl nie finden.«

»Vermutlich nicht. Was ist das für ein Spektakel draußen auf den Gassen?«

»Ihr erinnert Euch an den Mord an Apel Bauchspieß?«, fragte der Herbergsvater.

»Wie könnte ich ihn vergessen. Wir haben zugeschaut.«

»Sie hängen den Mörder.«
»Haben sie ihn endlich erwischt?«, fragte der Ritter.
»Ja.«
»Einen? Es waren doch zwei?«
»Die Komplizin ist unter der Tortur gestorben«, sagte der Wirt.
»Ach so. Es waren also Mann und Weib?«
Der Wirt nickte.
»Gretlin!«, rief Christian verzweifelt. »Wo ist sie?«
»Wisst Ihr, warum Bauchspieß sterben musste? Sein Knecht und seine Magd hatten es auf sein Geld und seinen Rosenkranz abgesehen.«
»Wie?«
»Sein Geld und seinen Rosenkranz haben sie gestohlen. Geld hat man bei ihnen zwar nicht gefunden, aber Bauchspieß' Paternoster; sie waren so dumm, es nicht zu verkaufen. Nun ja, versteh einer die Menschen ...«
»Den Rosenkranz, Wirt?« Veit von Ribbeck wollte es nicht glauben.
»Wie ich sagte.«
»Das kann nicht sein.« Veit von Ribbeck stürzte aus der Herberge.
»Was hat denn der Herr Ritter?«, wollte der Wirt von Melchior wissen. Der Bäckersohn zuckte die Schultern.
»Gretlin«, sagte Christian. »Wo ist Gretlin?«

9

Da der Verurteilte nicht mehr stehen konnte, sollte er im Sitzen gehängt werden. Für Meister Rosenkranz war das kein Problem. Er legte dem gefesselten Delinquenten, der sich wand und lamentierte, die Schlinge um den Hals.
»Endlich«, sagte Bürgermeister Wolf zu seinem Bruder Einhard, »endlich nimmt die Gerechtigkeit ihren Lauf.«
»Und Ruhe kehrt ein«, sagte Ratmann Stroyebier.

»Zieht an!«, befahl der Scharfrichter seinen freiwilligen Helfern. Wenig später baumelte der Knecht Rupert am Galgen. Die Gehilfen hängten sich an seine Beine und brachen sein Genick.
»Nein!«, brüllte jemand. Die anwesenden Honoratioren wandten sich um. Vom Steintor her kam der Ritter von Ribbeck auf sie zugelaufen. In der Hand schwenkte er einen Rosenkranz aus Elfenbein, besetzt mit Edelsteinen.
»Was will denn der?«, fragte Prokonsul Wolf irritiert.
Mechthild Gesang war blass geworden. Ihr Bruder krallte sich in ihren Arm.
»Dieser Rosenkranz …« Veit von Ribbeck war außer Atem. »Ihn … wir fanden ihn … bei dem Opfer …«
»Verstehst du das?«, fragte Wolf seinen Bruder.
»Ihr habt den falschen Mann gehängt. Dieser Rosenkranz …«
»Den kenne ich«, sagte Einhard und warf einen Blick auf Mechthild. Die Kauffrau zitterte.
»Ich begreife nichts«, sagte Ratmann Stroyebier.
»Damals, in jener Nacht«, erklärte der Ritter. »Wir fanden dieses Paternoster neben dem Toten.«
»Ich habe ihn Mechthild verkauft«, sagte Einhard Wolf.
»Was?« Der Bürgermeister griff sich an die Stirn. »Mechthild? Ihr? Also das ist mir zu hoch.«
»Ein solches Stück vergisst man nicht«, sagte Einhard.
»Einer der Mörder hat den Rosenkranz verloren«, sagte Veit, nun etwas ruhiger.
»Oder die Mörderin.« Einhard Wolf schüttelte bloß den Kopf.
»Ich verstehe immer noch nicht«, sagte Stroyebier. Er war der Einzige.
»Ihr, Mechthild?«, fragte der Prokonsul abermals. »Mit wem?«
»Maximilian«, erwiderte die Kauffrau mit tonloser Stimme.
»Gemeinsam mit unserem Schulzen? Mit dem Mann, der für Recht und Ordnung sorgen soll?« Das war selbst für den Prokonsul zu viel.

»Was machen wir denn jetzt?«, wollte Stroyebier wissen. Nun war auch bei ihm der Groschen gefallen.
Die Ratmänner schaute einander ratlos an. Niemand mochte noch einen Blick auf das verbrecherische Geschwisterpaar werfen. Maximilian Schwarz und Mechthild Gesang gehörten nicht mehr zu ihnen – nicht weil sie gemordet hatten, sondern weil sie der Stadt neue Scherereien aufbürdeten.
In dieser verzwickten Lage erwies sich Bürgermeister Wolf als entscheidungsfreudig. Er hatte nur eines im Sinn, er wollte einen Schlussstrich ziehen.
»Wir haben jemanden für das Verbrechen gehängt«, sagte er. »Das Volk hat zwei Mörder bekommen. Damit lasst es bewenden.«

10

»Warum nur ist dieser Ritter noch einmal nach Rathenow gekommen?«, fragte Mechthild. Sie hatte sich mit ihrem Bruder in dessen Haus zurückgezogen.
»Das ist mir völlig gleichgültig«, fuhr Schwarz auf. »Warum er hier ist? Selbst wenn ich die Antwort wüsste, was nützt sie uns? Er ist da, Punkt. Und er hat diesen vermaledeiten Rosenkranz …«
»Damit hattest du Recht«, sagte Mechthild leise.
»Ja, ja, ja, ich hatte Recht.« Der Stadtschulze wurde immer wütender. »Warum, Mechthild? Warum musstest du in jener Nacht deinen Rosenkranz mitnehmen? Hast du für einen guten Ausgang unseres … unseres … unseres Anschlags auf Bauchspieß beten wollen?«
»Darüber haben wir schon oft gesprochen«, meinte Mechthild kleinlaut. »Es war ein Versehen.«
»Ein Versehen! Ja, gut, ein Versehen. Und dann verlierst du ihn auch noch!«
»Maximilian, ich bringe nicht jeden Tag Männer um, die meine Ehre verletzen.«

»Deine Ehre!« Schwarz schlug mit der flachen Hand auf den Tisch. »Wegen deiner gottverdammten Ehre sind wir nun erledigt.«
»Wenn es den Männern, die du nach Brandenburg geschickt hast, gelungen wäre, diesem Ritter den Rosenkranz abzunehmen ...«
»Ach, drehst du jetzt den Spieß um?« Schwarz lief erregt im Speisezimmer auf und ab. »Ich bin also Schuld?«
»Beruhige dich!« Mechthild wagte nicht, ihrem Bruder in die Augen zu schauen. »Ich sagte schon, dass du Recht hattest. Der Ritter hat den Rosenkranz an sich genommen.«
»Da kamen ja auch nicht allzu viele Personen in Frage«, sagte Maximilian Schwarz. »Nur Wohlgemuth und der Ribbeck. Und dafür, dass diese dummen Bauern meine Leute für Raubgesindel hielten, kann ich doch wohl nichts.«
»Nein.« Mechthild nickte vor sich hin. Noch nie war es ihr so schlecht gegangen wie in diesem Augenblick. Maximilian tobte. Doch seine Wut würde vorübergehen.
Viel schwerer wog, dass die Männer im Rat wussten, was sie getan hatten. Bürgermeister Wolf würde jeden Ratsherrn zum Schweigen verdonnern, um Aufsehen und Unruhe zu vermeiden. Die Ratmänner würden sich an das Schweigegebot halten, weil sie kein Interesse daran hatten, ihresgleichen dem Plebs zum Fraß vorzuwerfen. Aber es genügte, dass die Ratsleute von der Tat erfuhren. Man würde Mechthild und Maximilian nicht nur schief ansehen und den Verkehr mit ihnen abbrechen, der Bruder würde auch seinen Sitz im Rat und sein Schulzenamt verlieren. Prokonsul Wolf würde sich schon etwas einfallen lassen, um dies zu bewerkstelligen, ohne dass es den Bürgern auffiel.
Mechthild Gesang hatte ihre Verbindung zu den Mächtigen der Stadt verloren. Maximilian würde nur noch ein gewöhnlicher Kaufmann sein. Damit mochte sie sich nicht abfinden.
»Was tun wir?«, wollte Maximilian wissen. Er setzte sich Mechthild gegenüber an den Esstisch. So gefiel er ihr: Er war wieder der kleine Bruder.

»Mir fällt schon etwas ein«, sagte sie und legte ihre Rechte auf seinen linken Arm.

11

Der Stiftsbäcker Semmelmann war völlig aufgelöst. Sein Blick ging hin und her zwischen dem verlorenen, nun jedoch zurückgekehrten Sohn und dem Ritter. Ein Edelmann befand sich in seiner guten Stube. Das allein war schon etwas Außergewöhnliches.

Und Melchior war wieder da.

»Mein Sohn«, seufzte der Bäcker. »Mein Kind.«

»Ihr könnt Euch glücklich schätzen, dass er überhaupt noch lebt«, behauptete Veit. »Das verdankt Ihr Christian. Er hat Euren Sohn aus den Fängen der Hussiten gerettet.«

Das war zwar eine Lüge, aber so hatte es der Ritter mit Melchior abgesprochen.

»Wo ist Christian?«

»Er steht vor der Tür und wagt nicht, Euch vor die Augen zu treten.«

»Aber ich vergebe ihm«, sagte Semmelmann und schnäuzte sich. »Wenn er meinem Sohn das Leben gerettet hat …«

»Das hat er«, bestätigte Veit und zwinkerte Melchior zu.

»Ich bin so glücklich. Holt ihn herein!«

Christian war sehr verlegen. Meister Semmelmann eilte auf ihn zu und umarmte ihn.

»Ich danke dir«, sagte er. »Ich danke dir. Was soll ich sagen? Ich … Fängst du wieder bei mir zu arbeiten an?«

Christian nickte sprachlos und hatte plötzlich ein Leuchten in Augen. Eine junge Frau hatte die Stube betreten. Ihr folgte ein etliche Jahre älterer Mann.

»Sophie!«, rief Christian freudig.

»Christian.« Sophie berührte den wieder eingestellten Gesellen zärtlich am Arm. »Darf ich dir meinen Ehemann vorstellen?«

Ich muss Gretlin finden, dachte Christian.

EPILOG
Ein Komplott

Mechthild Gesang und Maximilian Schwarz saßen vor dem Kamin in Sesseln mit geschnitzten Armlehnen, die in Löwenköpfen ausliefen, Symbole für den Evangelisten Markus. Es war Juli, also brannte kein Feuer, aber dies war nun einmal ein gemütlicher, vertrauter Platz.

Jeder hielt ein Glas in der Hand. In den Römern aus venezianischem Glas befand sich Rheinwein, den man selbst in wohlhabenden Häusern nicht alle Tage trank. Und dieses war ein wohlhabendes Haus.

»Ich habe einen Brief vom Markgrafen bekommen«, sagte Mechthild.

»Was will er?«, fragte Schwarz.

»Geld«, sagte Mechthild und lachte.

Ihre Tat hatte die erwarteten Folgen gehabt. Maximilian war aus dem Rat der Stadt Rathenow ausgeschlossen worden, und auf markgräfliche Weisung hatte man ihm das Amt des Stadtschulzen aberkannt. Darüber war er eher froh als traurig; nun konnte er sich wieder ausschließlich seinen Geschäften widmen. Mechthild dachte nicht so.

Rathenow hatten die Geschwister freiwillig verlassen. Sie lebten jetzt in der Neustadt Brandenburg, wo man sie als reiche Steuerzahler mit offenen Armen empfangen hatte. Sie hatten den Bürgereid geleistet und, da sie mit einem Makel belastet waren, das doppelte Bürgergeld entrichten müssen. Das hatte sie nicht geschmerzt.

Schmerzhaft war allein der Umstand, dass die bessere Gesellschaft nicht mit ihnen verkehren mochte. Doch auch das würde sich mit der Zeit ändern: Freunde konnte man kaufen.

»Wie viel will er denn?«, fragte Schwarz und nahm einen Schluck von dem Wein.

»Zweihundert Gulden für seine Experimente.«

»Und der Zinsfuß?«

»Fünfzehn vom Hundert«, sagte Mechthild.

»Zu wenig«, meinte Schwarz.

»Eigentlich ja. Aber ich finde, dass ich gute Miene zum bösen Spiel machen sollte.«

»Mechthild, verdirb nicht die Preise«, mahnte der Bruder.

»Maximilian, du weißt, dass sich hier in Brandenburg das Schulzenamt in der Familie Rauch von Generation zu Generation vererbt. Aber der älteste Sohn von Arndt Rauch taugt nichts. Er führt wilde Reden gegen Staat und Kirche.«

»Was willst du damit sagen?«

»Ich kaufe dir das Amt.« Mechthild prostete ihrem Bruder zu. »Der nächste Schulze Brandenburgs wirst du.«

DANKSAGUNG

Ich habe vielen Menschen zu danken, ohne die dieses Buch nicht hätte entstehen können.

Ich danke Antje Reichel und Sabine Ball vom Prignitz-Museum Havelberg. Ich danke Uwe Siegfried vom Kreis- und Verwaltungsarchiv Rathenow in Friesack, der mir trotz der bedauerlich schlechten archivalischen Situation der Stadt Rathenow – der Zweite Weltkrieg hat seine Spuren hinterlassen – mit all dem half, was er zur Verfügung hatte. Frau Richter vom Stadtarchiv Brandenburg und ihren Mitarbeiterinnen sei ebenso herzlich Dank gesagt.

Am meisten jedoch muss und will ich mich bei meiner Lektorin Gabriele Reinhold bedanken. Sie legte nicht nur unermüdlich ihren Finger in die offenen Wunden des Textes, sie entwickelte auch Ideen, wie man dem Mangel Abhilfe schaffen könne. Eine solche Lektorin braucht jeder Autor.

Berlin, am 16. Juli 2004
Frank Goyke

FRANK GOYKE

Geboren 1961 in Rostock. Von 1983–1988 Studium der Theaterwissenschaften in Leipzig, danach Redakteur und Lektor in Berlin. Von 1991 bis 1996 Dramaturg an einem Berliner Off-Theater. Seit 1997 freier Schriftsteller, Lektor und Herausgeber in Berlin. Er veröffentlichte seit 1992 mehr als zwanzig Bücher, darunter zahlreiche Kriminalromane und Sachbücher. Sein Roman »Dummer Junge, toter Junge« wurde 1996 mit dem Krimipreis »Marlowe« der Raymond-Chandler-Gesellschaft als bester deutschsprachiger Kriminalroman ausgezeichnet. Im berlin.krimi.verlag erschien von ihm »Höllenangst«, 2002.